TRANZLATY

Language is for everyone

언어는 모든 사람을 위한 것입니다

Folk Tales of Bengal

벵골의 민화

Part One
첫 번째 부분

1 / 2

Lal Behari Day

English / 한국어

Folk Tales of Bengal
벵골의 민화

Life's Secret
인생의 비밀

Once upon a time there was a king.
옛날 옛적에 한 왕이 살았습니다.
This King had married two Queens.
이 왕은 두 명의 여왕과 결혼했습니다.
The two queens were called Duo and Suo.
두 왕비는 두오(Duo)와 쑤오(Suo)라고 불렸습니다.
Both of the queens were childless.
두 여왕 모두 자식이 없었습니다.
One day a Faquir came to the palace gate.
어느 날 한 파키르가 궁전 문으로 왔습니다.
The Faquir had come to ask for alms.
파키르는 구걸하러 왔습니다.
Queen Suo went to the door.
소왕비는 문으로 갔다.
And she gave him a handful of rice.
그리고 그녀는 그에게 한 줌의 쌀을 주었다.
The mendicant asked her a question.
그 거지녀석이 그녀에게 질문을 했습니다.
"Do you have any children?"
"자녀가 있나요?"
The queen had no children.
여왕에게는 자녀가 없었다.
"I wish had children, but I have none"
"아이가 있었으면 좋겠지만 아이가 없어요"
The holy man refused to take alms from her.
그 성인은 그녀에게서 구호품을 받는 것을 거부했습니다.
In these times there were different traditions.
그 당시에는 다양한 전통이 있었습니다.
And the people believed many different things.
그리고 사람들은 다양한 것을 믿었습니다.
Don't take charity from the hands of a childless woman.
자식이 없는 여자의 손에서 자선을 받지 마십시오.
Such hands were ceremonially unclean.
그런 손은 의식적으로 부정했습니다.
The mendicant offered her a drug.

그 거지들은 그녀에게 약을 주려고 했습니다.

This drug was to remove her barrenness.

이 약은 그녀의 불임을 치료하기 위한 것이었습니다.

She expressed her willingness to take the drug.

그녀는 약을 먹을 의향이 있다고 표현했다.

The mendicant told her how to take the drug.

그 거지자는 그녀에게 약을 먹는 방법을 알려주었다.

"This is the potion you must swallow"

"이게 네가 삼켜야 할 물약이야"

"Prepare the juice of a pomegranate flower"

"석류꽃즙을 준비하세요"

"Swallow the drug with the juice"

"약과 주스를 함께 삼키세요"

"If you do this, you will soon have a son"

"이렇게 하면 곧 아들을 낳을 것이다"

"Your son will be exceedingly handsome"

"당신의 아들은 매우 잘생길 것입니다"

"His complexion will be beautiful"

"그의 안색은 아름다울 것이다"

"He will have the colour of pomegranate flowers"

"그는 석류꽃 색깔을 가질 것이다"

"And you shall call him Dalim Kumar"

"그리고 너는 그를 달림 쿠마르라고 부르라"

"But he will also have enemies"

"하지만 그에게도 원수가 있을 것이다"

"They will try to take your son's life"

"그들은 당신 아들의 목숨을 빼앗으려 할 것입니다"

"But there is a secret to his life"

"하지만 그의 삶에는 비밀이 하나 있어요"

"And I will tell you this secret"

"그리고 나는 너에게 이 비밀을 말해줄 것이다"

"In front of your palace is a pond"

"당신의 궁전 앞에는 연못이 있습니다"

"In that pond there is a big Boal fish"

"저 연못에는 큰 멧돼지가 있어요"

"Your son's life is connected to that fish"

"당신 아들의 생명은 그 물고기와 연결되어 있어요"

"In the heart of the fish is a small box"
"물고기 심장에는 작은 상자가 있습니다"
"This small box is made of wood"
"이 작은 상자는 나무로 만들어졌어요"
"In the box of wood is a necklace of gold"
"나무 상자 안에 금 목걸이가 있어요"
"That necklace is the life of your son"
"그 목걸이는 당신 아들의 생명이에요"
The mendicant gave her the drugs.
그 거지들은 그녀에게 약을 주었다.
And they said their farewells.
그리고 그들은 작별인사를 했습니다.

Soon all in the palace whispered of an heir.
곧 궁전에 있는 모든 사람이 상속인에 대해 수군거렸다.
Great was the joy of the King.
왕의 기쁨은 컸습니다.
He had visions of an heir to the throne.
그는 왕위 계승자에 대한 환상을 품었습니다.
A never-ending succession of powerful monarchs.
강력한 군주들의 끊임없는 계승.
He dreamt of how they perpetuated his dynasty.
그는 자신의 왕조를 어떻게 계승할지 꿈꿨습니다.
These ideas floated before his mind.
이런 생각들이 그의 머릿속을 떠돌았다.
It made him the happiest he had ever been.
그것은 그를 그 어느 때보다 행복하게 만들었습니다.
Many ceremonies were performed for the occasion.
이 행사를 위해 많은 의식이 거행되었습니다.
The people of the kingdom played loud music.
왕국의 사람들은 시끄러운 음악을 연주했습니다.
The birth of a prince was a truly special event.
왕자의 탄생은 정말 특별한 사건이었습니다.
Soon queen Suo gave birth to a son.
곧 소왕비는 아들을 낳았습니다.
He was more beautiful than anyone had imagined.
그는 누구의 상상보다도 아름다웠습니다.

The King saw his son's face.
왕은 아들의 얼굴을 보았습니다.
And his heart leaped with joy.
그리고 그의 가슴은 기쁨으로 뛰었습니다.
Soon the child ate his first rice.
곧 아이는 첫 쌀을 먹었습니다.
Mukhe bhaat was celebrated with great joy.
Mukhe bhaat는 큰 기쁨으로 축하되었습니다.
And the whole kingdom was filled with gladness.
그리고 온 왕국은 기쁨으로 가득 찼습니다.

Dalim Kumar grew up to be a fine boy.
달림 쿠마르는 훌륭한 소년으로 자랐습니다.
There was one activity he particularly liked.
그가 특히 좋아하는 활동이 하나 있었습니다.
He loved playing with the pigeons.
그는 비둘기와 놀기를 좋아했습니다.
However, the pigeons often flew to Queen Duo.
그러나 비둘기들은 종종 듀오 여왕에게 날아갔습니다.
Nobody knows why they did this.
그들이 왜 이런 짓을 했는지는 아무도 모른다.
And they flew into her apartment.
그리고 그들은 그녀의 아파트로 날아들었습니다.
So Dalim Kumar often met Queen Duo.
그래서 다림쿠마르는 퀸듀오를 자주 만났습니다.
At first, she happily gave the pigeons back.
처음에 그녀는 기쁘게 비둘기를 돌려주었습니다.
But later she wasn't as willing to return the pigeons.
하지만 나중에 그녀는 비둘기를 돌려줄 의향이 없어졌습니다.
She gave the pigeons up with some reluctance.
그녀는 마지못해 비둘기를 포기했다.
She felt she could use this to her advantage.
그녀는 이것을 자신에게 유리하게 이용할 수 있을 것이라고
생각했습니다.
She naturally hated the child.
그녀는 당연히 그 아이를 싫어했습니다.
Since Dalim's birth the king had neglected her.
달림이 태어난 이래로 왕은 그녀를 소홀히 했습니다.

And the King idolized the mother of Dalim.
그리고 왕은 달림의 어머니를 우상화했습니다.
Somehow, she had heard of the mendicant.
그녀는 어떻게든 그 거지의 이야기를 들었습니다.
She heard he had given queen Suo a medicine.
그녀는 그가 소왕비에게 약을 주었다는 소식을 들었습니다.
She had also heard about what he had said.
그녀도 그가 한 말을 들었습니다.
There was a secret to the prince's life.
왕자의 삶에는 비밀이 있었습니다.
She had heard his life was bound to something.
그녀는 그의 삶이 무언가와 연결되어 있다는 것을 들었습니다.
But she did not know what his life was bound to.
하지만 그녀는 그의 삶이 무엇과 연결되어 있는지 알지
못했습니다.
She was determined to get the secret.
그녀는 그 비밀을 알아내기로 결심했습니다.

Of course, the pigeons came back to her.
물론 비둘기들은 그녀에게 돌아왔습니다.
And the pigeons flew into her room again.
그리고 비둘기들이 다시 그녀의 방으로 날아들었다.
This time she refused to give the pigeons back.
이번에는 그녀는 비둘기를 돌려주기를 거부했습니다.
"I won't just give you your pigeon back"
"나는 당신의 비둘기를 그냥 돌려주지 않을 거야"
"First, you have to tell me something"
"먼저, 당신은 나에게 뭔가를 말해야 해요"
"What do you want, aunty?" the boy asked.
"이모님, 무슨 일이에요?" 소년이 물었다.
"Oh, my darling, do not worry"
"오, 내 사랑, 걱정하지 마세요"
"It's just a small thing I want"
"그냥 내가 원하는 건 작은 것뿐이에요"
"I want to know where your life is hidden"
"당신의 삶이 어디에 숨겨져 있는지 알고 싶어요"
The boy was very confused by this.

그 소년은 이 말에 매우 혼란스러워했습니다.
"What is that, aunty?"
"이모님, 그게 뭐예요?"
"Where can my life be, except in me?"
"나의 삶이 나 자신 외에 어디에 있을 수 있겠는가?"
"No, child, that is not what I meant"
"아니, 꼬마야, 내가 말하고 싶었던 건 그게 아니야"
"A holy mendicant told your mother a secret"
"어느 성스러운 거사가 당신 어머니께 비밀을
말씀드렸습니다."
"Your life is bound up with something"
"당신의 삶은 무언가와 연결되어 있습니다"
"I wish to know what that thing is"
"그게 뭔지 알고 싶어요 "
The boy was confused by what she said.
그 소년은 그녀의 말에 혼란스러워했다.
"I never heard of any such thing"
"그런 일은 들어본 적이 없어요"
But Queen Duo insisted it was true.
하지만 퀸 듀오는 그것이 사실이라고 주장했다.
"Promise to find out from your mother"
"어머니께 직접 물어보겠다고 약속하세요"
"Ask her where your life is hidden"
"그녀에게 당신의 삶이 어디에 숨겨져 있는지 물어보세요"
"Then I will let you have the pigeons"
"그럼 비둘기를 당신에게 맡겨 드리겠습니다"
"Otherwise, I will keep the pigeons"
"그렇지 않으면 나는 비둘기를 키울 것이다"
The boy wanted his pigeons back.
그 소년은 비둘기를 돌려받고 싶어했습니다.
So he agreed to get the information.
그래서 그는 정보를 얻기로 동의했습니다.
But first she made him promise.
하지만 먼저 그녀는 그에게 약속을 하게 했습니다.
"Promise me you won't tell your mother"
"엄마한테 말하지 않겠다고 약속해"
And the boy promised not to tell her.

그리고 그 소년은 그녀에게 말하지 않겠다고 약속했습니다.
"I promise I won't tell my mum"
"엄마한테는 절대 말하지 않을게요"
Queen Duo freed the prince's pigeons.
듀오 여왕은 왕자의 비둘기를 풀어주었습니다.
Dalim was overjoyed to have his birds again.
달림은 새를 다시 만나서 매우 기뻤습니다.
And he forgot the entire conversation.
그리고 그는 그 대화 내용을 전부 잊어버렸다.

The next day Dalim was playing again.
다음 날, 달림은 다시 연주를 했습니다.
You can imagine what happened again.
무슨 일이 일어났는지 다시 상상해보세요.
The pigeons flew to Queen Duo's apartment.
비둘기들은 듀오 여왕의 아파트로 날아갔습니다.
And they flew into her room again.
그리고 그들은 다시 그녀의 방으로 날아들었다.
Dalim went in to his stepmother's apartment.
달림은 계모의 아파트로 들어갔다.
And he asked her for the pigeons.
그리고 그는 그녀에게 비둘기를 달라고 했습니다.
Of course she asked him for the information.
물론 그녀는 그에게 정보를 요청했습니다.
Dalim could not tell her where his life was hidden.
달림은 자신의 삶이 어디에 숨겨져 있는지 그녀에게 말할 수 없었다.
"I promise I will ask her today"
"오늘 그녀에게 물어보겠다고 약속해요"
"But please can I have my pigeons"
"하지만 비둘기 좀 주세요"
She didn't give the pigeons back so quickly.
그녀는 비둘기를 그렇게 빨리 돌려주지 않았다.
But, in the end, he got his pigeons again.
하지만 결국 그는 다시 비둘기를 되찾았습니다.

After playing, Dalim went to his mother.
놀이를 마치고 달림은 어머니에게로 갔습니다.

"Mamma, please tell me where my life is hidden"
"엄마, 제 삶이 어디에 숨겨져 있는지 알려주세요"
"What do you mean, child?" asked the mother.
"무슨 말이니, 얘야?" 어머니가 물었다.
She was astonished at the question.
그녀는 그 질문에 놀랐다.
Why would her child ask her this?
왜 그녀의 자식이 그녀에게 이런 질문을 했을까?
"Yes, mamma," replied the child.
"네, 엄마." 아이가 대답했습니다.
"I have heard of a holy mendicant"
"나는 거룩한 거처에 대한 이야기를 들었습니다."
"He told you something about my life"
"그는 당신에게 내 인생에 대한 뭔가를 말했어요"
"He said my life is hidden in something"
"그는 내 인생이 어딘가에 숨겨져 있다고 말했어요"
"Tell me what that thing is"
"그게 뭐인지 말해줘"
"My child, my darling, my treasure"
"내 아이, 내 사랑, 내 보물"
"My golden moon," his mother pleaded.
"나의 황금빛 달이여," 그의 어머니가 간청했다.
"Do not ask such a question"
"그런 질문은 하지 마세요"
"Cover my enemies' mouths with ashes"
"내 원수들의 입을 재로 덮어라"
"Let my Dalim live forever," she begged.
"내 달림이 영원히 살게 해주세요." 그녀가 간청했습니다.
But the child insisted knowing the secret.
하지만 아이는 비밀을 알고 있다고 고집했습니다.
He refused to eat or drink until he knew.
그는 알 때까지 먹거나 마시기를 거부했습니다.
Queen Suo had no choice but to tell him.
소왕비는 그에게 말할 수밖에 없었다.
Eventually she told him the secret of his life.
결국 그녀는 그에게 그의 인생의 비밀을 말해주었습니다.

The next day Dalim was playing again.
다음 날, 달림은 다시 연주를 했습니다.
You can imagine where the pigeons flew.
비둘기가 어디로 날아갔을지 상상해보세요.
Dalim chased after the birds into the apartment.
달림은 새들을 쫓아 아파트 안으로 들어갔다.
His stepmother told him many sweet words.
그의 계모는 그에게 많은 달콤한 말을 해주었습니다.
And finally, she got his secret from him.
그리고 마침내, 그녀는 그에게서 비밀을 알게 되었습니다.
She wasted no time to start her wicked plan.
그녀는 시간을 낭비하지 않고 사악한 계획을 실행에 옮겼다.
And she gave orders to her servants.
그리고 그녀는 하인들에게 명령을 내렸습니다.
"Get some dried stalk from the hemp plant"
"대마초에서 말린 줄기를 좀 가져와"
"Make sure the stalks are very brittle"
"줄기가 매우 부서지기 쉬운지 확인하세요"
Brittle hemp stalks make a cracking sound.
부서지기 쉬운 대마 줄기는 딱딱거리는 소리를 낸다.
The sound is similar to the cracking of joints.
그 소리는 관절이 딱딱거리는 소리와 비슷합니다.
And it sounds like the bones of old people.
그리고 그것은 늙은이의 뼈처럼 들립니다.
She put the brittle hemp stalks under her bed.
그녀는 부서지기 쉬운 대마 줄기를 침대 밑에 넣었다.
And then she lied on her bed.
그리고 그녀는 침대에 누워 있었습니다.
She wanted to test the hemp stalks.
그녀는 대마 줄기를 시험하고 싶어했습니다.
The stalks cracked just as much as she wanted.
그녀가 원하는 만큼 줄기가 부러졌습니다.
She was satisfied with how her plan was going.
그녀는 자신의 계획이 어떻게 진행되고 있는지
만족스러워했습니다.
She gave more orders to her servants.
그녀는 하인들에게 더 많은 명령을 내렸습니다.
"Tell the King I am very ill"

"내가 매우 아프다고 왕께 전해주세요"
"He must come to see me immediately"
"그는 즉시 나를 만나러 와야 합니다"
The king did not love this queen.
왕은 이 여왕을 사랑하지 않았습니다.
But he still had a duty to care for her.
하지만 그는 여전히 그녀를 돌볼 의무가 있었습니다.
If she was ill, he had to look after her.
그녀가 아플 경우, 그는 그녀를 돌봐야 했습니다.
The King came to her bedroom.
왕이 그녀의 침실로 들어왔다.
She rolled on the bed in pain.
그녀는 고통스러워서 침대에서 몸을 굴렸다.
The King heard the cracking of her bones.
왕은 그녀의 뼈가 부러지는 소리를 들었습니다.
He ordered his best physician to attend her.
그는 자신의 가장 뛰어난 의사에게 그녀를 진료하라고
명령했습니다.
But the queen had thought of this.
하지만 여왕은 이런 생각을 했습니다.
She had already spoken with the physician.
그녀는 이미 의사와 이야기를 나누었습니다.
"There is only one remedy," he told the king.
"치료법은 오직 하나뿐입니다." 그는 왕에게 말했다.
"There's a pond in front of the palace"
"궁궐 앞에 연못이 있어요"
"In the pond there's a large Boal fish"
"연못에 큰 멧돼지 한 마리가 있어요"
"The remedy is in that fish"
"치료법은 그 물고기에 있다"
So the king let the physician catch the fish.
그래서 왕은 의사에게 물고기를 잡도록 허락했습니다.
Meanwhile Dalim was busy playing.
그 사이 달림은 놀기에 바빴다.
He knew nothing of his aunt's illness.
그는 이모의 병에 대해 전혀 몰랐다.
The fish was taken out the water.

물고기를 물에서 꺼냈다.
Dalim fell to the ground immediately.
곧바로 땅에 쓰러졌다 .
He flopped around on the floor.
그는 바닥에 털썩 주저앉았다.
And he could not breathe.
그는 숨을 쉴 수 없었습니다.
The guards immediately noticed.
경비원들은 즉시 알아차렸다.
Dalim was taken to his mother's room.
달림은 어머니의 방으로 옮겨졌습니다.
And the King was informed of his son.
그리고 왕은 그의 아들에 대해 알게 되었습니다.
He couldn't believe his son's illness.
그는 아들의 병을 믿을 수 없었다.
The fish was taken to Queen Duo.
그 물고기는 퀸 듀오에게 가져갔습니다.
Queen Duo was being saved.
퀸 듀오는 구원을 받았습니다.
At the same time Dalim was dying.
동시에 달림은 죽어가고 있었습니다.
The fish was cut open.
물고기가 갈라졌습니다.
And they found the wooden box.
그리고 그들은 나무 상자를 발견했습니다.
In the box lay a necklace of gold.
상자 안에는 금목걸이가 들어 있었습니다.
Queen Duo put on the necklace.
듀오 여왕이 목걸이를 착용했습니다.
And Dalim died at the very same moment.
그리고 달림도 바로 그 순간에 죽었어요.

News of the tragedy reached the king.
비극적인 소식이 왕에게 전해졌습니다.
He was plunged into an ocean of grief.
그는 슬픔의 바다에 빠졌습니다.
News of Queen Duo's recovery did not help.
퀸 듀오의 회복 소식은 도움이 되지 않았습니다.

He wept painful and bitter tears.
그는 고통스럽고 쓰라린 눈물을 흘렸다.
No one thought he would recover.
아무도 그가 회복될 것이라고 생각하지 않았습니다.
He could not bear to bury his son.
그는 아들을 묻을 수가 없었습니다.
Nor did he allow his body to be burned.
그는 자신의 몸이 불태워지는 것도 허락하지 않았습니다.
He could not accept that his son had died.
그는 아들이 죽었다는 사실을 받아들일 수 없었다.
His death was so sudden and senseless.
그의 죽음은 너무나 갑작스럽고 무의미했습니다.
He had the dead body moved to a garden-houses.
그는 시체를 정원 주택으로 옮겼습니다.
This garden-house was in the suburbs.
이 정원집은 교외에 있었습니다.
Here his son was laid in state.
그의 아들은 이곳에 안치되었습니다.
All sorts of provisions were put there.
거기에는 온갖 종류의 식량이 놓여 있었습니다.
Although everyone knew it was unnecessary.
그것이 불필요하다는 것을 모두가 알고 있었지만요.
The young boy did not need food anymore.
그 소년은 더 이상 음식이 필요하지 않았습니다.
The house was kept locked day and night.
그 집은 낮과 밤을 가리지 않고 잠겨 있었습니다.
Dalim had had one very close friend.
달림에게는 매우 친한 친구가 한 명 있었습니다.
Only this friend was allowed to visit.
오직 이 친구만이 방문을 허락받았습니다.
He was the son of the prime minister.
그는 총리의 아들이었습니다.
He was entrusted with the key of the house.
그는 그 집의 열쇠를 맡았습니다.
Once a day he could visit his dead friend.
그는 하루에 한 번 죽은 친구를 찾아갈 수 있었습니다.

Queen Suo retired after the loss of her son.

소왕비는 아들을 잃은 후 은퇴했습니다.
Now the King spent the nights with Queen Duo.
이제 왕은 듀오 여왕과 함께 밤을 보냈습니다.
The Queen wanted to avoid suspicion.
여왕은 의심을 피하고 싶어했습니다.
So she took the necklace off at night.
그래서 그녀는 밤에 목걸이를 벗었습니다.
But Dalim's life was tied to the necklace.
하지만 달림의 생명은 목걸이에 묶여 있었습니다.
And his death was not so simple.
그의 죽음은 그렇게 단순하지 않았습니다.
He was dead when the queen wore the necklace.
여왕이 목걸이를 착용했을 때 그는 죽어 있었습니다.
But when she took the necklace off, he returned to life.
하지만 그녀가 목걸이를 벗자 그는 다시 살아났습니다.
And so he returned to life every night.
그래서 그는 매일 밤 다시 살아났습니다.
Every morning she put the necklace on again.
매일 아침 그녀는 목걸이를 다시 착용했습니다.
And so, he died again every morning.
그래서 그는 매일 아침마다 죽었습니다.
At night he ate whatever food he liked.
밤에는 그가 좋아하는 음식을 먹었습니다.
Because there was plenty of food for him.
그에게는 먹을 것이 충분했기 때문이다.
He walked around in the premises.
그는 건물 안을 돌아다녔다.
And he meditated on the strangeness of his life.
그리고 그는 자신의 삶의 이상함에 대해 묵상했습니다.
Dalim's friend only visited him during the day.
달림의 친구는 낮에만 그를 방문했습니다.
So he always saw him as a lifeless corpse.
그래서 그는 항상 그를 생명 없는 시체로 보았습니다.
But his body never seemed to change.
하지만 그의 몸은 전혀 변하지 않는 것 같았습니다.
There was no sign of putrefaction.
부패의 흔적은 없었습니다.
The body was lifeless and pale.

그 시체는 생명이 없고 창백했습니다.
But there were no symptoms of death.
하지만 죽음의 증상은 나타나지 않았습니다.
It all seemed too strange for him.
그에게는 모든 것이 너무 이상해 보였다.
So he decided to watch the corpse more closely.
그래서 그는 시체를 더 자세히 살펴보기로 했습니다.
And he visited his friend at night.
그리고 그는 밤에 친구를 방문했습니다.
He was astonished at what he saw that night.
그는 그날 밤 본 것에 놀랐다.
His dead friend was walking about in the garden.
그의 죽은 친구가 정원을 돌아다니고 있었습니다.
At first he thought Dalim might a ghost.
처음에 그는 달림이 유령일지도 모른다고 생각했습니다.
So he went to see if he could touch him.
그래서 그는 그를 만질 수 있는지 보러 갔습니다.
And then he saw it was really his friend.
그리고 그는 그것이 진짜 자신의 친구라는 것을 알았습니다.
Dalim told his friend everything that had happened.
달림은 친구에게 일어난 모든 일을 말했습니다.
He told him all the circumstances of his death.
그는 그에게 자신의 죽음에 관한 모든 상황을 말해주었습니다.
And soon they solved the mystery.
그리고 곧 그들은 그 미스터리를 해결했습니다.
They understood why he revived only at night.
그들은 그가 왜 밤에만 부활하는지 이해했습니다.
Every night the king came to see Queen Duo.
매일 밤 왕은 듀오 여왕을 만나러 왔습니다.
When the King visited, she took off her necklace.
왕이 방문하자 그녀는 목걸이를 벗었다.
The life of the prince depended on the necklace.
왕자의 목숨이 목걸이에 달려 있었습니다.
So the two friends worked on a plan.
그래서 두 친구는 계획을 세웠습니다.
Night after night they consulted together.
그들은 밤마다 함께 의논했다.
But they could not think of any feasible scheme.

하지만 그들은 실행 가능한 계획을 생각해 낼 수 없었습니다.

Eventually the Gods must have taken pity.
결국 신들은 불쌍히 여겼을 것이다.
And they decided to free Dalim.
그리고 그들은 달림을 풀어주기로 결정했습니다.
But we must understand how the Gods work.
하지만 우리는 신이 어떻게 일하시는지 이해해야 합니다.
These things are planned long before.
이런 일들은 오래 전부터 계획된 일이에요.
The sister of Bidhata-Purusha had had a daughter.
Bidhata-Purusha의 여동생에게는 딸이 있었습니다.
Bidhata-Purusha was a great fortune teller.
Bidhata-Purusha는 훌륭한 점쟁이었습니다.
He had written something on the child's forehead.
그는 아이의 이마에 무언가를 적었습니다.
"This child will marry the dead bridegroom"
"이 아이는 죽은 신랑과 결혼할 것이다"
Her mother was very saddened by this.
그녀의 어머니는 이 일에 매우 슬퍼했습니다.
She did not want this destiny for her daughter.
그녀는 자기 딸이 이런 운명을 맞이하는 것을 원하지
않았습니다.
But she could not argue with him.
하지 만 그녀는 그와 논쟁할 수 없었다.
He never changed what he had written.
그는 자신이 쓴 내용을 결코 바꾸지 않았습니다.
The child became exceedingly beautiful.
그 아이는 매우 아름다워졌습니다.
But the mother could not take any pleasure in this.
하지만 어머니는 이것에 아무런 기쁨도 느낄 수 없었습니다.
Because she knew the destiny of her child.
그녀는 자기 아이의 운명을 알고 있었기 때문입니다.
Eventually the girl came to marriageable age.
마침내 그 소녀는 결혼할 나이가 되었습니다.
She had to find a way to avoid her fate.
그녀는 자신의 운명을 피할 방법을 찾아야 했습니다.
So the mother fled the country with her child.

그래서 어머니는 아이를 데리고 나라를 떠났습니다.
Perhaps she could avoid her dreadful destiny.
아마도 그녀는 자신의 무서운 운명을 피할 수 있을 것이다.
But what was written was written.
하지만 기록된 내용은 기록되었습니다.
And fate cannot be overruled like this.
운명은 이렇게 뒤집힐 수 없습니다.
Together they journeyed through the land.
그들은 함께 그 땅을 여행했습니다.
You can imagine how fate was working.
운명이 어떻게 작용했는지 상상할 수 있을 겁니다.
They wandered past Dalim's resting place.
그들은 달림의 휴식처를 지나쳐 걸어갔다.
The shade of the evening was approaching.
저녁의 그림자가 다가오고 있었습니다.
"Mother, I am thirsty," said her child.
"엄마, 목이 마르네요." 아이가 말했다.
"Sit at this gate," replied her mother.
"이 문에 앉아라." 그녀의 어머니가 대답했습니다.
"I will search for water in the village"
"마을에서 물을 찾아볼게요"
The girl was curious about the garden.
그 소녀는 정원에 대해 호기심이 많았습니다.
And in the garden she saw strange house.
그리고 정원에서 그녀는 이상한 집을 보았습니다.
She pushed the gate, which opened itself.
그녀가 문을 밀자 문은 스스로 열렸다.
When she went in, she saw a beautiful palace.
그녀가 안으로 들어가자 아름다운 궁전이 보였습니다.
But she had an uneasy feeling about the palace.
하지만 그녀는 궁전에 대해 불안한 느낌을 받았습니다.
However, the door had shut itself.
하지만 문은 스스로 닫혀버렸습니다.
So she had no way of getting out.
그래서 그녀는 탈출할 방법이 없었습니다.

When night came the prince revived.
밤이 되자 왕자는 다시 살아났다.

As usual, he walked around in the garden.
그는 평소처럼 정원을 산책했다.
But this time he saw a female figure.
하지만 이번에는 여성의 모습을 보았습니다.
The figure was standing near the gate.
그 인물은 문 근처에 서 있었습니다.
Soon he saw that it was a girl.
곧 그는 그것이 소녀라는 것을 알았습니다.
And he saw she was of unsurpassed beauty.
그는 그녀가 비할 데 없이 아름답다는 것을 알았습니다.
"Who are you?" he asked her.
"당신은 누구세요?" 그는 그녀에게 물었다.
She told Dalim everything that had happened.
그녀는 달림에게 일어난 모든 일을 말했습니다.
All the details of her little history.
그녀의 작은 역사에 대한 모든 세부 사항.
"My uncle is the divine Bidhata-Purusha"
"나의 삼촌은 신성한 비다타 푸루샤입니다"
"He wrote on my forehead at birth"
"그는 내가 태어날 때 이마에 글을 썼습니다."
"This child will marry the dead bridegroom"
"이 아이는 죽은 신랑과 결혼할 것이다"
"My mother did not want that life for me"
"어머니는 내가 그런 삶을 살기를 원하지 않으셨어요"
"So we left our house and city"
"그래서 우리는 집과 도시를 떠났습니다"
"And we wandered through the country"
"그리고 우리는 그 나라를 돌아다녔습니다"
"We had come to the gate of your palace"
"우리는 당신의 궁전 문에 왔습니다"
"After our journey I was thirsty"
"여행을 마치고 나는 목이 말랐다"
"So my mother went to look for water"
"그래서 어머니는 물을 찾으러 가셨어요"
"And now I am standing here before you"
"그리고 지금 나는 당신 앞에 서 있습니다"
Dalim Kumar knew the meaning of the story.

달림 쿠마르는 그 이야기의 의미를 알았습니다.

"I am the dead bridegroom," he told the girl.

"나는 죽은 신랑이에요." 그는 소녀에게 말했다.

"It is me who you will marry"

"당신은 나와 결혼할 거예요"

"Come with me to the house," he asked of her.

그는 그녀에게 "나와 함께 집으로 가자"고 부탁했습니다.

But the girl wasn't so easily persuaded.

하지만 그 소녀는 쉽게 설득되지 않았습니다.

"You are standing and speaking to me"

"당신은 서서 나에게 말하고 있어요"

"How can you be the dead bridegroom?"

"어떻게 죽은 신랑이 될 수 있니?"

The prince understood her objection.

왕자는 그녀의 반대의사를 이해했다.

"You will understand it afterwards"

"나중에 알게 될 거야"

The girl followed the prince into the house.

소녀는 왕자를 따라 집 안으로 들어갔다.

She had been fasting the whole day.

그녀는 하루 종일 단식을 했습니다.

So the prince gave her wonderful food.

그래서 왕자는 그녀에게 맛있는 음식을 주었습니다.

Meanwhile, the girl's mother had come back.

그 사이에 소녀의 어머니가 돌아왔다.

She was standing at the gates of the garden.

그녀는 정원 문 앞에 서 있었습니다.

But her daughter was not there anymore.

하지만 그녀의 딸은 더 이상 거기에 없었습니다.

She cried out for her daughter.

그녀는 딸을 부르며 울었습니다.

But she got no reply from her daughter.

하지만 그녀는 딸에게서 아무런 답변도 받지 못했습니다.

So she went looking for her in the village.

그래서 그녀는 마을에서 그녀를 찾아 나섰습니다.

As usual, Dalim's friend came that night.

언제나 그렇듯이 그날 밤에도 달림의 친구가 왔습니다.
Dalim was still entertaining his guest.
달림은 여전히 손님을 접대하고 있었습니다.
He was not expecting to see a stranger.
그는 낯선 사람을 만날 줄은 예상하지 못했습니다.
And the girl retold him her story.
그리고 그 소녀는 그에게 자신의 이야기를 다시
들려주었습니다.
You can imagine his surprise when she told him.
그녀가 그에게 말했을 때 그가 얼마나 놀랐을지 상상할 수
있을 겁니다.
He was able to confirm Dalim's story.
그는 달림의 이야기를 확인할 수 있었습니다.
Soon they had all accepted destiny.
곧 그들은 모두 운명을 받아들였습니다.
That night they fulfilled their fates.
그날 밤 그들은 운명을 맞이했습니다.
They decided to unite the couple in matrimony.
그들은 두 사람을 결혼으로 연결하기로 결정했습니다.
It was going to be impossible to get a priest.
신부를 구하는 건 불가능할 겁니다.
So Dalim's friend performed the hymeneal rites.
그래서 달림의 친구가 처녀막 의식을 거행했습니다.
The friend of the bridegroom left the palace.
신랑의 친구가 궁전을 떠났습니다.
The newly-weds had the palace to themselves.
신혼부부는 궁전을 그들만 차지했다.
The happy couple did not sleep much that night.
행복한 커플은 그날 밤 잠을 별로 자지 못했습니다.
So it was long after sunrise that they woke up.
그래서 그들은 해가 뜬 후 오랜 시간이 지나서야
깨어났습니다.
Of course it was only the young wife that woke up.
물론 깨어난 사람은 젊은 아내뿐이었습니다.
The prince had become a cold corpse again.
왕자는 다시 차가운 시체가 되어버렸다.
The queen had put on her necklace.
여왕은 목걸이를 착용했다.

And life had departed from him again.
그리고 인생은 다시 그에게서 떠났다.
You can imagine how the young wife felt.
젊은 아내가 어떤 기분이었을지 상상해 보세요.
She shook her husband to try and wake him.
그녀는 남편을 흔들어 깨우려고 했습니다.
She kissed him on his cold lips.
그녀는 그의 차가운 입술에 키스했다.
But all her efforts were in vain.
하지만 그녀의 모든 노력은 허사로 돌아갔다.
He was as lifeless as a marble statue.
그는 대리석 조각상처럼 생명이 없었습니다.
The young wife was stricken with horror.
젊은 아내는 공포에 휩싸였습니다.
She smote her breast with her fists.
그녀는 주먹으로 가슴을 쳤다.
She struck her forehead with her palms.
그녀는 손바닥으로 이마를 쳤다.
And she tore her hair from her head.
그리고 그녀는 그녀의 머리카락을 잡아뜯었다.
She ran through the garden like a mad woman.
그녀는 미친 여자처럼 정원을 뛰어다녔다.
Dalim's friend did not come during the day.
달림의 친구는 낮에는 오지 않았습니다.
He did not want to see his friend this way.
그는 친구가 이런 모습을 보는 것을 원하지 않았습니다.
The poor girl did not know what to do.
불쌍한 소녀는 무엇을 해야 할지 몰랐습니다.
Time could not pass quickly enough.
시간은 너무나 빨리 흘러갔습니다.
The day seemed as long as a year.
그날은 1년처럼 길게 느껴졌다.
But the even longest day has its end.
하지만 가장 긴 하루도 끝이 납니다.
The shades of evening were descending.
저녁의 그림자가 내려오고 있었습니다.
Her dead husband was awakened into consciousness.
그녀의 죽은 남편이 의식을 되찾았습니다.

He rose up from his bed again.
그는 다시 침대에서 일어났다.
And he embraced his new wife.
그리고 그는 새로운 아내를 껴안았습니다.
Again they ate, drank, and became merry.
그들은 다시 먹고, 마시고, 즐거웠습니다.
His friend made his usual appearance.
그의 친구는 평소처럼 나타났다.
And the whole night was spent celebrating.
그리고 밤새도록 축하를 했습니다.

They spent the next seven years this way.
그들은 이런 식으로 다음 7년을 보냈습니다.
During the day Dalim was lifeless.
낮 동안 달림은 생명이 없었습니다.
But at night he came to life.
하지만 밤이 되자 그는 살아났다.
And their life was quite usual.
그들의 삶은 매우 평범했습니다.
The princess gave her husband two lovely boys.
공주는 남편에게 사랑스러운 아들 둘을 낳았습니다.
They were the exact image of their father.
그들은 그들의 아버지와 똑같은 모습이었습니다.
Of course the king and Queens did not know.
물론 왕과 왕비는 몰랐습니다.
They did not know they were grandparents.
그들은 자신들이 조부모라는 사실을 몰랐습니다.
And they did not know Dalim was alive.
그리고 그들은 달림이 살아 있다는 것을 몰랐습니다.
To be precise I should say he was alive at night.
정확히 말하면 그는 밤에 살아 있었다고 말해야겠습니다.
They all thought he had long been dead.
그들은 모두 그가 오래 전에 죽었다고 생각했습니다.
They assumed his corpse would now be gone.
그들은 그의 시체가 이제 사라졌을 것이라고 생각했습니다.
But the heart of Dalim s wife was yearning.
하지만 달림의 아내의 마음은 그리워졌습니다.
She wanted nothing more than her mother-in-law.

그녀는 시어머니 외에는 아무것도 원하지 않았습니다.
Over the years she had come up with a plan.
그녀는 수년에 걸쳐 계획을 세웠습니다.
Perhaps she could see her mother-in-law.
아마도 그녀는 시어머니를 만날 수 있을 것이다.
Maybe they could get hold of the necklace.
어쩌면 그들은 목걸이를 손에 넣을 수도 있을 것이다.
She asked for the consent of her husband.
그녀는 남편의 동의를 구했습니다.
And he allowed her to disguise herself.
그리고 그는 그녀가 변장하는 것을 허락했습니다.
She took on the appearance of a female barber.
그녀는 여성 이발사의 모습을 하고 있었습니다.
Like every female barber, she needed equipment.
모든 여성 이발사와 마찬가지로 그녀에게도 장비가
필요했습니다.
She took the following tools;
그녀는 다음과 같은 도구를 가져갔습니다.
An iron instrument for preparing finger nails.
손톱을 다듬는 데 쓰이는 철제 도구.
Another iron instrument for scraping the feet.
발을 긁는 데 사용하는 또 다른 철제 도구.
A piece of burnt jhama brick.
불에 탄 자마 벽돌 조각.
For rubbing the soles of the feet.
발바닥을 문지르는 데 사용합니다.
And paint for the edges of the feet.
그리고 발의 가장자리를 칠하세요.
She took all her tools with her.
그녀는 도구를 모두 가지고 갔다.
And she stood at the gate of the King's palace.
그리고 그녀는 왕궁 문 앞에 섰습니다.
I forgot something else she brought.
그녀가 가져온 다른 물건이 있다는 걸 잊어버렸어요.
She had come with her two sons.
그녀는 두 아들을 데리고 왔습니다.
She spoke with the guards.
그녀는 경비원들과 이야기를 나누었습니다.

"I work as a barber"
"저는 이발사로 일해요"
"I have come to offer my services"
"나는 내 서비스를 제공하기 위해 왔습니다"
"I desire to see Queen Suo"
"나는 수오 왕비를 뵙고 싶습니다"
Queen Suo quickly gave her an interview.
소왕비는 급히 그녀에게 인터뷰를 했습니다.
The queen was quite fond of the two little boys.
여왕은 두 어린 소년을 매우 좋아했습니다.
They strangely reminded her of her own son.
이상하게도 그들은 그녀에게 자신의 아들을 떠올리게
했습니다.
And she remembered her lost treasure.
그리고 그녀는 잃어버린 보물을 기억해냈습니다.
Tears fell profusely from her eyes.
그녀의 눈에서 눈물이 콸콸 흘러내렸다.
She had not the remotest idea who they were.
그녀는 그들이 누구인지 전혀 몰랐습니다.
Of course we know who they are.
물론 우리는 그들이 누구인지 알고 있습니다.
The two little boys are her grandsons.
두 어린 소년은 그녀의 손자입니다.
She spoke to the barber.
그녀는 이발사에게 말했다.
"My son died when he was young"
"내 아들은 어렸을 때 죽었어요"
"I have given up these vanities"
"나는 이러한 허영심을 포기했습니다"
"I stopped having my feet ceremoniously dyed"
"나는 더 이상 발을 의식적으로 염색하지 않았습니다"
"But I would be glad to see your two fine boys"
"하지만 당신의 두 아들을 만나고 싶어요"
The barber agreed to let Queen Suo see her boys.
이발사는 소왕비가 그녀의 아들들을 만나도록 허락했습니다.
But she had one question before she went.
하지만 그녀는 떠나기 전에 한 가지 질문을 했습니다.

"Are there other ladies in the palace?
"궁전에 다른 여인들이 있나요?
"Someone else I could provide my service to"
"내가 서비스를 제공할 수 있는 다른 사람"
She was told there was another queen.
그녀는 또 다른 여왕이 있다고 들었습니다.
And she was also allowed to go to that queen.
그리고 그녀는 그 여왕에게 갈 수도 있었습니다.
Queen Duo allowed her to prepare her nails.
듀오 여왕은 그녀가 손톱을 준비하도록 허락했다.
And she was allowed to scrape her feet.
그리고 그녀는 발을 긁는 것도 허용되었습니다.
She painted her feet with alakta.
그녀는 자신의 발에 알락타를 칠했습니다.
And the queen was very pleased with her skill.
여왕은 그녀의 기술에 매우 만족했습니다.
She also enjoyed the sweetness of her disposition.
그녀는 또한 자신의 성격의 달콤함을 좋아했습니다.
So she booked to have more of her services.
그래서 그녀는 더 많은 서비스를 받기 위해 예약을 했습니다.
The female barber had come for something else.
여자 이발사는 다른 일을 하러 왔습니다.
And she quickly noticed the necklace.
그리고 그녀는 금세 목걸이를 알아챘다.
The necklace was around the Queen's neck.
그 목걸이는 여왕의 목에 걸려 있었습니다.

The day of her second visit had come.
두 번째 방문 날이 왔습니다.
She gave her eldest son the instructions.
그녀는 큰아들에게 지시를 내렸습니다.
"We are going into the palace again"
"우리는 다시 궁궐로 들어간다"
"When in the palace you have to cry"
"궁궐에 있으면 울어야 한다"
"Say you would like the queen's necklace"
"여왕의 목걸이를 원한다고 말하세요"

"Don't stop crying until you have her necklace"
"그녀의 목걸이를 얻을 때까지 울음을 멈추지 마세요"
The female barber went to queen Duo's apartment.
여자 이발사는 듀오 여왕의 아파트로 갔습니다.
Soon the elder boy started to cry.
곧 큰 소년이 울기 시작했습니다.
The boy acted his role well.
그 소년은 자신의 역할을 잘 수행했습니다.
Nothing would console the boy.
아무것도 그 소년을 위로할 수 없었다.
"What is wrong?" Queen Duo asked.
"무슨 일이야 ?" 퀸 듀오가 물었다.
They boy could hardly speak.
그 소년은 거의 말을 할 수 없었다.
"Your necklace is so beautiful"
"너의 목걸이 너무 예쁘네"
And he continued to sob.
그리고 그는 계속 흐느껴 울었습니다.
"Can I please hold the necklace?"
"목걸이 좀 잡아줄 수 있을까요?"
Queen Duo did not want to let him.
듀오 여왕은 그를 내버려 두고 싶지 않았습니다.
"I cannot part with my necklace"
"목걸이를 버릴 수 없어"
"It is my most valuable jewel"
"그것은 내 가장 소중한 보석이에요"
But the boy did not stop crying.
하지만 소년은 울음을 그치지 않았습니다.
So she took the necklace off her neck.
그래서 그녀는 목에서 목걸이를 벗었다.
And she put the necklace into the boy's hand.
그리고 그녀는 목걸이를 소년의 손에 쥐어주었습니다.
The boy quickly stopped crying.
그 소년은 재빨리 울음을 멈췄다.
And he held the necklace in his hand.
그리고 그는 목걸이를 손에 쥐고 있었습니다.
The female barber had finished her work.

여자 이발사는 일을 마쳤습니다.
She was packing up her tools.
그녀는 도구를 챙기고 있었습니다.
And she was about to leave the palace.
그리고 그녀는 궁전을 떠나려고 했습니다.
So the queen wanted the necklace back.
그래서 여왕은 목걸이를 돌려받고 싶어했습니다.
But the boy would not let her have the necklace.
하지만 그 소년은 그녀가 목걸이를 갖는 것을 허락하지 않았습니다.
His mother attempted to snatch the necklace from him.
그의 어머니는 그에게서 목걸이를 빼앗으려고 했습니다.
But he wept bitterly when she tried.
하지만 그녀가 시도하자 그는 몹시 울었습니다.
And he cried as if his heart would break.
그리고 그는 가슴이 터질 듯이 울었습니다.
The female barber politely asked the queen;
여자 이발사는 여왕에게 정중하게 물었다.
"Please let the boy take the necklace home"
"그 소년이 목걸이를 집으로 가져가게 해주세요"
"He will fall asleep after drinking his milk"
"그는 우유를 마신 후 잠들 것이다"
"And then I will bring your necklace back"
"그리고 나서 네 목걸이를 다시 가져다 줄게"
She could see she had no choice.
그녀는 선택의 여지가 없다는 것을 알았습니다.
The boy would not allow her to take the necklace.
그 소년은 그녀가 목걸이를 가져가는 것을 허락하지 않았습니다.
So she agreed to the proposal.
그래서 그녀는 그 제안에 동의했습니다.
"Dalim must now be long dead," she thought.
'달림은 이제 오래전에 죽었을 거야' 그녀는 생각했다.
And she had nothing to worry about.
그녀는 걱정할 것이 전혀 없었습니다.

The princess had the prized necklace.
공주는 소중한 목걸이를 가지고 있었습니다.

The treasure bound to her husband's life.
그녀 남편의 삶과 연결된 보물.
She rushed back to the garden-house.
그녀는 정원집으로 돌아갔다.
And she gave the necklace to Dalim.
그리고 그녀는 그 목걸이를 달림에게 주었습니다.
Dalim had been alive all morning.
달림은 오전 내내 살아 있었습니다.
It was the first time he saw the sun again.
그는 처음으로 태양을 다시 보았다.
Their joy of his life knew no bounds.
그들의 삶에 대한 기쁨은 끝이 없었습니다.
Their friend advised them to go to the palace.
그들의 친구는 그들에게 궁전으로 가라고 조언했습니다.
"Go to the palace tomorrow"
"내일 궁궐로 가세요"
"Present yourselves to the King and Queen"
"왕과 왕비께 자신을 소개하세요"
"Let them know you're alive and well"
"당신이 살아있고 건강하다는 것을 그들에게 알려주세요"
The couple accepted their friend's advice.
그 브부는 친구의 조언을 받아들였다.
And they prepared everything for their arrival.
그리고 그들은 도착을 위해 모든 것을 준비했습니다.
An elephant was brought for the prince.
왕자를 위해 코끼리가 데려왔다.
A pair of ponies were brought for the boys.
소년들을 위해 조랑말 한 쌍이 데려왔습니다.
And there was a grand chaturdala.
그리고 웅장한 차투르달라가 있었습니다.
It was furnished with curtains of gold lace.
그 방에는 금색 레이스 커튼이 장식되어 있었습니다.
Word was sent to the king and the Queen Suo.
이 소식은 왕과 수오 왕비에게 전달되었습니다.
"Prince Dalim Kumar is alive and well"
"달림 쿠마르 왕자는 살아있고 건강합니다"
"And he is coming to visit you"

"그리고 그는 당신을 방문하러 오고 있습니다"
"Now he has a wife and two sons"
"이제 그에게는 아내와 두 아들이 있습니다 ."
The King and Queen Suo could hardly believe it.
수오 왕과 왕비는 이를 믿을 수 없었다.
But they were assured that it was all true.
하지만 그들은 그것이 모두 사실이라고 확신했습니다.
Queen Duo quickly realized her predicament.
듀오 여왕은 곧 자신의 곤경을 깨달았습니다.
And she became overwhelmed with grief.
그녀는 슬픔에 휩싸였습니다.
A band of musicians followed the prince.
음악대대가 왕자를 따라갔다.
Prince Dalim Kumar approached the palace-gate.
달림 쿠마르 왕자가 궁전 문으로 다가갔습니다.
The King and Queen Suo went to the gates.
소왕과 왕비는 성문으로 나갔다.
And they welcomed their long-lost son.
그리고 그들은 오랫동안 잃어버렸던 아들을 맞이했습니다.
You can imagine how happy they were.
그들이 얼마나 행복했을지 상상할 수 있을 겁니다.
Dalim told his parents of his death.
달림은 부모에게 자신의 죽음을 알렸습니다.
He told them of the pond by the palace.
그는 궁전 옆에 있는 연못에 대해 그들에게 이야기했습니다.
And he told them of the fish in the pond.
그리고 그는 그들에게 연못에 있는 물고기에 대해
이야기했습니다.
He told them of the wooden box in the fish.
그는 그들에게 물고기 속에 있는 나무 상자에 대해
이야기했습니다.
He told them of the necklace in the wooden box.
그는 그들에게 나무 상자 안에 있는 목걸이에 대해
이야기했습니다.
And he told them the secret of his life.
그리고 그는 그들에게 자신의 삶의 비밀을 말했습니다.
He told them how he died each night.
그는 매일 밤 자신이 어떻게 죽었는지 그들에게 말했습니다.

Of course he also mentioned his new wife.
물론 그는 그의 새로운 아내에 대해서도 언급했습니다.
The king was inflamed with rage at the news.
왕은 이 소식에 격노했다.
He ordered Queen Duo into his presence.
그는 듀오 여왕에게 자신의 면전에 나오라고 명령했다.
A large hole was dug in the ground.
땅에 큰 구멍이 파여 있었습니다.
The hole was as deep as the height of a man.
그 구멍은 사람 키만큼 깊었습니다.
Queen Duo was made to stand in the hole.
퀸 두오는 구멍에 서 있도록 만들어졌습니다.
Prickly thorns were heaped around her.
그녀의 주변에는 가시투성이의 가시들이 쌓여 있었다.
The thorns went up to the crown of her head.
가시가 그녀의 머리 꼭대기까지 올라와 있었습니다.
And in this manner she was buried alive.
그리고 이런 식으로 그녀는 산 채로 묻혔습니다.

Phakir Chand
파키르 찬드

There was once a king, who had a son.
옛날 어느 왕이 있었는데, 그에게 아들이 하나 있었습니다.
The king's minister also had a son.
왕의 대신에게도 아들이 있었습니다.
The two sons loved each other dearly.
두 아들은 서로를 매우 사랑했습니다.
And they did everything together.
그리고 그들은 모든 것을 함께 했습니다.
The two sons sat and stood up together.
두 아들은 함께 앉기도 하고 일어서기도 했습니다.
They walked together to the same places.
그들은 같은 장소로 함께 걸어갔다.
They ate their meals together.
그들은 함께 식사를 했습니다.
They slept and got up together.
그들은 함께 잠을 자고 함께 일어났다.
They spent years in each other's company.
그들은 수년간 서로의 회사를 다녔습니다.
One day they both felt a new desire.
어느 날 두 사람 모두 새로운 욕망을 느꼈습니다.
They wanted to see foreign lands.
그들은 외국을 보고 싶어했습니다.
And so they set out on their journey.
그래서 그들은 여행을 시작했습니다.
One of them was the son of a king.
그 중 한 명은 왕의 아들이었습니다.
One of them was the son of his chief minister.
그 중 한 명은 그의 수석 장관의 아들이었습니다.
So of course they were both quite rich.
그러니 당연히 두 사람은 모두 매우 부자였습니다.
But they did not take any servants with them.
하지만 그들은 하인을 데리고 다니지 않았습니다.
They went by themselves, on horseback.
그들은 말을 타고 혼자 여행을 떠났습니다.
The horses were beautiful to look at.

말들은 보기에 아름다웠습니다.

They were Pakshirajes horses.

그들은 파크시라제스 말들이었습니다.

Such horses are known as the kings of birds.

이런 말은 새의 왕으로 불린다.

The two sons rode together for many days.

두 아들은 여러 날 동안 함께 말을 타고 다녔다.

They passed through extensive plains.

그들은 넓은 평원을 지나갔다.

And the plains were covered with paddy.

그리고 평야는 논으로 뒤덮여 있었습니다.

And they passed through strange cities.

그리고 그들은 낯선 도시들을 지나갔습니다.

And they passed through towns, and villages.

그리고 그들은 도시와 마을을 지나갔습니다.

They passed through treeless deserts.

그들은 나무가 없는 사막을 지나갔습니다.

And they passed through forests.

그들은 숲을 지나갔습니다.

And the forests were dense with trees.

그리고 숲에는 나무가 울창했습니다.

These forests were the abode of the tiger.

이 숲은 호랑이의 서식지였습니다.

And the bear also lived in these forests.

그리고 곰도 이 숲에 살았습니다.

One evening they were overtaken by the night.

어느 날 저녁 그들은 밤에 휩쓸렸습니다.

They had not seen any human habitations.

그들은 인간이 사는 곳을 본 적이 없었습니다.

But it was getting darker and darker.

하지만 날은 점점 더 어두워졌습니다.

So they dismounted beneath a lofty tree.

그래서 그들은 높은 나무 아래로 말에서 내렸습니다.

They tied their horses to the tree.

그들은 말을 나무에 묶었습니다.

And then they climbed up the tree.

그리고 그들은 나무 위로 올라갔습니다.

They covered the branches with thick foliage.

그들은 가지를 두꺼운 잎으로 덮었습니다.
So that they could sit on the branches.
그래서 그들은 나뭇가지에 앉을 수 있었습니다.
The tree had grown near a large body of water.
그 나무는 큰 물가에서 자랐습니다.
The water was as clear as the eye of a crow.
물은 까마귀의 눈처럼 맑았습니다.
The two friends made themselves comfortable.
두 친구는 편안하게 앉았다.
Of course it wasn't very comfortable in a tree.
물론 나무 위에 있는 건 그다지 편안하지 않았어요.
But it wasn't uncomfortable in the tree either.
하지만 나무 위에 있는 것도 불편하지는 않았습니다.
They had decided to spend the night there.
그들은 그곳에서 밤을 보내기로 결정했습니다.
They sometimes chatted together in whispers.
그들은 때때로 속삭이듯 이야기를 나누곤 했습니다.
They felt whispering was better than talking.
그들은 말하는 것보다 속삭이는 것이 더 낫다고 생각했습니다.
Because the region seemed very strange to them.
그들에게는 그 지역이 매우 이상하게 보였기 때문입니다.
And soon they were falling into a doze.
그리고 곧 그들은 잠에 빠져들었습니다.
But their attention was suddenly jolted.
하지만 그들의 주의는 갑자기 흔들렸습니다.
From the water they heard a noise.
그들은 물속에서 소리를 들었습니다.
It sounded like the rushing of water.
그것은 물이 쏟아지는 소리 같았습니다.
In front of them was a terrible sight!
그들 앞에는 끔찍한 광경이 펼쳐져 있었습니다!
A huge serpent came from under the water.
거대한 뱀이 물속에서 나왔습니다.
The snake swam ashore and slithered around.
뱀은 해변으로 헤엄쳐 나와서 기어다녔다.
But something else attracted their attention.
하지만 그들의 관심을 끈 것은 다른 것이었습니다.
The crested hood of the serpent was shining.

뱀의 볏이 있는 두건이 빛나고 있었습니다.
The snake had a brilliant manikya embedded.
뱀에는 빛나는 마니키아가 박혀 있었습니다.
The jewel shone like a thousand diamonds.
그 보석은 마치 수천 개의 다이아몬드처럼 빛났습니다.
The crystal lit up the water in the tank.
수정이 탱크 안의 물을 밝게 비췄다.
The embankments and trees were irradiated.
제방과 나무가 방사선에 노출되었습니다.
The serpent doffed the jewel from its crest.
뱀은 볏에서 보석을 떼어냈다.
And the serpent threw the jewel on the ground.
그리고 뱀은 보석을 땅에 던졌습니다.
And then the serpent went in search of food.
그리고 뱀은 음식을 찾아 나섰습니다.
They could not believe what they had seen.
그들은 자신들이 본 것을 믿을 수 없었다.
They stayed in the safety of the tree.
그들은 나무의 안전한 곳에 머물렀습니다.
But they greatly admired the jewel.
하지만 그들은 그 보석을 매우 존경했습니다.
The ruby shed an ineffable luster.
루비는 형언할 수 없는 광채를 발산했다.
Everything had a magical glow around it.
모든 것이 마법처럼 빛났습니다.
They had never seen anything like it.
그들은 그런 것을 본 적이 없었습니다.
Although, they had heard of this treasure.
하지 만 그들은 이 보물에 대해 들어본 적이 있었습니다.
The jewel equaled the treasures of seven kings.
그 보석은 일곱 왕의 보물과 맞먹는 값이었습니다.
But their admiration soon changed to fear.
하지만 그들의 감탄은 곧 두려움으로 바뀌었습니다.
The serpent came to the foot of their tree.
뱀이 그들의 나무 아래에 다가왔습니다.
The serpent had found their horses!
뱀이 그들의 말을 찾았습니다!
The poor horses had been tied to the tree.

불쌍한 말들은 나무에 묶여 있었습니다.
The animals had no way of escaping.
동물들은 탈출할 방법이 없었습니다.
One by one the serpent ate their horses.
뱀은 하나하나 그들의 말을 먹어치웠습니다.
But the serpent's appetite did not seem satisfied.
하지만 뱀의 식욕은 만족되지 않은 듯했습니다.
They feared they would be the next victims.
그들은 다음 희생자가 자신들이 될까봐 두려워했습니다.
But their fears were soon relieved.
하지만 그들의 두려움은 곧 사라졌습니다.
The gigantic cobra had not seen them.
거대한 코브라는 그들을 보지 못했습니다.
And eventually the snake left again.
그리고 마침내 뱀은 다시 떠났습니다.
The minister's son saw an opportunity.
목사의 아들은 기회를 보았습니다.
This was his chance to take the gem.
이것은 그가 보석을 가져갈 수 있는 기회였습니다.
But there was one problem they had.
하지만 그들에게는 하나의 문제가 있었습니다.
The jewel shone incredibly bright.
보석은 믿을 수 없을 정도로 밝게 빛났습니다.
The serpent would know what had happened.
뱀은 무슨 일이 일어났는지 알았을 것이다.
But there was a way to overcome this problem.
하지만 이 문제를 극복할 방법이 있었습니다.
And the minister's son knew the solution.
그리고 목사의 아들은 해결책을 알고 있었습니다.
He had to cover the stone with horse-dung.
그는 돌을 말똥으로 덮어야 했습니다.
And there was some horse-dung by the tree.
그리고 나무 옆에는 말똥도 있었습니다.
He quietly came down from the tree.
그는 조용히 나무에서 내려왔다.
He picked up the horse-dung off the floor.
그는 바닥에 떨어진 말똥을 주워 모았다.
And he threw the dung upon the precious stone.

그리고 그는 그 보석 위에 똥을 던졌습니다.
And then he climbed up into the tree again.
그리고 그는 다시 나무 위로 올라갔습니다.
The serpent noticed something had happened.
뱀은 무슨 일이 일어났는지 알아챘습니다.
The light of the jewel had vanished.
보석의 빛은 사라졌습니다.
The serpent rushed back with great fury.
뱀은 몹시 화가 나서 돌아왔습니다.
The serpent returned to where it had left the stone.
뱀은 돌을 놓아둔 곳으로 돌아갔습니다.
The serpent let out a frightful hiss at the night.
뱀은 밤에 무서운 쉿쉿거리는 소리를 냈다.
The snake's groans and convulsions were terrible.
뱀의 신음소리와 경련은 끔찍했습니다.
The snake went round and round the jewel.
뱀은 보석 주위를 빙빙 돌았습니다.
But the stone was covered with horse-dung.
하지만 그 돌은 말똥으로 뒤덮여 있었습니다.
This way the serpent could not see its treasure.
이렇게 하면 뱀은 보물을 볼 수 없게 됩니다.
Finally, the serpent breathed its last breath.
마침내 뱀은 마지막 숨을 쉬었습니다.

The two friends did not sleep much that night.
두 친구는 그날 밤 잠을 별로 자지 못했습니다.
In the morning they came down from the tree.
아침에 그들은 나무에서 내려왔습니다.
They went to where the crest-jewel was.
그들은 문장 보석이 있는 곳으로 갔습니다.
The mighty serpent was still laying there.
그 거대한 뱀은 여전히 거기에 누워 있었습니다.
But now the snake's body was perfectly lifeless.
하지만 이제 뱀의 몸은 완전히 생명이 없었습니다.
The friend of the prince stepped over the dead snake.
왕자의 친구가 죽은 뱀을 넘어갔습니다.
And he picked up the dung covered jewel.
그리고 그는 똥으로 뒤덮인 보석을 집어올렸다.

Both of them went to the bank of the water.
두 사람 모두 물가로 갔다.
And they washed the precious stone.
그리고 그들은 보석을 씻었습니다.
Finally, all the dung had been washed off.
마침내 모든 배설물이 씻겨 나갔습니다.
And the jewel shone as brilliantly as before.
그리고 그 보석은 예전처럼 밝게 빛났습니다.
The jewel lit up the entire bed of the tank of water.
보석은 물탱크 바닥 전체를 밝혔습니다.
Now they could see the innumerable fishes.
이제 그들은 셀 수 없이 많은 물고기를 볼 수 있었습니다.
But the light also revealed something else.
하지만 그 빛은 다른 것도 보여주었습니다.
This astonished them more than all the fishes.
이것은 모든 물고기보다 그들을 더 놀라게 했다.
In the bottom of the water there was something.
물 바닥에는 무언가가 있었습니다.
They could see there were lofty walls.
그들은 높은 벽이 있는 것을 볼 수 있었습니다.
The walls were from a magnificent palace.
그 벽은 웅장한 궁전의 것이었습니다.
The prince's friend was feeling venturesome.
왕자의 친구는 모험심을 느꼈습니다.
He convinced the king's son to follow him.
그는 왕의 아들을 설득하여 자기를 따르게 했습니다.
And then they wanted to swim to the palace below.
그리고 그들은 아래 궁전으로 수영하고 싶어했습니다.
The prince's friend took the jewel in his hand.
왕자의 친구는 그의 손에 보석을 받았습니다.
And they both dived into the waters.
그리고 두 사람은 모두 물속으로 뛰어들었습니다.
Soon they stood at the gate of the palace.
곧 그들은 궁전 문 앞에 섰습니다.
To their surprise the gate was open.
놀랍게도 문이 열려 있었습니다.
They saw no being, human or superhuman.
그들은 인간이나 초인적인 존재를 보지 못했습니다.

So they decided to venture inside the gate.
그래서 그들은 문 안으로 들어가기로 결정했습니다.
Inside the walls there was a beautiful garden.
성벽 안에는 아름다운 정원이 있었습니다.
In the middle of the garden was a house.
정원 한가운데에 집이 있었습니다.
No one had ever seen so many flowers.
그렇게 많은 꽃을 본 사람은 아무도 없었습니다.
There were roses of all imaginable varieties.
상상할 수 있는 모든 종류의 장미가 있었습니다.
There were endless numbers of yellow jessamine.
노란 재스민은 셀 수 없이 많았습니다.
And there were numerous white bell flowers.
그리고 수많은 하얀 종 모양의 꽃이 있었습니다.
These flowers were the king of smells.
이 꽃들은 냄새의 왕이었습니다.
The most scented lily of the valley.
가장 향기로운 은방울꽃.
There were the flowers from the champaka tree.
참파카나무에서 꽃이 피었습니다.
And a thousand other sweet-scented flowers.
그리고 향기로운 꽃이 천 가지나 더 있습니다.
Acres covered with the delicious jessamine.
맛있는 재스민으로 뒤덮인 땅.
All the plants were gemmed with flowers.
모든 식물에는 꽃이 장식되어 있었습니다.
And all the flowers were in full bloom.
그리고 모든 꽃들이 활짝 피었습니다.
So the air was loaded with rich perfume.
그래서 공기는 진한 향수로 가득 찼습니다.
A wilderness of sweet scents everywhere.
달콤한 향기가 사방에 감도는 황야.
They went through this paradise of perfumery.
그들은 향수의 천국을 지나갔습니다.
And eventually they reached the house.
마침내 그들은 집에 도착했습니다.
The house was surrounded by lofty trees.
그 집은 우뚝 솟은 나무들에 둘러싸여 있었습니다.

Soon they stood at the door of the house.
곧 그들은 집 문 앞에 섰습니다.
Now they could see it was a fairy palace.
이제 그들은 그것이 요정의 궁전이라는 것을 알 수
있었습니다.
The walls were of burnished gold.
벽은 빛나는 금으로 되어 있었습니다.
Here and there shone diamonds of dazzling hue.
여기저기에 눈부신 빛깔의 다이아몬드가 빛나고 있었습니다.
But they did not see any beings.
하지만 그들은 어떤 존재도 보지 못했습니다.
So they went inside the palace.
그래서 그들은 궁전 안으로 들어갔다.
The palace was richly furnished.
궁전은 호화롭게 장식되어 있었습니다.
They went from room to room.
그들은 방에서 방으로 돌아다녔습니다.
But they did not see anyone.
하지만 그들은 아무도 보지 못했습니다.
It seemed to be a deserted house.
그곳은 버려진 집처럼 보였다.
At last, however, they found a special room.
하지만 마침내 그들은 특별한 방을 찾았습니다.
In this room there was a young lady.
이 방에는 젊은 여성이 있었습니다.
She was sleeping on a golden bed.
그녀는 황금색 침대에서 자고 있었습니다.
The young lady was of exquisite beauty.
그 젊은 아가씨는 매우 아름다웠습니다.
Her complexion was a mixture of red and white.
그녀의 피부색은 붉은색과 흰색이 섞여 있었습니다.
She seemed to be about sixteen years of age.
그녀는 열여섯 살쯤 되어 보였다.
The two friends gazed upon her.
두 친구는 그녀를 바라보았다.
They were enchanted by her beauty.
그들은 그녀의 아름다움에 매료되었습니다.
But they could not admire her for long.

하지만 그들은 그녀를 오랫동안 존경할 수 없었다.
Because the young lady opened her eyes.
그 젊은 아가씨가 눈을 떴기 때문입니다.
Her eyes seemed like the eyes of a gazelle.
그녀의 눈은 가젤의 눈처럼 보였다.
On seeing the strangers she said;
낯선 사람들을 보자 그녀는 이렇게 말했습니다.
"How have you come here, ye unfortunate men?"
"불헝한 사람들이여, 어떻게 이곳에 오게 되었는가?"
"Be gone, be gone! I beg of you two"
"가버려, 가버려! 너희 둘에게 부탁할게."
"This is the abode of a mighty serpent"
"이곳은 강한 뱀의 거처입니다 "
"The serpent which has devoured my parents"
"내 부모님을 삼킨 뱀"
"And my brothers, and all my relatives"
"그리고 나의 형제들과 나의 모든 친척들"
"I am the only one that he has spared"
"그가 살려준 사람은 나뿐이야"
"Flee for your lives while you still can"
"아직 할 수 있는 동안 목숨을 건져라"
"Or else the serpent will eat you both"
"그렇지 않으면 뱀이 너희 둘을 다 먹어버릴 거야"
The prince's friend told her what had happened.
왕자의 친구가 그녀에게 무슨 일이 일어났는지
말해주었습니다.
"The serpent has breathed his last breath"
"뱀이 마지막 숨을 쉬었다"
"The snake's body lies lifeless on the floor"
"뱀의 몸은 바닥에 생명이 없는 채로 누워 있습니다."
"We took the head-jewel of the serpent"
"우리는 뱀의 머리 보석을 가져갔습니다"
"The jewel's light showed us to the palace.
"보석의 빛이 우리를 궁전으로 인도했습니다.
She thanked the strangers for their bravery.
그녀는 낯선 사람들의 용기에 감사를 표했다.
"You have freed me from the infernal serpent"

"당신은 나를 지옥의 뱀으로부터 해방시켜 주셨습니다"
"Please live with me in my palace"
"내 궁전에서 나와 함께 살아주세요"
"But please promise never to desert me"
"하지만 제발 나를 버리지 않겠다고 약속해 주세요"
They gladly accepted the invitation.
그들은 기꺼이 초대를 수락했습니다.
The king's son was smitten with the princess.
왕자는 공주에게 반했다.
He adored the charms of the peerless princess.
그는 비할 데 없는 공주의 매력을 사랑했습니다.
And he married her after a short time.
그리고 그는 얼마 지나지 않아 그녀와 결혼했습니다.
There was no priest at the palace.
궁전에는 사제가 없었습니다.
So the hymeneal knot was tied by other means.
그래서 처녀막매듭은 다른 방법으로 묶였습니다.
A simple exchange of garlands of flowers.
꽃다발을 교환하는 간단한 행위.
The king's son became inexpressibly happy.
왕자는 말로 표현할 수 없을 만큼 행복해졌습니다.
He delighted in the company of the princess.
그는 공주와 함께 있는 것을 좋아했습니다.
The prince's friend also had a wife.
왕자의 친구에게도 아내가 있었습니다.
Of course she was living in the upper world.
물론 그녀는 상류사회에 살고 있었습니다.
But he participated in his friend's happiness.
하지만 그는 친구의 행복에 동참했습니다.
The time they spent together passed merrily.
두 사람이 함께 보낸 시간은 즐겁게 지나갔다.
But they could not live here forever.
하지만 그들은 영원히 여기서 살 수는 없었습니다.
The prince had to return to his kingdom.
왕자는 자신의 왕국으로 돌아가야 했습니다.
But he knew the return would require some planning.
하지만 그는 돌아오려면 약간의 계획이 필요하다는 걸 알고
있었습니다.

The occasion would come with a lot of pomp.
그 행사는 매우 화려하게 진행될 것이다.
There were going to be many ceremonies.
많은 의식이 있을 예정이었습니다.
Because there was a lot to be celebrated.
축하할 일이 많았기 때문이죠.
First the prince's friend was going to go.
먼저 왕자의 친구가 갈 예정이었습니다.
And then he was going to return with the attendants.
그리고 그는 수행원들과 함께 돌아갈 예정이었습니다.
Horses, and elephants for the happy pair.
행복한 한 쌍을 위한 말과 코끼리.
The prince accompanied his friend.
왕자는 친구와 함께 갔다.
Together they went back to the surface.
그들은 함께 수면 위로 돌아갔다.
And they saw the upper world again.
그리고 그들은 다시 위쪽 세계를 보았습니다.
The two friends bid each other adieu.
두 친구는 서로 작별 인사를 했습니다.
The prince returned to his lovely wife.
왕자는 그의 사랑하는 아내에게 돌아갔다.
Before leaving everything had been organized.
떠나기 전에 모든 것이 정리되어 있었습니다.
The prince's friend arranged his return.
왕자의 친구가 그가 돌아올 수 있도록 주선했다.
He said when he was going to go the embankment.
그는 언제 제방으로 갈 것인지 말했다.
He was going to have the horses that they needed.
그는 그들에게 필요한 말을 갖게 될 것이었다.
Elephants were going to be there too, and attendants.
코끼리도 거기에 있을 것이고, 관리인도 있을 것입니다.
They were going to wait upon the prince and princess.
그들은 왕자와 공주를 만나러 갈 예정이었습니다.
The snake-jewel gave them the rights to this.
뱀 보석은 그들에게 이것에 대한 권리를 주었습니다.
The prince's friend went back to his country.
왕자의 친구는 자기 나라로 돌아갔습니다.

To prepare for the return of his friend.
친구의 귀환을 준비하기 위해서.

One day the prince was sleeping.
어느 날 왕자는 잠을 자고 있었습니다.
He had just had his midday meal.
그는 방금 점심을 먹었습니다.
The princess had never seen the upper regions.
공주는 위쪽 지역을 본 적이 없었습니다.
She felt the desire to see the upper world.
그녀는 더 높은 세상을 보고 싶은 욕망을 느꼈습니다.
For this she needed the snake-jewel.
그러기 위해서는 뱀 보석이 필요했습니다.
Only this could help her through the water.
이것만이 그녀가 물속에서 헤쳐나가는 데 도움이 될 수
있었습니다.
The jewel was shining its bright light in the room.
보석이 방 안에서 밝은 빛을 비추고 있었습니다.
She took the snake-jewel into her hand.
그녀는 뱀 모양의 보석을 손에 쥐었다.
And then she left the palace and the garden.
그리고 그녀는 궁전과 정원을 떠났습니다.
She successfully swam to the upper world.
그녀는 성공적으로 상층 세계로 헤엄쳐 올라갔습니다.
No mortal had caught sight of her.
그녀를 본 인간은 아무도 없었다.
At the edge of the water were some steps.
물가에는 계단이 몇 개 있었습니다.
The steps were for the convenience of bathers.
이 계단은 목욕하는 사람들의 편의를 위해 만들어졌습니다.
And this is also where she sat.
그리고 그녀가 앉았던 자리도 여기였습니다.
She scrubbed her body with the sand.
그녀는 모래로 몸을 문질렀다.
She washed her hair with the fresh water.
그녀는 깨끗한 물로 머리를 감았습니다.
And she played with the water for fun.
그리고 그녀는 재미 삼아 물놀이를 했습니다.

She walked about on the water's edge.
그녀는 물가를 따라 걸었다.
And she admired all the scenery around.
그녀는 주변의 풍경을 감상했습니다.
But finally she returned back to her palace.
하지만 마침내 그녀는 궁전으로 돌아왔습니다.
Her husband was still deep in sleep.
그녀의 남편은 아직도 깊이 잠들어 있었습니다.
But eventually he had slept enough.
하지만 결국 그는 충분히 잤습니다.
She did not tell him about her adventures.
그녀는 그에게 자신의 모험에 대해 말하지 않았다.
The next day her husband fell asleep again.
다음날 그녀의 남편은 다시 잠들었습니다.
And again she paid a visit the upper world.
그리고 그녀는 다시 하늘나라를 방문했습니다.
And she remained unnoticed by mortal man.
그리고 그녀는 필멸의 인간에게 주목받지 못했습니다.
Her success was starting to give her courage.
그녀의 성공은 그녀에게 용기를 주기 시작했습니다.
So she repeated her adventure a third time.
그래서 그녀는 세 번째로 모험을 반복했습니다.
The rajah's son was out hunting that day.
그날 라자의 아들은 사냥을 나갔습니다.
He had his tent not far from the water.
그는 물가에서 멀지 않은 곳에 텐트를 쳤습니다.
His attendants were cooking his meal.
그의 시종들이 그의 음식을 요리하고 있었습니다.
So, he wandered about along the water.
그래서 그는 물가를 따라 돌아다녔습니다.
Nearby an old woman was gathering sticks.
근처에서 한 늙은 여자가 나뭇가지를 모으고 있었습니다.
She was collecting dried branches of trees.
그녀는 나무의 마른 가지를 모으고 있었습니다.
She needed the sticks for kindling wood.
그녀는 불쏘시개로 쓸 나무가 필요했습니다.
This was when the princess came out the water.
공주가 물에서 나왔을 때였습니다.

She gazed around and she saw a man.
그녀는 주위를 둘러보다가 한 남자를 보았습니다.
And then she saw there was also a woman.
그리고 그녀는 또한 여자가 있는 것을 보았습니다.
The princess knew she didn't want to be seen.
공주는 자신이 보이고 싶지 않다는 것을 알았습니다.
So she went back down to her palace.
그래서 그녀는 궁전으로 돌아갔습니다.
But the rajah's son had caught a glimpse of her.
하지만 라자의 아들은 그녀를 잠깐 보았습니다.
And the old woman gathering sticks saw her too.
그리고 나뭇가지를 모으던 늙은 여자도 그녀를 보았습니다.
The rajah's son stood gazing on the waters.
라자의 아들은 물을 바라보며 서 있었습니다.
He had never seen such a beautiful woman.
그는 그렇게 아름다운 여자를 본 적이 없었다.
She seemed to him to be a deva-kanyas.
그는 그녀를 데바-칸야스로 여겼다.
Heavenly goddesses he had read of in old books.
그는 옛 책에서 천상의 여신들에 대해 읽은 적이 있었습니다.
They are said to visit the upper world.
그들은 하늘의 세계를 방문한다고 전해진다.
And the upper world is honored to have them.
그리고 상층 세계는 그들을 존경합니다.
But it is said to happen only rarely.
하지만 이런 일은 드물게 일어난다고 합니다.
The way that angels only visit rarely.
천사가 드물게 방문하는 방식입니다.
He had seen the princess' unearthly beauty.
그는 공주의 기이할 정도로 아름다운 모습을 보았습니다.
She had made a deep impression on his heart.
그녀는 그의 마음에 깊은 인상을 남겼습니다.
Although he had seen her only for a moment.
그는 그녀를 아주 잠깐만 보았지만요.
But her beauty distracted his mind.
하지만 그녀의 아름다움은 그의 마음을 산만하게 만들었다.
He stood there like a statue, for hours.
그는 몇 시간 동안 동상처럼 그 자리에 서 있었습니다.

All he could do was gaze into the waters.
그가 할 수 있는 일은 그저 물을 바라보는 것뿐이었습니다.
In the hope of seeing the lovely figure again.
다시 그 사랑스러운 모습을 볼 수 있기를 바라며.
But all his time was spent in vain.
하지만 그의 시간은 모두 헛되이 흘러갔다.
The princess did not appear again.
공주는 다시 나타나지 않았다.
The rajah's son became mad with love.
라자의 아들은 사랑에 미쳐버렸다.
He kept muttering, "now here, now gone!"
그는 계속 중얼거렸다. "이제 여기 있고, 이제 사라졌다!"
He refused to leave the water's edge.
그는 물가를 떠나기를 거부했습니다.
His attendants had to forcibly remove him.
그의 수행원들은 강제로 그를 끌어내야 했다.
They took him to his father's palace.
그들은 그를 그의 아버지의 궁전으로 데려갔다.
But he was in a state of hopeless insanity.
하지만 그는 희망 없는 정신이상 상태에 있었습니다.
He couldn't be made to speak to anyone.
그는 아무에게도 말을 할 수 없었다.
And he spent his days sobbing heavily.
그는 하루종일 흐느끼며 지냈습니다.
No others words came out of his mouth.
그의 입에서 다른 말은 나오지 않았다.
"Now here, now gone!"
"이제 여기 있고, 이제 사라졌어요!"
"Now here, now gone!"
"이제 여기 있고, 이제 사라졌어요!"
You can imagine the rajah's grief.
라자의 슬픔을 상상해 보세요.
"What could have deranged my son's mind?"
"무엇이 내 아들의 정신을 혼란스럽게 만들었을까?"
"'Now here, now gone,' what does it mean?"
"'지금 여기 있고, 지금 사라졌다'는 건 무슨 뜻인가요?"
He could not unravel the words' meaning.

그는 그 단어의 의미를 알아낼 수 없었다.
His attendants couldn't decipher the words either.
그의 수행원들도 그 말을 알아들을 수 없었다.
The land's best physicians were consulted.
그 나라의 가장 뛰어난 의사들과 상의했습니다.
But their consultation had no effect.
하지만 그들의 협의는 아무런 효과가 없었습니다.
The sons of æsculapius were not able to help.
에스클레피오스의 아들들은 도울 수 없었습니다.
No one could ascertain the cause of the madness.
아무도 광기의 원인을 확인할 수 없었다.
Without knowing the cause there was no cure.
원인을 모르니 치료법도 없습니다.
The physicians tried to ask the prince.
의사들은 왕자에게 물어보려고 했습니다.
But all he said was, "now here, now gone!"
하지만 그가 한 말은 "이제 여기 있고, 이제
사라졌다!"뿐이었습니다.
The rajah was distracted with grief.
라자는 슬픔에 잠겨 있었습니다.
Day and night he worried for his son.
그는 밤낮으로 아들을 걱정했습니다.
He wished for his son's intellects to return.
그는 아들의 지성이 돌아오기를 바랐다.
A proclamation was made in the capital.
수도에서 선언이 발표되었습니다.
Town criers were sent into the city.
마을의 전령들이 도시로 파견되었습니다.
And they beat their drums for attention.
그리고 그들은 주의를 끌기 위해 북을 두드렸습니다.
"The rajah's son has lost his mental faculties"
"라자의 아들은 정신적 능력을 잃었습니다."
"The rajah seeks a cure for his son"
"라자는 아들의 치료법을 찾고 있습니다"
"A reward is offered for the cure"
"치료에 대한 보상이 제공됩니다"
"The hand of the rajah's daughter"

"라즈·의 딸의 손"
"Her hand comes with half his kingdom"
"그녀의 손은 그의 왕국의 절반을 가지고 온다"
The drum was beaten around the city.
북소리가 도시 전체에 울려 퍼졌습니다.
But no one felt they could touch the drum.
하지만 아무도 드럼을 만질 수 있다고 생각하지 못했습니다.
No one knew the cause of his madness.
그의 광기의 원인을 아는 사람은 아무도 없었다.
At last an old woman came forward.
마침내 한 늙은 여자가 앞으로 나왔습니다.
And she stepped up to touch the drum.
그리고 그녀는 드럼을 만지기 위해 다가갔습니다.
"I will discover the cause of his madness"
"나는 그의 광기의 원인을 밝혀낼 것이다"
"And I will cure him from his disease"
"내가 그의 병을 고쳐 주리라"
She had seen what happened to the boy.
그녀는 그 소년에게 무슨 일이 일어났는지 보았습니다.
She was at the water's edge that day.
그녀는 그날 물가에 있었습니다.
It was her who was gathering up sticks.
나뭇가지를 모으고 있던 사람은 바로 그녀였다.
This woman had a crack-brained son.
이 여자는 머리가 나쁜 아들을 낳았습니다.
Her son was named of Phakir-Chand.
그녀의 아들은 파키르-찬드라는 이름을 얻었습니다.
So she was called Phakir's mother.
그래서 그녀는 파키르의 어머니라고 불렸습니다.
The woman was brought before the rajah.
그 여자는 라자 앞으로 끌려왔다.
And the following conversation took place.
그리고 다음과 같은 대화가 이루어졌습니다.
"You are the woman that touched the drum"
"당신은 드럼을 만진 여자입니다"
"You know the cause of my son's madness?"
"내 아들이 미친 이유를 알아?"

“Yes, oh incarnation of justice!”
"그렇다, 정의의 화신이시여!"
“I know the cause of your son's madness”
“나는 당신 아들의 미친 짓의 원인을 알고 있습니다”
“But I will not say the cause of his madness”
"하지만 나는 그의 광기의 원인을 말하지 않을 것이다"
“First I will cure your son of his madness”
"먼저 당신 아들의 미친 짓을 고쳐드리겠습니다."
“How can I believe you are able to?”
"당신이 그럴 수 있다고 어떻게 믿을 수 있나요?"
“The best physicians of the land have failed”
“이 땅의 가장 뛰어난 의사들도 실패했습니다”
“You need not now believe, my king”
“이제는 믿을 필요가 없습니다, 나의 왕이시여”
“Wait till I have performed the cure”
"내가 치료를 마칠 때까지 기다려"
“Many an old woman knows many secrets”
“많은 늙은 여인들이 많은 비밀을 알고 있다”
“Secrets wise men are unacquainted with”
“현명한 사람들이 모르는 비밀”
“Very well, let me see what you can do”
"좋아요, 당신이 무엇을 할 수 있는지 보겠습니다"
“In what time will you perform the cure?”
"언제쯤 치료를 하실 건가요?"
“It is impossible to fix the time”
“시간을 정하는 것은 불가능하다”
“Ff course I will begin work immediately”
"물론이죠. 바로 일을 시작하겠습니다."
“But I need your lordship’s assistance”
"하지만 저는 당신의 도움이 필요합니다"
“What help do you require from me?”
"저에게 어떤 도움이 필요하신가요?"
“Your lordship will please order a hut”
“귀하께서는 오두막을 주문해 주시기 바랍니다.”
“Have the hut raised on the embankment of the water”
“물가에 오두막을 세우라”
“Where your son first caught the disease”

"당신의 아들이 처음으로 질병에 걸린 곳은 어디입니까?"
"I mean to live in that hut for a few days"
"저는 그 오두막에서 며칠 살 생각이에요"
"And please order some of your servants"
"그리고 당신의 하인들 중 몇 명에게 명령해 주십시오"
"They have to be in attendance at a distance"
"그들은 원격으로 참석해야 합니다"
"Tell them to be about a hundred yards away"
"그들에게 약 100야드 떨어져 있으라고 말해"
"That way I can call them over when we need them"
"그러면 필요할 때 불러올 수 있어요"
The king had listened attentively.
왕은 주의 깊게 경청했습니다.
"I will order that to be immediately done"
"나는 그것을 즉시 실행하도록 명령할 것이다"
"Do you want anything else?"
"다른 게 필요하신가요?"
"Those are all the preparations I need"
"필요한 준비는 다 끝났어요"
"But let me remind you of the agreement"
"하지만 계약 내용을 상기시켜드리겠습니다."
"You promised the hand of your daughter"
"당신은 당신의 딸의 손을 약속했습니다"
"And you promised half your kingdom"
"그리고 당신은 당신의 왕국의 절반을 약속했습니다"
"But I can't marry your daughter"
"하지만 나는 당신 딸과 결혼할 수 없어요"
"Because your daughter has to marry a man"
"당신 딸이 남자와 결혼해야 하니까요"
"But I also have a son of marriageable age"
"하지만 결혼할 나이가 된 아들도 있어요"
"Allow my son to marry your daughter"
"내 아들이 당신 딸과 결혼하도록 허락해 주세요"
"Allow him to have half of your kingdom"
"그에게 당신의 왕국의 절반을 주십시오"
The king was agreed with the terms.
왕은 그 조건에 동의했다.

"If you find a cure, he marries my daughter"
"치료법을 찾으면 내 딸과 결혼할 거야"
"And half of my kingdom shall be his"
"내 왕국의 절반은 그의 것이 될 것이다"
A temporary hut was quickly erected.
임시 오두막이 재빨리 세워졌습니다.
The hut was built on the embankment of the water.
오두막은 물가에 지어졌습니다.
And Phakir's mother took up her abode.
그리고 파키르의 어머니가 그곳에 거처를 마련했습니다.
An outpost was also erected at some distance.
어느 정도 떨어진 곳에 전초기지도 세워졌습니다.
Because the woman might require some attendance.
그 여성에게는 약간의 돌봄이 필요할 수도 있기 때문입니다.
Strict orders were given by Phakir's mother.
파키르의 어머니로부터 엄격한 명령이 내려졌습니다.
No one was allowed to go near the water.
아무도 물 근처에 가는 것이 허락되지 않았습니다.
Only she was allowed to stay by the water.
오직 그녀만이 물가에 머물 수 있었습니다.

But let us leave Phakir's mother at the water.
하지만 파키르의 어머니는 물가에 남겨두자.
Let us hasten down the subterranean palace.
지하궁전으로 서둘러 내려가자.
To see what the prince and the princess are doing.
왕자와 공주가 무엇을 하는지 보려고요.
The princess did want to go up again.
공주는 다시 올라가고 싶어했습니다.
But she now knew that it would be dangerous.
하지만 그녀는 이제 그것이 위험하다는 것을 알았습니다.
And she had given up the idea of a fourth visit.
그녀는 네 번째 방문이라는 생각을 포기했습니다.
But women generally have greater curiosity.
하지만 여성은 일반적으로 더 큰 호기심을 가지고 있습니다.
And the princess was no exception to the rule.
그리고 공주도 그 규칙에서 예외는 아니었습니다.
One day her husband was asleep.

어느 날 그녀의 남편은 잠들어 있었습니다.
He always slept after his noonday meal.
그는 항상 점심 식사 후에 잤습니다.
She took the snake-jewel in her hand.
그녀는 뱀 모양의 보석을 손에 쥐었다.
And she rushed out of the palace.
그리고 그녀는 궁전 밖으로 달려 나갔다.
And she came up to the upper world.
그리고 그녀는 더 높은 세상으로 올라갔습니다.
There was an upheaval in the waters.
물속에서 격변이 일어났습니다.
And Phakir's mother was on high alert.
파키르의 어머니는 매우 경계하고 있었습니다.
She was hiding in the hut.
그녀는 오두막에 숨어 있었습니다.
And she was looking through the chinks.
그리고 그녀는 틈새로 들여다보고 있었습니다.
The princess saw no human being nearby.
공주는 근처에 사람이 있는 것을 보지 못했습니다.
So she came to the bank of the water.
그래서 그녀는 물가로 왔습니다.
Phakir's mother showed herself outside the hut.
파키르의 어머니가 오두막 밖으로 모습을 드러냈다.
And she addressed the princess politely.
그리고 그녀는 공주에게 정중하게 말을 걸었습니다.
"Come, my child, thou queen of beauty"
"오라, 나의 아이야, 미의 여왕이여"
"Come to me, and I will help you to bathe"
"내게 와요. 내가 목욕을 도와줄게요"
So saying, she approached the princess.
그렇게 말하며 그녀는 공주에게 다가갔습니다.
The princess saw she was just an old woman.
공주는 그녀가 단지 늙은 여자라는 것을 알았습니다.
So she made no resistance to her offer.
그래서 그녀는 자신의 제안에 아무런 저항도 하지 않았습니다.
The old woman was washing the princess' hair.
늙은 여인은 공주의 머리를 감겨주고 있었습니다.
And she noticed the bright jewel in her hand.

그리고 그녀는 자신의 손에 있는 밝은 보석을 알아챘습니다.
"Out the jewel here till you are bathed"
"목욕할 때까지 여기 보석을 꺼내세요"
Now the jewel was in the hands of Phakir's mother.
이제 그 보석은 파키르의 어머니의 손에 들어갔습니다.
She wrapped the jewel up in a cloth.
그녀는 보석을 천으로 감쌌다.
And she wrapped the cloth around her waist.
그리고 그녀는 천을 허리에 두르었다.
Now the princess was unable to escape.
이제 공주는 탈출할 수 없게 되었다.
And Phakir's mother gave the signal.
그리고 파키르의 어머니가 신호를 보냈습니다.
The attendants rushed to the water.
직원들은 물가로 달려갔다.
And they took the princess captive.
그리고 그들은 공주를 포로로 잡았습니다.
The news soon reached the city.
그 소식은 곧 도시에 전해졌습니다.
"Phakir's mother had captured a water-nymph"
"파키르의 어머니는 물의 요정을 사로잡았습니다."
And the people rejoiced at the news.
그리고 사람들은 그 소식에 기뻐했습니다.
All came to see the"daughter of the immortals"
모두가 "신들의 딸"을 보러 왔습니다.
She was brought to the palace.
그녀는 궁전으로 끌려갔다.
And she was brought to the rajah's son.
그리고 그녀는 라자의 아들에게로 끌려갔습니다.
The rajah's son was still of impaired intellect.
라자의 아들은 여전히 지능이 저하되어 있었습니다.
But that cloud on his brain soon dissipated.
하지만 그의 머릿속의 그 구름은 곧 사라졌습니다.
"I have found you! I have found you!"
"찾았어! 찾았어!"
His eyes had been vacant and lusterless.
그의 눈은 텅 비어 있었고 빛이 없었다.

But now his eyes had the fire of intelligence.
하지만 이제 그의 눈에는 지성의 불꽃이 솟아올랐습니다.
He had almost lost the use of his tongue.
그는 거의 혀를 사용할 수 없게 되었습니다.
"Now here, now gone!" was all he had been able to say.
"이제 여기 있고, 이제 사라졌다!" 그가 할 수 있었던 말은 그것뿐이었다.
But this sense too was restored.
하지만 이러한 감각도 회복되었습니다.
The joy of the rajah knew no bounds.
라자의 기쁨은 끝이 없었습니다.
There was great festivity in the city.
도시에는 큰 축제 분위기가 감돌았습니다.
The people praised Phakir-Chand's mother.
사람들은 파키르찬드의 어머니를 칭찬했습니다.
And everyone soon expected the marriage.
그리고 모두가 곧 결혼을 기대했습니다.
The rajah's son was to wed the water-nymph.
라자의 아들은 물의 요정과 결혼하게 되었습니다.
The princess, however, had made a promise.
하지만 공주는 약속을 했습니다.
She told Phakir's mother of her promise.
그녀는 파키르의 어머니에게 자신의 약속을 전했습니다.
"I won't as much as look at another man"
"나는 다른 남자를 쳐다보지도 않을 거야"
"For one year my vows shall last"
"내 서약은 1년 동안 지속될 것입니다"
"The marriage cannot happen in that time"
"그 시간 안에는 결혼이 이루어질 수 없어요"
The rajah's son was somewhat disappointed.
라자의 아들은 다소 실망했다.
But he readily agreed to the delay.
하지만 그는 지연을 기꺼이 받아들였다.
"Delay enhances the sweetness of the pleasure"
"지연은 즐거움의 달콤함을 증폭시킨다"
Of course the princess spent her time in sorrow.
물론 공주는 슬픔 속에 시간을 보냈습니다.

She spent her days and nights sighing.
그녀는 낮과 밤을 한숨쉬며 보냈다.
And she lamented her idle curiosity.
그리고 그녀는 자신의 쓸데없는 호기심을 한탄했다.
The curiosity that led her to the upper world.
그녀를 상위 세계로 이끈 호기심.
The curiosity that separated her from her husband.
그녀를 남편과 갈라놓은 호기심.
She thought of her unfortunate husband.
그녀는 불행한 남편을 생각했습니다.
She had left him all alone below the waters.
그녀는 그를 물속에 홀로 남겨 두었습니다.
And she wept bitter tears each day.
그리고 그녀는 매일 쓰라린 눈물을 흘렸습니다.
She wished that she could run away.
그녀는 도망갈 수 있기를 바랐다.
But that would have been impossible.
하지만 그것은 불가능했을 것이다.
Because she was immured within walls.
그녀는 벽 안에 갇혀 있었기 때문이다.
And there were walls within the walls.
그리고 벽 안에도 벽이 있었습니다.
And what use was getting out the palace?
궁궐에서 나가는 게 무슨 소용이 있겠어?
She couldn't get to her husband anyway.
그녀는 어차피 남편에게 다가갈 수 없었습니다.
She didn't have the serpent jewel.
그녀는 뱀 보석을 가지고 있지 않았습니다.
The ladies of the palace tried to comfort her.
궁궐의 여인들은 그녀를 위로하려고 노력했습니다.
And Phakir's mother tried to divert her mind.
그리고 파키르의 어머니는 그녀의 마음을 돌리려고
노력했습니다.
But their efforts were in vain.
하지만 그들의 노력은 헛수고였다.
She took pleasure in nothing.
그녀는 아무것도 즐기지 않았다.
She hardly spoke to anyone.

그녀는 누구와도 거의 말을 하지 않았습니다.
She wept throughout the day.
그녀는 하루 종일 울었습니다.
And she wept through the night.
그리고 그녀는 밤새 울었습니다.

The year of her vow was drawing to a close.
그녀가 서약한 해가 끝나가고 있었습니다.
But she was still disconsolate.
하지만 그녀는 여전히 낙담했습니다.
The marriage, however, had to be celebrated.
하지만 결혼은 축하해야 했습니다.
The rajah consulted the astrologers.
라자는 점성술사들에게 조언을 구했다.
The day and the hour had been decided.
날짜와 시간은 이미 결정되었습니다.
The nuptial knot was to be tied.
결혼 예식이 치뤄지게 되었다.
Great preparations were made.
대단한 준비가 이루어졌습니다.
The confectioners were busy day and night.
제과점 주인들은 밤낮으로 바빴습니다.
They prepared all sorts of sweetmeats.
그들은 온갖 종류의 과자를 준비했습니다.
Milkmen supplied the palace with tanks of curds.
우유배달원들은 궁전에 두부를 가득 담은 탱크를
공급했습니다.
Great quantities of gunpowder were manufactured.
엄청난 양의 화약이 제조되었습니다.
There were going to be grand fireworks.
웅장한 불꽃놀이가 있을 예정이었습니다.
Stages were erected everywhere.
곳곳에 무대가 세워졌습니다.
And musicians were selected to play music.
그리고 음악을 연주할 음악가들이 선발되었습니다.
All the city assumed an air of mirth.
도시 전체가 즐거워 보였다.
All looked forward to the festivities.

모두가 축제를 기대했습니다.

We must return out attention to the minister's son.
우리는 다시 목사님의 아들에게 관심을 돌려야 합니다.
He had left his friend in the subterranean palace.
그는 친구를 지하궁전에 남겨두고 떠났다.
And he had gone to his country.
그리고 그는 자신의 나라로 돌아갔습니다.
He was bringing horses and elephants.
그는 말과 코끼리를 데리고 왔습니다.
And he had with him many attendants.
그리고 그는 많은 수행원을 데리고 다녔습니다.
For the return of the king's son.
왕자의 귀환을 위하여.
And for the return of his lovely princess.
그리고 그의 사랑스러운 공주가 돌아오기를.
So that the ceremony had due pomp.
그래서 그 의식은 성대하게 거행되었습니다.
The preparations took him many months.
준비하는 데 여러 달이 걸렸습니다.
But eventually all was prepared.
하지만 결국에는 모든 것이 준비되었습니다.
And the minister's son started on his journey.
그리고 목사의 아들은 여행을 시작했습니다.
He was accompanied by a long train of elephants.
그는 긴 코끼리 행렬을 따라왔다.
And behind the elephants were horses.
그리고 코끼리 뒤에는 말들이 있었습니다.
And all the horses had their own attendants.
그리고 모든 말에는 각자의 수행원이 있었습니다.
He reached the water ahead of schedule.
그는 예정보다 일찍 물에 도착했습니다.
So he had two or three days to spare.
그래서 그는 이틀이나 사흘의 여유 시간을 갖게 되었습니다.
Tents were pitched in the mango slopes.
망고 밭 경사면에 텐트가 쳐져 있었습니다.
So the men and cattle had accommodation.
그래서 남자와 가축은 숙소를 갖게 되었다.

The minister's son kept his eyes on the water.
목사의 아들은 계속 물 위를 바라보고 있었습니다.
The sun of the appointed day sank below the horizon.
약속된 날의 태양이 지평선 아래로 지고 말았다.
But there was no sign of the prince.
하지만 왕자의 모습은 보이지 않았습니다.
Nor did the princess come to the surface.
공주도 수면 위로 나오지 않았다.
He waited two or three days longer.
그는 2~3일 더 기다렸다.
Still the prince did not make his appearance.
그러나 왕자는 나타나지 않았습니다.
What could have happened to his friend?
그의 친구에게 무슨 일이 일어났을까?
And where was his beautiful wife?
그의 아름다운 아내는 어디에 있었을까?
Had another serpent beaten them to death?
다른 뱀이 그들을 때려 죽였을까?
Possibly the mate of the one that had died.
아마도 죽은 사람의 배우자였을 것이다.
Had they somehow lost the serpent-jewel?
그들은 혹시 뱀 보석을 잃어버렸을까?
Or had they perhaps visited the upper world?
아니면 그들은 하늘나라를 방문했을까?
And had they been captured in the upper world?
그리고 그들은 상층 세계에서 포로로 잡혔는가?
Such were the reflections of the prince's friend.
왕자의 친구는 이런 생각을 했습니다.
The prince's friend was overwhelmed with grief.
왕자의 친구는 슬픔에 휩싸였습니다.
The waters were quite close to the city.
그 바다는 도시와 매우 가까웠습니다.
And often the sound of music could be heard.
그리고 종종 음악 소리가 들렸습니다.
He asked passers-by what that music meant.
그는 지나가는 사람들에게 그 음악이 무슨 뜻인지 물었습니다.
He was told about the rajah's son.
그는 라자의 아들에 대한 이야기를 들었습니다.

And he was told of a wonderful young lady.
그는 훌륭한 젊은 여성에 대한 이야기를 들었습니다.
And he was told they were going to marry.
그리고 그들은 결혼할 것이라는 말을 들었습니다.
And he was told more about the wonderful lady.
그리고 그는 그 훌륭한 여인에 대해 더 많은 이야기를
들었습니다.
She had come out of the waters he was waiting by.
그녀는 그가 기다리고 있던 물에서 나왔습니다.
The marriage ceremony was in two days.
결혼식은 이틀 후에 있었습니다.
The minister's son made the connection.
목사의 아들이 그 연관성을 밝혀냈습니다.
The wonderful young lady was the wife of his friend.
그 멋진 젊은 여인은 그의 친구의 아내였습니다.
He resolved, therefore, to go into the city.
그래서 그는 도시로 들어가기로 결심했습니다.
And he was going to find out all he could.
그리고 그는 알 수 있는 모든 것을 알아내려고 했습니다.
If he could, he would rescue the princess.
그가 할 수 있다면 공주를 구하고 싶었다.
He told the attendants to go home.
그는 참석자들에게 집으로 돌아가라고 말했다.
And he told them to take the elephants.
그리고 그는 그들에게 코끼리를 데리고 가라고 말했습니다.
And he told them to take the horses.
그리고 그는 그들에게 말을 타라고 말했습니다.
And he himself went to the city.
그리고 그는 직접 도시로 갔습니다.
And he took up his abode in the house of a Brahman.
그리고 그는 브라만의 집에 거처를 정했습니다.
First, he rested from his journey.
첫째, 그는 여행을 잠시 중단했습니다.
Then the prince's friend had his dinner.
그러자 왕자의 친구가 저녁을 먹었습니다.
And then he spoke to the Brahman.
그리고 그는 브라만에게 말했습니다.
"Throughout the city there are musicians and bands"

"도시 곳곳에 음악가와 밴드가 있습니다"
"What is the cause of all the celebrations?
"이 모든 축하 행사의 원인은 무엇일까?
The Brahman was rather surprised.
브라만은 매우 놀랐다.
"From what part of the world have you come?"
"당신은 세계 어느 곳에서 오셨나요?"
"What rock have you been living under?"
"당신은 어떤 바위 아래에서 살았나요?"
"Have you not heard the wonderful news?"
"그 놀라운 소식을 듣지 못하셨나요?"
"A young lady of heavenly beauty"
"천상의 아름다움을 지닌 젊은 여성"
"She rose out of the waters"
"그녀는 물에서 올라왔다"
"And she is going to the son of our rajah"
"그리고 그녀는 우리 라자의 아들에게 가고 있어요"
The prince's friend wanted to know more.
왕자의 친구는 더 자세히 알고 싶어했습니다.
The information could be useful.
그 정보가 유용할 수도 있겠네요.
"I have not heard of this news"
"나는 이 소식을 들어본 적이 없습니다"
"I have come from a distant country"
"나는 먼 나라에서 왔습니다"
"The story has not reached us yet"
"아직 우리에게 그 이야기가 전해지지 않았다"
"Will you kindly tell me the particulars?"
"자세한 내용을 알려 주시겠습니까?"
The Brahman was happy to relay the story.
브라만은 그 이야기를 기꺼이 전했습니다.
"The rajah's son went out hunting"
"라자의 아들이 사냥을 나갔다"
"It must have been about this time last year"
"작년 이맘때쯤이었을 거예요"
"They pitched their tents by the waters in the suburbs"
"그들은 교외의 물가에 텐트를 쳤습니다."

"One day, the rajah's son was walking near the water"
"어느 날, 라자의 아들이 물가를 걷고 있었습니다."
"On this day, he saw a young woman"
"그날 그는 한 젊은 여자를 보았습니다"
"I have to mention she was of uncommon beauty"
"그녀가 비범한 아름다움을 지녔다는 걸 꼭 언급해야겠어요."
"She had risen from the depth of the waters"
"그녀는 물 깊은 곳에서 올라왔다"
"She gazed about for a minute or two"
"그녀는 1~2분 동안 주위를 둘러보았다"
"And then the beautiful lady disappeared"
"그리고 그 아름다운 여인이 사라졌어요"
"The rajah's son, however, had seen her"
"그러나 라자의 아들은 그녀를 보았습니다"
"He had been struck by her heavenly beauty"
"그는 그녀의 천상의 아름다움에 매료되었습니다"
"And so he became desperately enamored by her"
"그래서 그는 그녀에게 몹시 반하게 되었어요"
"Indeed, she had affected him greatly"
"실제로 그녀는 그에게 큰 영향을 미쳤습니다"
"And his mental faculties gave way to passion"
"그리고 그의 정신적 능력은 열정에 굴복했습니다."
"He was carried home as a mad man"
"그는 미친 사람으로 집으로 끌려갔다"
"He spoke no words except a few"
"그는 몇 마디만 빼고는 아무 말도 하지 않았습니다."
"'now here, now gone!' was all he said"
"'이제 여기 있고, 이제 사라졌다!'가 그가 한 말의 전부였다"
"The rajah sent for all the best physicians"
"라자는 최고의 의사들을 모두 불러 모았습니다."
"They tried to restore his son to reason"
"그들은 그의 아들을 이성으로 회복시키려고 노력했습니다."
"But the physicians were powerless"
"하지만 의사들은 무력했다"
"At last the rajah made a proclamation"
"마침내 라자가 선언을 했습니다."
"And he had the drum beat around the kingdom"

"그리고 그는 왕국 전체에 북소리를 울렸습니다."
"There was a reward for anyone who cured his son"
"아들을 고쳐주는 사람에게는 상이 주어졌다"
"They would become the rajah's son-in-law"
"그들은 라자의 사위가 될 것이다"
"And they would get half the kingdom"
" 그러면 그들은 왕국의 절반을 차지하게 될 거야"
"An old woman answered the call of the drum"
"한 늙은 여자가 북소리에 응답했다"
"All knew her as Phakir's mother"
"모두가 그녀를 파키르의 어머니로 알고 있었습니다."
"She said she could cure the rajah's son"
"그녀는 라자의 아들을 고칠 수 있다고 말했어요"
"She had a hut built outside the town"
"그녀는 마을 밖에 오두막을 지었습니다"
"In the suburbs, next to the waters"
"교외, 물가에 있는"
"An in the hut she took her abode"
"그녀는 오두막에 거처를 마련했습니다"
"She also had some huts erected close by"
"그녀는 또한 근처에 몇 개의 오두막을 세웠습니다."
"And in those huts attendants waited"
"그리고 그 오두막에는 수행원들이 기다리고 있었습니다."
"In case she might need their help"
"그녀가 그들의 도움이 필요할지도 모른다면"
"It seems the goddess rose from the waters"
"여신이 물에서 올라온 것 같아요"
"Phakir's mother and the attendants seized her"
"파키르의 어머니와 시종들이 그녀를 붙잡았습니다."
"And they carried her in a palki to the palace"
"그리고 그들은 그녀를 팔키에 태워 궁전으로 데려갔습니다."
"The rajah's son saw the water-nymph"
"라자의 아들은 물의 요정을 보았습니다"
"And he was soon restored to his senses"
"그리고 그는 곧 정신을 차렸습니다."
"They would have married there and then"
"그들은 그 자리에서 결혼했을 거야"

"But the water goddess had made a vow"
"그러나 물의 여신은 서원을 했습니다"
"She wouldn't look at a man for one year"
"그녀는 1년 동안 남자를 쳐다보지도 않았어요"
"The year of the vow is now over"
"서약의 해는 이제 끝났습니다"
"The music is from the rajah's palace"
"음악은 라자의 궁전에서 나옵니다."
"This, in brief, is the story"
"간단히 말해서 이것이 이야기입니다."
The prince's friend could put the story together.
왕자의 친구는 이야기를 구성할 수 있었습니다.
"a truly wonderful story!"
"정말 멋진 이야기예요!"
"So where is Phakir's mother?"
"그럼 파키르의 어머니는 어디에 있나요?"
"And where is Phakir-Chand himself?"
"그럼 파키르 찬드는 어디에 있나요?"
"Has he received the hand of the rajah's daughter?"
"그는 라자의 딸의 손을 받았나요?"
"And has he received half the kingdom?"
"그럼 그는 왕국의 절반을 받았는가?"
The Brahman could also answer these questions.
브라만 역시 이 질문에 답할 수 있었습니다.
"No, they have not married yet"
"아니요, 아직 결혼하지 않았어요"
"And he doesn't yet have half the kingdom"
"그리고 그는 아직 왕국의 절반도 가지고 있지 않습니다"
"And, I should say, he is a dimwitted lad"
"그리고, 내가 말해야 할 것은, 그는 멍청한 꼬마라는
것입니다."
"In fact, no one knows where the lad is"
"사실 그 소년이 어디 있는지 아무도 몰라요"
"He has been away from home for more than a year"
"그는 1년 넘게 집을 떠나 있었습니다."
"That is his manner," he explained.
"그게 그의 방식이죠."라고 그는 설명했다.

"He stays away for a long time"
"그는 오랫동안 멀리 떨어져 있어요"
"And then suddenly he comes home"
"그리고 갑자기 그가 집에 왔어요"
"And then suddenly he leaves again"
"그리고 갑자기 그는 다시 떠난다"
"I believe his mother expects him to come soon"
"그의 어머니는 그가 곧 태어날 것을 기대하고 있다고
생각합니다."
This was very useful information.
매우 유용한 정보였습니다.
"What is he like?" he asked.
"그는 어떤 사람이야?"라고 그는 물었다.
"And what does he do when he returns home?"
"그럼 그는 집에 돌아와서는 무엇을 하나요?"
These questions the Brahman could also answer.
브라흐만도 이러한 질문에 답할 수 있었습니다.
"Well, he is about your height"
"그 사람 키는 너랑 비슷해"
"Though he is somewhat younger than you"
"비록 그가 당신보다 조금 어리지만요"
"He wears a small piece of cloth round his waist"
"그는 허리에 작은 천 조각을 두르고 있습니다."
"And he rubs his body with ashes"
"그리고 그는 자신의 몸을 재로 문지른다"
"He carries the branch of a tree in his hand"
"그는 손에 나무 가지를 들고 있습니다"
"And there is a tune to which he dances"
"그리고 그가 춤추는 곡이 있습니다"
"He comes to the door of the hut of his mother"
"그는 어머니의 오두막 문으로 온다"
"And he sings 'dhoop! dhoop! dhoop!'"
"그리고 그는 'doop! dhoop! dhoop!'을 부릅니다."
"His articulation is very indistinct"
"그의 발음은 매우 불분명합니다"
"'Come, stay with your mother,' she says"
"' 엄마랑 같이 지내세요'라고 그녀가 말했어요"

"And he always gives the same answer"
"그리고 그는 항상 같은 대답을 합니다"
"'No, I won't remain,' he says unintelligibly"
"'아니요, 저는 머물지 않을 거예요.' 그는 알아들을 수 없는
말로 말했습니다."
"You should hear him when he wants to say yes"
"그가 '예'라고 말하고 싶을 때 그 말을 들어야 합니다."
"To answer in the affirmative he says 'hoom'"
"긍정적으로 대답하자면 그는 '훔'이라고 말합니다."
A flood of light entered the prince's friend.
빛의 홍수가 왕자의 친구에게 들어왔습니다.
He now saw very well how matters stood.
그는 이제 상황이 어떻게 전개되는지 잘 알게 되었다.
The princess must have taken the snake-jewel.
공주는 뱀 보석을 가져갔음에 틀림없다.
And she must have left the palace alone.
그리고 그녀는 궁전을 혼자 떠났을 것이다.
And she was captured without the king's son.
그리고 그녀는 왕자 없이 잡혔습니다.
Phakir's mother must have the snake-jewel.
파키르의 어머니는 뱀 보석을 가지고 있을 것입니다.
His friend was still below the water.
그의 친구는 아직 물속에 있었습니다.
The prince had no means of escape.
왕자는 탈출할 방법이 없었다.
He could imagine his friends desolate state.
그는 친구들이 얼마나 황량한 상태일지 상상할 수 있었다.
And he could imagine how hopeless he must be.
그리고 그는 자신이 얼마나 절망적인 상황에 처해 있는지
상상할 수 있었습니다.
The prince's friend was filled with grief.
왕자의 친구는 슬픔에 잠겼습니다.
But that was not cause to give up hope.
하지만 희망을 포기할 이유는 없었습니다.
Perhaps he could rescue his friend.
아마도 그는 친구를 구해낼 수 있을 것이다.
"I must get the jewel from the old woman"

"나는 그 늙은 여자에게서 보석을 가져와야 한다"
"Can I not do it by personating Phakir-Chand?"
"파키르 찬드를 흉내 내서 할 수 없나요?"
"His mother is expecting him soon"
"그의 어머니는 곧 그를 기대하고 있어요"
"Maybe I can rescue the princess the same way"
"어쩌면 나도 같은 방법으로 공주를 구할 수 있을지도 몰라"

He resolved to act the role of Phakir-Chand.
그는 파키르찬드 역을 맡기로 결심했습니다.
In the morning he left the Brahman's house.
아침에 그는 브라만의 집을 떠났다.
And he went to the outskirts of the city.
그리고 그는 도시 외곽으로 갔습니다.
He divested himself of his usual clothing.
그는 평소 입던 옷을 벗었다.
Around his waist he put a narrow piece of cloth.
그는 허리에 얇은 천 조각을 두르었다.
The cloth scarcely reached his knees.
천은 무릎까지밖에 오지 않았다.
And he rubbed his body well with ashes.
그리고 그는 자신의 몸을 재로 잘 문질렀다.
And finally he broke some twigs off a tree.
마지막으로 그는 나무에서 나뭇가지 몇 개를 꺾었습니다.
And thus he was ready to play his role.
이렇게 그는 자신의 역할을 수행할 준비가 되었습니다.
He went to the door of the hut of Phakir's mother.
그는 파키르의 어머니의 오두막 문으로 갔다.
And he commenced the operation by dancing.
그리고 그는 춤을 추면서 수술을 시작했습니다.
He danced in a most violent manner.
그는 매우 격렬한 방식으로 춤을 추었습니다.
And he sung to the tune of"dhoop! dhoop! dhoop!"
그리고 그는 "dhoop! dhoop! dhoop!"이라는 곡에 맞춰
노래를 불렀습니다.
The dancing attracted the notice of the old woman.
그 춤은 늙은 여인의 관심을 끌었다.

The critical moment had come.
결정적인 순간이 왔습니다.
The old woman looked to her door.
그 노부인은 문을 바라보았다.
"Phakir-Chand, my son, have you come?"
"파키르찬드, 내 아들아, 왔니?"
"my darling; the gods have become propitious to us"
"나의 사랑하는 사람아, 신들이 우리에게 은혜를 베푸셨구나"
Her supposed son uttered the monosyllable, "hoom"
그녀의 가정된 아들은 단음절인 "훔"을 말했습니다.
And he danced more violent than before.
그리고 그는 전보다 더 격렬하게 춤을 추었습니다.
And he waved the twig in his hand.
그리고 그는 손에 든 나뭇가지를 흔들었다.
"this time you must not go away"
"이번에는 떠나면 안 돼"
"you must remain with me"
"너는 나와 함께 있어야 해"
"no, I won't remain," said the prince's friend.
"아니요, 저는 머물지 않겠어요." 왕자의 친구가 말했다.
"remain with me," the mother tried again.
"나와 함께 있어." 어머니가 다시 말했다.
"i'll get you married to the rajah's daughter"
"내가 너를 라자의 딸과 결혼시켜 줄게"
"will you marry, Phakir-Chand?"
"파키르 찬드와 결혼할 거야?"
The minister's son replied—"hoom, hoom"
목사의 아들이 대답했습니다. "훔, 훔"
And he danced even more like a madman.
그리고 그는 더욱더 미친놈처럼 춤을 추었습니다.
"will you come with me to the rajah's house?"
"나와 함께 라자의 집에 갈래?"
"I'll show you a princess of uncommon beauty"
"특별한 아름다움을 지닌 공주님을 보여드릴게요"
"She rose from the waters"
"그녀는 물에서 올라왔다"
"hoom, hoom," was the answer from his lips.

"흠, 흠," 그의 입술에서 나온 대답이었다.

And his feet stomped violently to"dhoop! dhoop!"

그리고 그의 발은 격렬하게 쿵쿵거리며 "두프! 두프!"하고
소리를 질렀다.

"Do you wish to see a jewel, Phakir?"

"보석을 보고 싶니, 파키르?"

"The crest jewel of the serpent"

"뱀의 문장 보석"

"The treasure of seven kings"

"일곱 왕의 보물"

"hoom, hoom," was the reply.

"흠, 흠"이 대답이었습니다.

The old woman went back into the hut.

그 늙은 여자는 오두막으로 돌아갔다.

And she brought out the snake-jewel.

그리고 그녀는 뱀 보석을 꺼냈습니다.

She put the jewel into the hand of her supposed son.

그녀는 그 보석을 자기의 아들이라고 생각되는 사람의 손에
쥐어 주었다.

The minister's son took the snake-jewel.

목사의 아들이 뱀 보석을 가져갔습니다.

He wrapped the jewel up in the piece of cloth.

그는 보석을 천 조각으로 감쌌다.

And he wrapped the cloth around his waist.

그리고 그는 천을 허리에 두르었다.

Phakir's mother was delighted beyond measure.

파키르의 어머니는 말할 수 없을 만큼 기뻐했습니다.

Her son had come at just the right time.

그녀의 아들은 딱 맞는 시기에 태어났습니다.

She went to the rajah's house.

그녀는 라자의 집으로 갔다.

She announced the news of Phakir's appearance.

그녀는 파키르의 등장 소식을 알렸다.

And also in order to show Phakir the princess.

그리고 파키르에게 공주를 보여주기 위해서도요.

They were given access to the rajah's palace.

그들은 라자의 궁전에 들어갈 수 있었습니다.

And all parts of the palace were open to them.
그리고 궁전의 모든 곳이 그들에게 열려 있었습니다.
The old woman had saved the rajah's son.
그 늙은 여자는 라자의 아들을 구했습니다.
So she was the most important person in the kingdom.
그래서 그녀는 왕국에서 가장 중요한 인물이었습니다.
She took her supposed son around the palace.
그녀는 그녀의 아들이라고 생각되는 사람을 궁전 안으로
데리고 들어갔다.
And she took him to the princess' room.
그리고 그녀는 그를 공주의 방으로 데려갔습니다.
Phakir's mother introduced her son to the princess.
파키르의 어머니는 아들을 공주에게 소개했습니다.
You can imagine the princess was not best impressed.
공주가 그다지 감명받지 못했을 거라고 상상할 수 있을
겁니다.
She did not appreciate the company of a madman.
그녀는 미친 사람의 동행을 좋아하지 않았다.
A madman, half naked, and covered in ash.
반쯤 벌거벗고 온몸이 재로 뒤덮인 미친 남자.
And he kept dancing in a wild manner.
그리고 그는 계속해서 거칠게 춤을 추었습니다.

The three had spent the day together.
셋은 하루를 함께 보냈습니다.
It was soon going to be sunset.
이제 곧 해가 질 것이다.
The woman asked her son to come with her.
그 여자는 그녀의 아들에게 그녀와 함께 오라고 했습니다.
But the supposed Phakir-Chand refused to comply.
하지만 파키르찬드라는 사람은 따르기를 거부했습니다.
He said he would stay there that night.
그는 그날 밤 그곳에 머물겠다고 말했다.
His mother tried to persuade him to come with her.
그의 어머니는 그를 그녀와 함께 가자고 설득하려고 했습니다.
But he persisted in his determination.
하지만 그는 자신의 결심을 굽히지 않았습니다.
He said he would remain with the princess.

그는 공주와 함께 남을 것이라고 말했다.
Phakir's mother went home without him.
파키르의 어머니는 그를 남겨두고 집으로 돌아갔습니다.
And she told the guards to look after her son.
그리고 그녀는 경비원들에게 그녀의 아들을 돌보라고
말했습니다.
Eventually all the palace retired to rest.
마침내 궁전 전체가 휴식을 취했습니다.
The supposed Phakir spoke to the princess again.
파키르라고 추정되는 사람이 공주에게 다시 말을 걸었다.
But this time he spoke in his own voice.
하지만 이번에는 그는 자신의 목소리로 말했습니다.
"Princess! do you not recognize me?"
"공주님! 저를 못 알아보시나요?"
"I am the prince's friend"
"나는 왕자의 친구입니다"
"I am the friend of your princely husband"
"나는 당신의 왕자 남편의 친구입니다"
The princess was astonished for a moment.
공주는 잠시 놀랐다.
"Who? the prince's friend?"
"누구? 왕자의 친구?"
"Oh, my husband's best friend"
" 아, 제 남편의 가장 친한 친구예요"
"Please rescue me from this terrible captivity"
"이 끔찍한 포로 생활에서 저를 구해주세요"
"This is worse than death"
"이건 죽음보다 더 나쁘다"
"All of this is my own fault"
"이 모든 것은 내 잘못이에요"
"Rescue me, oh please, thou best of friends!"
"제발, 나를 구해 주세요, 나의 가장 친한 친구여!"
She then burst into tears.
그러자 그녀는 울음을 터뜨렸다.
The prince's friend spoke again.
왕자의 친구가 다시 말했습니다.
"Do not be disconsolate"

"낙심하지 마십시오"
"I will try my best to rescue you"
"나는 당신을 구출하기 위해 최선을 다할 것입니다"
"I will try to have you out of here tonight"
"오늘 밤 당신을 여기서 나가게 하려고 노력할게요"
"But you must do whatever I tell you"
"하지만 내가 말하는 것은 무엇이든지 다 해야 해"
The princess trusted the prince's friend.
공주는 왕자의 친구를 신뢰했습니다.
"I will do anything you tell me"
"당신이 말하는 것은 무엇이든 다 하겠습니다"
After this the supposed Phakir left the room.
그 후 파키르라고 추정되는 사람이 방을 나갔습니다.
He passed through the courtyard of the palace.
그는 궁전 안뜰을 지나갔다.
Some of the guards challenged him.
경비원 중 몇몇이 그에게 도전했다.
"hoom hoom!" he replied.
"호움호움!" 그는 대답했다.
"I'm just going out for a minute"
"저는 잠깐 나가려고 합니다"
"And then I will come back again"
"그리고 다시 돌아올게요"
They understood that it was the madcap Phakir.
그들은 그것이 미친 파키르라는 것을 알았습니다.
True to his word he did come back shortly.
그는 약속한 대로 곧 돌아왔습니다.
And again he went to the princess.
그리고 그는 다시 공주에게로 갔습니다.
An hour afterwards he again went out.
한 시간 후에 그는 다시 나갔다.
And again he was challenged by the guards.
그리고 그는 다시 경비원들에게 도전을 받았습니다.
He made the same reply as at the first time.
그는 처음과 같은 대답을 했습니다.
The guards began to talk among themselves.
경비원들은 서로 이야기를 나누기 시작했습니다.

"This Phakir surely has no sense"
"이 파키르는 정말 감각이 없는 놈이야"
"He will go out and come in all night"
"그는 밤새도록 나가고 들어올 것이다"
"Let us leave him to do what he likes"
"그가 하고 싶은 대로 하게 내버려 두자"
"There's no use guarding him all night"
"그를 밤새도록 지켜봐도 소용없어"
The minister's son had worn down the guards.
목사의 아들은 경비원들을 지치게 만들었다.
And he was looking for a way to escape.
그는 탈출할 방법을 찾고 있었습니다.
He kept going in and out until three at night.
그는 밤 3시까지 계속해서 드나들었습니다.
This time there were no guards there.
이번에는 경비원이 없었습니다.
Because all the guards had fallen asleep.
경비원들이 모두 잠들었기 때문이다.
He was overjoyed at the auspicious circumstance.
그는 그 길조로운 상황에 큰 기쁨을 느꼈습니다.
Then he went back to the princess.
그런 다음 그는 공주에게 돌아갔습니다.
"Now, princess, is the time for escape"
"이제 공주님, 탈출할 시간입니다."
"The guards are all asleep"
"경비원들이 다 잠들었어요"
"You must mount on my back"
"너는 내 등에 올라타야 해"
"Tie the locks of your hair round my neck"
"너의 머리카락을 내 목에 묶어줘"
"And keep tight hold of me"
"그리고 나를 꼭 붙잡아 주세요"
The princess did what she was asked of.
공주는 요청받은 대로 행동했습니다.
He passed unchallenged through the courtyard.
그는 아무런 도전도 받지 않고 안뜰을 통과했다.
And he had a lovely burden on his back.

그리고 그의 등에는 사랑스러운 짐이 짊어지고 있었습니다.

Eventually he got to the gate of the palace.
마침내 그는 궁전 문에 도착했습니다.

And he went through without being challenged.
그리고 그는 아무런 도전도 받지 않고 통과했습니다.

Then they went to the outskirts of the city.
그런 다음 그들은 도시 외곽으로 갔습니다.

Eventually he reached the outer suburbs.
마침내 그는 교외 지역에 도착했습니다.

They reached the water from which the princess had risen.
그들은 공주가 올라온 물에 도착했습니다.

The princess rejoiced at her escape.
공주는 자신의 탈출에 기뻐했다.

But she was still trembling with fear.
하지만 그녀는 여전히 두려움에 떨고 있었습니다.

The prince's friend untied the snake-jewel.
왕자의 친구가 뱀 보석을 풀어주었습니다.

And together they ascended into the water.
그리고 그들은 함께 물속으로 올라갔습니다.

And soon they found back to the subterranean palace.
그리고 곧 그들은 지하 궁전으로 돌아왔습니다.

You can imagine how happy the prince was.
왕자가 얼마나 행복했을지 상상해 보세요.

He had nearly died of grief.
그는 슬픔으로 인해 거의 죽을 뻔했습니다.

And you can imagine the princess' happiness too.
그리고 공주님의 행복도 상상할 수 있을 겁니다.

All the three of them were mad with joy.
그 셋은 모두 기쁨에 미쳐 있었습니다.

For three days they remained in the palace.
그들은 3일 동안 궁전에 머물렀다.

And they retold the prince the whole story.
그리고 그들은 왕자에게 모든 이야기를 다시 들려주었습니다.

They told of how the princess was seized.
그들은 공주가 어떻게 납치되었는지 이야기했습니다.

They told him of her captivity in the palace.
그들은 그에게 그녀가 궁전에 갇혀 있다는 사실을
말해주었습니다.

They described the marriage that was planned.
그들은 계획된 결혼에 대해 설명했습니다.
They told him of the old woman.
그들은 그에게 늙은 여자에 대해 이야기했습니다.
And they told him all about her Phakir-Chand.
그리고 그들은 그에게 그녀의 파키르찬드에 대한 모든 것을
말해주었습니다.
They told him how he had impersonated him.
그들은 그가 어떻게 그를 사칭했는지 그에게 말했습니다.
And they told him how he freed the princess.
그리고 그들은 그에게 공주를 어떻게 구출했는지
말해주었습니다.
I don't need to tell you how grateful they were.
그들이 얼마나 감사했는지 말할 필요도 없겠죠.
The prince's friend truly was a good friend.
왕자의 친구는 정말 좋은 친구였습니다.
They thanked him in the warmest terms.
그들은 가장 따뜻한 말로 그에게 감사를 표했다.
And they vowed to always follow his counsel.
그리고 그들은 언제나 그의 조언을 따르겠다고 맹세했습니다.

They were all resolved to return home.
그들은 모두 집으로 돌아가기로 결심했습니다.
They wanted to return to their native country.
그들은 고국으로 돌아가고 싶어했습니다.
The king's son, the minister's son, and the princess.
왕의 아들, 대신의 아들, 공주.
They left the subterranean palace together.
그들은 함께 지하궁전을 떠났다.
They lighted the passage with the snake-jewel.
그들은 뱀 보석으로 통로를 밝혔습니다.
And they made their way to the upper world.
그리고 그들은 더 높은 세계로 나아갔습니다.
They had neither elephants nor horses waiting for them.
그들을 기다리는 코끼리도 없고 말도 없었습니다.
So they had no choice but to travel on foot.
그래서 그들은 도보로 여행할 수밖에 없었습니다.
The two friends had been bred in the lap of luxury.

두 친구는 호사스러운 환경에서 자랐습니다.

Both of them found walking troublesome.

두 사람 모두 걷는 것이 힘들다고 생각했습니다.

But the princess found it infinitely more troublesome.

하지만 공주는 그것이 훨씬 더 번거롭다는 것을 알았습니다.

She was used to even finer treatment.

그녀는 더욱 세심한 대우에도 익숙해져 있었습니다.

The stones of the road were too rough for her.

그녀에게는 길의 돌들이 너무 거칠었다.

And the rough stones wounded her tender feet.

그리고 거친 돌들은 그녀의 부드러운 발을 다치게 했습니다.

Eventually her feet became very sore.

결국 그녀의 발은 매우 아팠습니다.

At times the king's son carried her on his shoulders.

때때로 왕자는 그녀를 어깨에 태워 나르기도 했습니다.

The load he was carrying was of course lovely.

물론 그가 짊어지고 있던 짐은 사랑스러웠습니다.

But although lovely, she was heavy to carry.

하지만 그녀는 아름다웠지만, 가지고 다니기에는
무거웠습니다.

And she could not be carried a great distance.

그리고 그녀는 먼 거리까지 운반될 수 없었습니다.

And therefore she too had to walk often.

그래서 그녀 역시 자주 걸어야 했습니다.

One evening they arrived beneath a tree.

어느 날 저녁 그들은 나무 아래에 도착했습니다.

There were no visible signs of human habitations.

사람이 살았던 흔적은 눈에 띄지 않았습니다.

So they decided to make the tree their sleeping place.

그래서 그들은 나무를 자기들의 잠자리로 삼기로 했습니다.

The prince's friend offered to keep guard.

왕자의 친구가 경비를 서겠다고 제안했습니다.

"Both of you can go to sleep"

"두 분 다 자러 가세요"

"I will keep watch over you both tonight"

"오늘 밤 나는 너희 둘을 지켜볼 것이다"

"In order to prevent any danger"

"위험을 예방하기 위해"

The royal couple soon dozed off.
왕실 부부는 곧 잠이 들었다.
And they were locked in the arms of sleep.
그리고 그들은 잠의 품에 잠겨 있었습니다.
The faithful friend of the prince did not sleep.
왕자의 충실한 친구는 잠을 자지 않았습니다.
He stayed awake and watched for danger.
그는 깨어서 위험을 살폈다.
It so happened they camped under a special tree.
그들은 특별한 나무 아래에 캠핑을 했습니다.
In the tree swung the nest of two birds.
나무에는 두 마리 새의 둥지가 흔들렸다.
The immortal birds Bihangama and Bihangami.
불멸의 새 비항가마와 비항가미.
These birds were endowed with human speech.
이 새들은 인간의 말을 할 수 있는 능력을 가지고 있었습니다.
And they could also see into the future.
그리고 그들은 미래도 볼 수 있었습니다.
The minister's son listened the bird's conversation.
목사의 아들은 새의 대화를 들었습니다.
He was more than a little astonished at what he heard!
그는 자기가 들은 것에 몹시 놀랐습니다!
Bihangama: "The prince's friend risked his own life"
비항가마: "왕자의 친구가 자신의 목숨을 걸었다"
"He did everything for the safety of his friend"
"그는 친구의 안전을 위해 모든 것을 다했습니다."
"But more dangers will befall the king's son"
"그러나 왕의 아들에게 더 큰 위험이 닥칠 것입니다."
"And he will find it difficult to save the prince"
"그리고 그는 왕자를 구하는 데 어려움을 겪을 것입니다."
Bihangami: "Why is that?"
비항가미: "왜죠?"
Bihangama: "Many dangers await the king's son"
비항가마: "왕의 아들을 기다리는 위험은 많다"
"The prince's father will hear of his son's approach"
"왕자의 아버지는 아들의 접근 소식을 듣게 될 것입니다"
"He will send for him an elephant and some horses"

"그는 코끼리와 말 몇 마리를 불러올 것이다"
"And he will arrange attendants to meet him"
"그리고 그는 그를 만나기 위해 수행원들을 준비할 것입니다"
"The king's son will ride the elephant"
"왕의 아들은 코끼리를 탈 것이다"
"But he will fall from the back of the elephant"
"하지만 그는 코끼리 뒤에서 떨어질 거야"
"And he will die from his fall from the elephant"
"그리고 그는 코끼리에서 떨어져 죽을 것입니다."
Bihangami: "But suppose someone prevented this?"
비항가미: "하지만 누군가가 이것을 막는다면요?"
"Suppose the king's son is not going to ride on the elephant"
"왕의 아들이 코끼리를 타지 않는다고 가정해 보자"
"What might happen if he rides on a horse instead?"
"대신 말을 타면 어떻게 될까요?"
"Will he not in that case be saved?"
"그렇다면 그는 구원받지 못하겠습니까?"
Bihangama: "Yes, in that case he would escape that fate"
비항가마: "그렇다면 그는 그 운명을 피할 수 있을 것입니다."
"But then a fresh danger would await him"
"하지만 그러면 새로운 위험이 그를 기다리고 있을 것이다"
"When the king's son is in sight of his father's palace"
"왕의 아들이 아버지의 궁전을 바라보고 있을 때"
"When he is in the act of passing through the lion-gate"
"그가 사자문을 통과할 때"
"In that moment the lion-gate will fall upon him"
"그 순간 사자문이 그에게 떨어질 것이다"
"And the stones will crush him to death"
"그리고 돌들이 그를 죽여버릴 것이다"
Bihangami: "But suppose someone gets there first"
비항가미: "하지만 누군가가 먼저 도착했다고 가정해 보자"
"Suppose someone destroys the lion-gate"
"누군가 사자문을 파괴한다고 가정해 보자"
"If that happens the king's son couldn't go through the lion-gate"

“만약 그런 일이 일어난다면 왕자는 사자문을 통과할 수 없을
것이다”
“Will not the king’s son in that case be saved?”
“그렇다면 왕자는 구원받지 못하겠습니까?”
Bihangama: “Yes, in that case he would escape his fate”
비항가마: "그렇다면 그는 자신의 운명에서 벗어날 수 있을
것입니다."
“But then a fresh danger would await him”
"하지만 그러면 새로운 위험이 그를 기다리고 있을 것이다"
“When the king’s son reaches the palace”
“왕의 아들이 궁궐에 도착했을 때”
“When he sits at a feast prepared for him”
“그가 자기를 위하여 준비한 잔치에 앉았을 때에”
“The head of a fish will be cooked for him”
“그에게는 생선 머리가 요리될 것이다”
“He will put into his mouth the head of the fish”
“그는 물고기 머리를 입에 넣을 것이다”
“But the head of the fish will stick in his throat”
"하지만 물고기 머리가 그의 목에 걸릴 거야"
“And he will choke to death on the head of the fish”
“그리고 그는 물고기의 머리에 질식해 죽을 것입니다.”
Bihangami: “But suppose someone snatches the fish”
비항가미: "하지만 누군가가 물고기를 낚아채면"
“Suppose someone takes the head of the fish from his plate”
“누군가가 접시에서 생선 머리를 가져간다고 가정해 보자”
“Suppose he can't put the fish's head in his mouth”
“그가 물고기 머리를 입에 넣을 수 없다고 가정해 보자”
“Will not the king’s son in that case be saved?”
“그렇다면 왕자는 구원받지 못하겠습니까?”
Bihangama: “Yes, in that case he will escape his fate”
비항가마: "그렇다면 그는 자신의 운명에서 벗어날 수 있을
것입니다."
“But a fresh danger would await him”
"그러나 새로운 위험이 그를 기다리고 있을 것이다"
“When the prince and princess retire after dinner”
“왕자와 공주가 저녁 식사 후 은퇴할 때”
“When they go into their sleeping apartment”

"그들이 침실로 들어갈 때"
"They will lie together in bed"
"그들은 침대에 함께 누워 있을 것이다 "
"A terrible cobra will come into the room"
"끔찍한 코브라가 방 안으로 들어올 거야"
"And the cobra will bite the king's son to death"
"그리고 코브라가 왕의 아들을 물어 죽일 것이다"
Bihangami: "But suppose someone was in the room"
비항가미: "하지만 누군가가 방에 있다고 가정해 보자"
"Suppose this person was waiting for the snake"
"이 사람이 뱀을 기다리고 있었다고 가정해 보자"
"And suppose that this person cuts the snake into pieces"
"그리고 이 사람이 뱀을 조각조각 낸다고 가정해 보자"
"Will not the king's son in that case be saved?"
"그렇다면 왕자는 구원받지 못하겠습니까?"
Bihangama: "Yes, in that case he will escape his fate"
비항가마: "그렇다면 그는 자신의 운명에서 벗어날 수 있을
것입니다."
"In that case the life of the king's son will be saved"
"그렇다면 왕자의 목숨은 구원될 것입니다."
"But he who saves him can't repeat these words"
"그러나 그를 구원하신 분은 이 말씀을 반복하실 수
없습니다."
"If he tells his secret he will be turned into marble"
"그가 자신의 비밀을 말하면 그는 대리석으로 변할 것이다"
Bihangami: "Can the statue be returned to life?"
비항가미: "조각상을 다시 살릴 수 있을까요?"
Bihangama: "Yes, the marble statue can be restored to life"
비항가마: "그렇습니다. 대리석 조각상은 다시 살아날 수
있습니다."
"The princess will give birth to a child"
"공주님이 아이를 낳으실 거예요"
"They must wash the statue with the blood of the infant"
"그들은 그 조각상을 유아의 피로 씻어야 합니다."
The prophetical birds had spoken until that point.
예언의 새들은 그때까지 말을 했습니다.
But then they were interrupted by the craw of crows.

그런데 까마귀 울음소리가 그들을 방해했습니다.
The eastern sky tinted in a reddish hue.
동쪽 하늘은 붉은빛을 띠고 있었습니다.
And the travelers beneath the tree bestirred themselves.
그리고 나무 아래에 있던 여행자들은 몸을 움직였다.
The prophetic conversation came to an end.
예언적인 대화는 끝났다.
But the prince's friend had heard everything.
하지만 왕자의 친구는 모든 것을 들었습니다.

The next morning they continued their journey.
다음날 아침 그들은 여행을 계속했습니다.
The prince, the princess, and the prince's friend.
왕자, 공주, 그리고 왕자의 친구.
Soon they met the king's procession.
곧 그들은 왕의 행렬을 만났습니다.
There was an elephant, a horse, and a palki.
코끼리, 말, 팔키가 있었습니다.
And there was a large number of attendants.
그리고 참석자의 수도 많았습니다.
These animals and men had been sent by the king.
이 동물과 사람들은 왕이 보낸 사람들이었습니다.
The king heard his son was with his friend.
왕은 그의 아들이 친구와 함께 있다는 소식을 들었습니다.
And he had heard that his son had married.
그리고 그는 아들이 결혼했다는 소식을 들었습니다.
And he heard they were not far from the capital.
그리고 그는 그들이 수도에서 그리 멀지 않다는 소식을
들었습니다.
The elephant had been richly caparisoned.
코끼리는 화려하게 장식되어 있었습니다.
The elephant was intended for the prince.
그 코끼리는 왕자를 위해 만들어진 것이었습니다.
The framework of the palki was of silver.
팔키의 틀은 은으로 만들어졌습니다.
The palki was meant for the princess.
팔키는 공주를 위한 것이었습니다.
And the horse was for the prince's friend.

그리고 그 말은 왕자의 친구를 위한 것이었습니다 .
The prince was about to mount on the elephant.
왕자는 코끼리 위에 올라타려고 했습니다.
But then his friend spoke to him.
그런데 그의 친구가 그에게 말을 걸었습니다.
"Allow me to ride on the elephant, please"
"코끼리에 타게 해주세요"
"And you can ride back on horseback"
"그리고 말을 타고 돌아갈 수도 있어요"
The prince was not a little surprised.
왕자는 조금도 놀라지 않았다.
The proposal had been made in a very cold manner.
그 제안은 매우 차갑게 이루어졌습니다.
Maybe his friend felt a little too entitled.
아마도 그의 친구는 자신이 너무 특권을 누리고 있다고 느꼈을 것입니다.
And the king's son was slightly annoyed.
그러자 왕자는 약간 짜증이 났다.
But he remembered what his friend had done for him.
하지만 그는 친구가 자신을 위해 해준 일을 기억했습니다.
And he remembered how he saved the princess.
그리고 그는 공주를 구한 일을 기억해냈습니다.
So he mounted the horse without objecting.
그래서 그는 반대하지 않고 말에 올라탔다.
But his mind became somewhat alienated from him.
하지만 그의 마음은 그에게서 다소 멀어졌습니다.
The procession towards the capital started again.
수도를 향한 행렬이 다시 시작되었습니다.
After some time they came in sight of the palace.
얼마 후 그들은 궁전이 보이는 곳에 도착했습니다.
The lion-gate had been gaily adorned.
사자문은 화려하게 장식되어 있었습니다.
There was a grand reception for the prince.
왕자는 성대한 환영을 받았다.
And the princess was equally anticipated.
그리고 공주도 똑같이 기대되었습니다.
But the prince's friend seemed to have an objection.
하지만 왕자의 친구는 반대하는 것 같았습니다.

"I want the lion-gate to be broken down"
"사자문을 부수고 싶다"
The prince was astounded at the proposal.
왕자는 그 제안에 놀랐다.
The request was very out of the ordinary.
그 요청은 매우 특이한 것이었습니다.
And he had given no reason for his demand.
그리고 그는 자신의 요구에 대한 이유를 밝히지 않았습니다.
But he remembered all his friend had done for him.
하지만 그는 친구가 자신을 위해 해준 모든 일을
기억했습니다.
And he remembered how he saved the princess.
그리고 그는 공주를 구한 일을 기억해냈습니다.
So he complied with the wish of his friend.
그래서 그는 친구의 소원을 들어주었습니다.
And the beautiful lion-gate was torn down.
그리고 아름다운 사자문이 무너졌습니다.
But his mind became even more estranged from him.
하지만 그의 마음은 그에게서 더욱더 멀어졌습니다.
The procession now went into the palace.
행렬은 이제 궁전으로 들어갔다.
The king gave a warm reception to his son.
왕은 그의 아들을 따뜻하게 맞이했습니다.
He welcomed his daughter-in-law equally warmly.
그는 며느리도 마찬가지로 따뜻하게 맞이했다.
And he was very pleased to see the prince's friend.
그는 왕자의 친구를 만나서 매우 기뻤습니다.
The story of their adventures was related.
그들의 모험 이야기가 전해졌습니다.
The king expressed great astonishment at the tale.
왕은 그 이야기에 큰 놀라움을 표시했다.
And his courtiers were equally impressed.
그의 신하들도 똑같이 감명을 받았습니다.
All praised the minister's son's devotion.
모두가 목사 아들의 헌신을 칭찬했습니다.
And the ladies of the palace praised the princess.
그리고 궁궐의 여인들은 공주를 칭찬했습니다.
The connoisseurs of beauty praised the princess.

미의 감정가들은 공주를 칭찬했습니다.
Her complexion was a mixture of milk and vermilion.
그녀의 피부색은 우유색과 주홍색이 섞인 색이었습니다.
Her neck was like that of a swan.
그녀의 목은 백조의 목과 같았다.
Her eyes were like those of a gazelle.
그녀의 눈은 가젤의 눈과 같았다.
Her lips were as red as the berry bimba.
그녀의 입술은 베리 빔바처럼 붉었다.
Her cheeks were as lovely as they could be.
그녀의 뺨은 더할 나위 없이 아름다웠다.
And her nose was straight and high.
그녀의 코는 곧고 높았습니다.
Her hair reached down to her ankles.
그녀의 머리카락은 발목까지 내려왔다.
Her walk was as graceful as that of a young elephant.
그녀의 걸음걸이는 어린 코끼리의 걸음걸이처럼 우아했다.
The princess whom destiny had brought to them.
운명이 그들에게 데려온 공주.
They sat around her wanting to know everything.
그들은 그녀 주위에 앉아 모든 것을 알고 싶어했습니다.
And they put to her a thousand questions.
그들은 그녀에게 수천 가지 질문을 했습니다.
They asked her about her parents.
그들은 그녀에게 부모님에 대해 물었습니다.
They asked her about the subterranean palace.
그들은 그녀에게 지하궁전에 대해 물었다.
And they asked her all about the serpent.
그리고 그들은 그녀에게 뱀에 관한 모든 것을 물었습니다.
The serpent which had killed all her relatives.
그녀의 친척을 모두 죽인 뱀.
Soon it was time for the new arrivals to dine.
곧 새로 도착한 사람들이 저녁을 먹을 시간이 되었습니다.
The dinner was served up in dishes of gold.
저녁 식사는 금으로 만든 접시에 담겨 제공되었습니다.
All sorts of delicacies were on the table.
테이블 위에는 온갖 종류의 진미가 놓여 있었습니다.
The most conspicuous dish was the head of a rohita fish.

가장 눈에 띄는 요리는 로히타 물고기의 머리였습니다.
The large fish's head was placed in a golden cup.
큰 물고기의 머리는 금잔에 담겨 있었습니다.
And the cup was placed near the prince's plate.
그리고 그 잔은 왕자의 접시 가까이에 놓였습니다.
All were eating and retelling the adventure.
모두가 음식을 먹으며 그 모험에 대한 이야기를 나누었습니다.
And suddenly the prince's friend snatched the head.
그리고 갑자기 왕자의 친구가 머리를 낚아챘습니다.
He took the fish's head from the prince's plate.
그는 왕자의 접시에서 생선 머리를 꺼냈다.
"Let me, prince, eat this rohita's head"
"왕자님, 이 로히타의 머리를 제가 먹겠습니다."
The king's son was quite indignant.
왕자는 매우 분노했습니다.
But he remembered all his friend had done for him.
하지만 그는 친구가 자신을 위해 해준 모든 일을
기억했습니다.
And he remembered how he saved the princess.
그리고 그는 공주를 구한 일을 기억해냈습니다.
And so he made no objection to the request.
그래서 그는 그 요청에 아무런 반대도 하지 않았습니다.
But he could not hide his terrible rage.
하지만 그는 자신의 끔찍한 분노를 숨길 수 없었다.
Of course the prince's friend noticed this.
물론 왕자의 친구는 이 사실을 알아챘습니다.
But there was nothing else he could have done.
하지만 그가 할 수 있는 일은 그 외에 아무것도 없었다.
His conduct, however strange, was necessary.
그의 행동은 아무리 이상하더라도 필요한 것이었습니다.
It was for the safety of his friend's life.
그것은 친구의 생명을 지키기 위한 것이었습니다.
Nor could he tell his friend the reason.
그는 친구에게 그 이유를 말할 수도 없었다.
Else he would be transformed into a marble statue.
그렇지 않으면 그는 대리석 조각상으로 변할 것입니다.
Soon the dinner was going to be over.
곧 저녁 식사가 끝날 예정이었습니다.

The prince's friend had one more request.
왕자의 친구는 한 가지 더 부탁을 했습니다.
The two friends had spent every night together.
두 친구는 매일 밤을 함께 보냈습니다.
But tonight he wanted to go to his own house.
하지만 오늘 밤은 자신의 집에 가고 싶어했습니다.
The prince was also shocked at his strange conduct.
왕자 역시 그의 이상한 행동에 충격을 받았다.
But he remembered all his friend had done for him.
하지만 그는 친구가 자신을 위해 해준 모든 일을
기억했습니다.
And he remembered how he saved the princess.
그리고 그는 공주를 구한 일을 기억해냈습니다.
And he also agreed to this request of his friend.
그리고 그는 친구의 이 요청에도 응했습니다.
The prince's friend, however, had other plans.
그러나 왕자의 친구는 다른 계획을 가지고 있었습니다.
He had no intentions of going to his own house.
그는 자신의 집에 갈 생각이 전혀 없었습니다.
He was resolved to avert the last peril.
그는 마지막 위험을 피하기로 결심했습니다.
The last thing to threaten the life of his friend.
친구의 생명을 위협하는 마지막 존재.
Accordingly, he took a sword into his hand.
그래서 그는 손에 칼을 쥐었다.
And he stealthily entered the royal room.
그리고 그는 은밀하게 왕실로 들어갔다.
The room of the prince and the princess.
왕자와 공주의 방.
He ensconced himself under the bedstead.
그는 침대 밑에 몸을 숨겼다.
The bed was furnished with mattresses of down.
침대에는 다운 매트리스가 깔려 있었습니다.
The mosquito curtains were of the richest silk.
모기장 커튼은 가장 고급스러운 실크로 만들어졌습니다.
And all the bedding was laced with gold.
그리고 모든 침구에는 금으로 장식되어 있었습니다.
Soon the prince and princess came into the bedroom.

곧 왕자와 공주가 침실로 들어왔습니다.
They undressed themselves and went to bed.
그들은 옷을 벗고 잠자리에 들었습니다.
And soon the royal couple were asleep.
그리고 곧 왕실 부부는 잠들었습니다.
At midnight he heard the slithering of a snake.
자정에 그는 뱀이 기어다니는 소리를 들었습니다.
The sound was coming from a water passage.
소리는 물길에서 들려왔다.
A snake of gigantic size entered the room.
거대한 뱀이 방 안으로 들어왔습니다.
The serpent climbed up the frame of the bed.
뱀은 침대 틀 위로 올라갔다.
The minister's son rushed out with the sword.
목사의 아들이 칼을 들고 달려 나갔다.
And he killed the serpent with one blow.
그리고 그는 한 번의 타격으로 뱀을 죽였습니다.
And then he cut the snake into smaller pieces.
그리고 그는 뱀을 작은 조각으로 잘랐습니다.
He put the pieces in the dish for holding betel-leaves.
그는 조각들을 베텔 잎을 담는 접시에 담았습니다.
But as he did this, he spilled a drop of blood.
하지만 그가 그렇게 하는 동안 피 한 방울이 흘렀습니다.
The drop of blood fell on the breast of the princess.
피방울이 공주의 가슴에 떨어졌다.
Because the mosquito curtains had not been let down.
모기장이 내려지지 않았기 때문이다.
He worried for the health of the princess.
그는 공주의 건강을 걱정했습니다.
The blood might be of some sort of poison.
그 피는 어떤 종류의 독일지도 모른다.
So he resolved to lick up the blood.
그래서 그는 피를 핥기로 결심했습니다.
But he could not look at the naked princess.
하지만 그는 알몸의 공주를 볼 수 없었다.
It would have been a great sin.
그것은 큰 죄였을 것이다.
So he blindfolded himself with seven-fold cloth.

그래서 그는 일곱 겹의 천으로 눈을 가렸습니다.
And he licked off the drop of blood.
그리고 그는 피 한 방울을 핥았습니다.
But just at this time the princess awoke.
그런데 바로 이때 공주가 깨어났습니다.
Her scream roused her husband from his sleep.
그녀의 비명 소리에 그녀의 남편은 잠에서 깨어났다.
And he could not believe what he was seeing.
그는 자신이 보고 있는 것을 믿을 수 없었습니다.
The prince fell into a great rage.
왕자는 몹시 분노했다.
And he was prepared to kill his friend.
그리고 그는 친구를 죽일 준비가 되어 있었습니다.
But he gave his friend a chance to speak.
하지만 그는 친구에게 말할 기회를 주었습니다.
"Please, my friend, restrain your anger"
"제발, 친구여, 분노를 참아주세요"
"I have done this only to save your life"
"내가 이렇게 한 것은 오직 당신의 생명을 구하기
위해서였습니다"
The prince was more confused than before.
왕자는 전보다 더 혼란스러워졌습니다.
"I do not understand what you mean"
"무슨 말씀인지 이해가 안 되네요"
"From the time we came out of the subterranean palace"
"우리가 지하궁전에서 나온 이후로"
"You have been behaving in a most extraordinary way"
"당신은 정말 특별한 방식으로 행동하고 있어요"
"First, you insisted on riding my elephant"
"먼저, 당신은 내 코끼리를 타겠다고 고집했어요"
"The elephant my father had sent for me"
"아버지가 나를 위해 보내주신 코끼리"
"I thought it was vain of you to ask"
"나는 당신이 묻는 것이 허영심이라고 생각했습니다"
"But I remembered what you had done for me"
"하지만 나는 당신이 나를 위해 해준 일을 기억했습니다"
"And I decided to let the matter pass"

"그리고 나는 그 문제를 그냥 넘기기로 결정했습니다.”
"And instead I rode back on horseback"
"그리고 대신 나는 말을 타고 돌아갔습니다"
"Secondly, you insisted on destroying the lion-gate"
둘째, 당신은 사자문을 파괴하는 것을 고집했습니다.
"The lion-gate my father had adorned for me"
"아버지께서 나를 위해 장식해 주신 사자문"
"I thought it was strange of you to ask"
"당신이 그렇게 묻는 게 이상하다고 생각했어요"
"But I remembered what you had done for me"
"하지만 나는 당신이 나를 위해 해준 일을 기억했습니다"
"And I decided to let the matter pass"
"그리고 나는 그 문제를 그냥 넘기기로 결정했습니다.”
"And I had the lion-gate destroyed"
"그리고 나는 사자문을 파괴했습니다"
"Thirdly, at dinner you behaved most shamefully"
"셋째, 저녁 식사 때 당신은 가장 부끄러운 행동을 했습니다."
"You snatched the rohita's head from my plate"
"너는 내 접시에서 로히타의 머리를 빼앗았어"
"And you insisted on eating the fish head"
"그리고 당신은 생선 머리를 꼭 먹었잖아요"
"I thought you felt too entitled"
"너는 너무 자격이 있다고 생각했어"
"But I remembered what you had done for me"
"하지만 나는 당신이 나를 위해 해준 일을 기억했습니다"
"So I decided to let the matter pass"
"그래서 나는 그 문제를 그냥 넘기기로 했습니다."
"You then pretended that you were going home"
"그러고 나서 집에 가는 척을 했어"
"And I was very glad you were going home"
"그리고 당신이 집에 가는 것이 정말 기뻤어요"
"Because you had made yourself very disagreeable"
"당신이 자신을 매우 불쾌하게 만들었기 때문입니다"
"And now you are actually in my bedroom"
"그리고 지금 당신은 실제로 내 침실에 있어요"
"You are bending over the naked bosom of my wife"
"당신은 내 아내의 벌거벗은 가슴 위로 몸을 굽히고 있어요"

"You must have had some evil plan"
"당신은 뭔가 사악한 계획을 가지고 있었을 거야"
"And now you pretend you are saving my life"
"그리고 지금 당신은 내 생명을 구하는 척하는군요"
"But I don't believe you want to save my life"
"하지만 당신은 내 목숨을 구하고 싶어하지 않는 것 같아요"
"I believe you want to destroy my wife's chastity"
"당신은 내 아내의 순결을 파괴하고 싶어하는 것 같아요"
The prince's friend knew how things looked.
왕자의 친구는 상황이 어떻게 될지 알고 있었습니다.
"Oh, do not harbor such thoughts in your mind"
"아, 그런 생각을 마음속에 품지 마세요"
"Please do not think badly against me"
"나를 나쁘게 생각하지 마세요"
"The gods know what I have done"
"신들은 내가 한 일을 알고 계십니다"
"They know I did it to save your life"
"그들은 내가 당신의 생명을 구하기 위해 그랬다는 걸 알고
있어요"
"You would see the reasonableness of my conduct"
"당신은 내 행동의 합리성을 알게 될 것입니다"
"But I don't have liberty to state my reasons"
"하지만 내 이유를 말할 자유는 없습니다"
The prince asked him to explain himself.
왕자는 그에게 자신의 입장을 설명하라고 요구했습니다.
"And why are you not at liberty?"
"그럼 왜 당신은 자유롭지 못합니까?"
"Who has put a seal upon your mouth?"
"누가 네 입에 봉인을 하였느냐?"
And the prince's friend answered.
그리고 왕자의 친구가 대답했습니다.
"Destiny has put a seal upon my mouth"
"운명이 내 입에 봉인을 찍었다"
"If I told you, I would be transformed into marble"
"내가 너한테 말하면 대리석으로 변할 거야"
The prince grew angrier with his friend.
왕자는 친구에게 점점 더 화가 났다.

“You should be transformed into a marble statue!”
"너는 대리석 조각상으로 변신해야 해!"
“You must take me to be a simpleton”
"당신은 나를 멍청한 사람으로 생각할 거야"
“You can't expect me to believe this nonsense”
"이런 말도 안 되는 소리를 내가 믿을 리가 없잖아 "
The minister's son made one last request.
목사의 아들은 마지막 부탁을 하나 했습니다.
“Do you wish me then, friend, for me to tell you?
"그럼 친구야, 내가 너에게 말해주기를 바라는 거야?"
“You would make your friend turn into stone?”
"당신은 당신의 친구를 돌로 만들겠다는 겁니까?"
The prince wanted to hear the reason.
왕자는 그 이유를 듣고 싶어했습니다.
He did not care about the consequences.
그는 결과에 관심이 없었습니다.
“Tell me, or else you are a dead man”
"말해라. 그렇지 않으면 너는 죽은 사람이다"
The prince's friend wanted to clear his name.
왕자의 친구는 그의 이름을 깨끗이 하고 싶어했습니다.
He wanted no foul accusations brought against him.
그는 자신에게 불미스러운 비난이 가해지는 것을 원하지
않았습니다.
And he deemed it his duty to reveal the secret.
그리고 그는 그 비밀을 밝히는 것이 자신의 의무라고
생각했습니다.
Even if this would put his life at risk.
설령 그의 생명이 위험에 처하게 되더라도요.
He again warned the prince not to ask him.
그는 다시 왕자에게 그에게 묻지 말라고 경고했다.
But the prince remained inexorable.
하지만 왕자는 완강히 저항했습니다.
The prince's friend then told him his secret.
그러자 왕자의 친구가 왕자에게 자신의 비밀을
말해주었습니다.
“While sleeping under a lofty tree one night”
“어느 날 밤 높은 나무 아래에서 잠을 자다가”

"I overheard a conversation between two birds.
"나는 두 마리 새의 대화를 우연히 들었습니다.
"The prophesizing birds Bihangama and Bihangami"
"예언하는 새 비항가마와 비항가미"
"Bihangama predicted all the dangers in your life"
"비항가마는 당신 인생의 모든 위험을 예언했습니다."
"First the bird predicted your father would send an elephant"
"먼저 새가 당신 아버지가 코끼리를 보낼 거라고 예언했어요"
"The bird said you would fall from the elephant"
"새가 네가 코끼리에서 떨어질 거라고 말했어"
"And the bird said you would die from the fall"
"그리고 새가 말했어요, 당신은 추락으로 죽을 거라고"
At this point the minister's son's legs turned to stone.
이 시점에서 목사의 아들의 다리는 돌로 변했습니다.
"See? my legs have already turned to stone"
"보시죠? 제 다리가 벌써 돌로 변했어요"
"Go on with your story," said the prince.
"이야기를 계속하세요." 왕자가 말했다.
And the prince's friend continued the story.
그리고 왕자의 친구가 이야기를 이어갔습니다.
"The bird said the lion-gate would be gaily decorated"
새는 사자문이 화려하게 장식될 것이라고 말했습니다.
"And the bird said the lion-gate would collapse on you"
그리고 새는 사자문이 너에게 무너질 것이라고 말했습니다.
"If the lion-gate had fallen on you, you would have died"
"사자문이 너 위에 떨어졌더라면 너는 죽었을 것이다"
At this point the minister's son's torso turned to stone.
이때 목사의 아들의 몸통은 돌로 변했습니다.
But the prince insisted the minister's son continues.
하지만 왕자는 장관의 아들이 계속 왕위를 계승해야 한다고 주장했습니다.
"Go on with your story," said the prince.
"이야기를 계속하세요." 왕자가 말했다.
"The bird said there would be the head of a fish"
"새가 물고기 머리가 있을 거라고 말했어요"
"And the bird predicted you would choke on the fish"

"그리고 그 새는 당신이 물고기에 질식할 것이라고
예언했습니다."
Now his head was the only thing not of stone.
이제 그의 머리만이 돌이 아닌 유일한 것이 되었다.
"See? my whole body has turned to stone"
"보시죠? 제 온몸이 돌로 변했어요"
"If I continue, I will become a man of stone"
"내가 계속하면 돌로 된 사람이 될 거야"
"Do you wish me to tell the rest"
"나머지 얘기를 해드릴까요?"
"Go on with your story," said the prince.
"이야기를 계속하세요." 왕자가 말했다.
"Very well, I will go on to the end"
"좋습니다. 끝까지 가겠습니다."
"But you may repent after I tell you"
"그러나 내가 말한 후에 회개할 수 있다"
"And you may wish to restore me to life"
"그리고 당신은 나를 다시 살리고 싶어할 수도 있습니다"
"I will tell you how to reverse the spell"
"주문을 되돌리는 방법을 알려드릴게요"
"In a few months the princess will bear a child"
"몇 달 후면 공주가 아이를 낳을 거야"
"Wait for the birth of the child"
"아이가 태어날 때까지 기다리세요"
"Besmear my statue with the infant's blood"
"내 동상에 유아의 피를 묻혀라"
"Only then will I be restored back to life"
"그때에야 나는 다시 살아날 수 있을 것이다"
The last word left his lips, and he turned to stone.
그의 입에서 나온 마지막 단어가 떨어지자 그는 돌로 변했다.
The princess jumped out of bed.
공주는 침대에서 뛰어내렸다.
She opened the vessel for betel-leaves and spices.
그녀는 베텔 잎과 향신료를 넣기 위해 그릇을 열었습니다.
And she saw the pieces of a serpent.
그리고 그녀는 뱀의 조각들을 보았습니다.
The prince and the princess were now convinced.

왕자와 공주는 이제 확신하게 되었습니다.
They saw the good faith of their departed friend.
그들은 떠난 친구의 선의를 보았습니다.
They saw the benevolence of his actions.
그들은 그의 행동이 자비로운 것임을 보았습니다.
They went to the marble statue.
그들은 대리석 조각상으로 갔다.
But the statue of their friend was lifeless.
하지만 그 친구의 동상은 생명이 없었습니다.
They let out a loud cry lamentation.
그들은 큰 소리로 탄식하며 울부짖었다.
But their cries were to no purpose.
하지만 그들의 외침은 아무 소용이 없었다.
Because the statue was not moved by tears.
그 동상은 눈물에 감동받지 않았기 때문이다.
The prince and princess knew what they had to do.
왕자와 공주는 자신들이 해야 할 일을 알고 있었습니다.
They concealed the marble figure in a safe place.
그들은 대리석 조각상을 안전한 곳에 숨겼습니다.
And they waited for the birth of their child.
그리고 그들은 아이의 탄생을 기다렸습니다.
In process of time the hour came.
시간이 지나 그 시간이 왔습니다.
The princess's travail had arrived.
공주의 고난이 시작되었습니다.
The princess bore a beautiful boy.
공주는 아름다운 아들을 낳았습니다.
The child was the perfect image of his mother.
그 아이는 그의 어머니의 완벽한 모습이었습니다.
The beauty of their child was striking.
그들의 아이의 아름다움은 눈부셨다.
And they were in awe of him.
그리고 그들은 그를 경외했습니다.
They would have spared his life.
그들은 그의 목숨을 살려줬을 것이다.
But they remembered their best friend.
하지만 그들은 그들의 가장 친한 친구를 기억했습니다.
They remembered all he had done for them.

그들은 그가 자신들을 위해 해준 모든 일을 기억했습니다.
But now he was a lifeless stone.
하지만 이제 그는 생명이 없는 돌이 되었습니다.
And they remembered the vows they had made.
그리고 그들은 자신들이 한 맹세를 기억했습니다.
And they cut the child into two.
그리고 그들은 그 아이를 둘로 나누었습니다.
They besmeared the statue with the child's blood.
그들은 아이의 피로 동상을 더럽혔습니다.
And their friend became animated back to life.
그리고 그들의 친구는 다시 살아났습니다.
They were glad to see him alive again.
그들은 그가 다시 살아난 것을 보고 기뻤습니다.
But the prince's friend was overwhelmed with grief.
하지만 왕자의 친구는 슬픔에 휩싸였습니다.
Because he saw the new-born in a pool of blood.
그는 피웅덩이에서 새로 태어난 아이를 보았기 때문입니다.
So he picked up the dead infant.
그래서 그는 죽은 유아를 집어들었습니다.
He carefully wrapped the child in a towel.
그는 아이를 수건으로 조심스럽게 감쌌다.
And he resolved to get the child restored to life.
그리고 그는 그 아이를 다시 살리기로 결심했습니다.
He consulted all the physicians of the country.
그는 그 나라의 모든 의사들과 상의했다.
They all told him the same thing.
그들은 모두 그에게 같은 말을 했습니다.
A cure can be found for any illness.
모든 질병은 치료법을 찾을 수 있습니다.
But life requires the spark of life.
하지만 인생에는 생명의 불꽃이 필요합니다.
When the spark is gone, it is beyond their jurisdiction.
불꽃이 사라지면 그것은 그들의 관할권을 벗어납니다.
And so they had to go on with their lives.
그래서 그들은 계속해서 살아가야 했습니다.

Eventually the prince's friend returned to his wife.
마침내 왕자의 친구가 그의 아내에게 돌아왔습니다.

She was a devoted worshipper of the goddess kali.
그녀는 여신 칼리의 헌신적인 숭배자였습니다.
She was the only one who could return life.
그녀는 삶을 되돌릴 수 있는 유일한 사람이었습니다.
His wife was living in a distant town.
그의 아내는 먼 마을에 살고 있었습니다.
So he set out on a journey to the town.
그래서 그는 마을로 여행을 떠났습니다.
His wife still lived in her father's house.
그의 아내는 여전히 아버지 집에서 살고 있었습니다.
Adjoining the house there was a garden.
집 옆에는 정원이 있었습니다.
And in the garden there was a tree.
그리고 정원에는 나무가 있었습니다.
The child had been stored in that tree.
그 아이는 그 나무에 보관되어 있었습니다.
His wife was overjoyed to see her husband.
그의 아내는 남편을 보고 매우 기뻤습니다.
She had not seen him for a long time.
그녀는 오랫동안 그를 보지 못했다.
But she was surprised when she saw him.
하지만 그녀는 그를 보자 놀랐다.
Her husband was very melancholy that day.
그날 그녀의 남편은 매우 우울해했습니다.
He spoke very little to his wife.
그는 아내와 거의 말을 하지 않았다.
And his wife knew that he was not himself.
그리고 그의 아내는 그가 평소와 다르다는 것을 알았습니다.
He was brooding over something in his mind.
그는 마음속으로 무언가를 곰곰이 생각하고 있었습니다.
She asked the reason for his melancholy.
그녀는 그의 우울함의 이유를 물었다.
But he kept quiet, and wouldn't tell her.
하지만 그는 아무 말도 하지 않고 그녀에게 말하지
않았습니다.
One night they were lying together in bed.
어느 날 밤 그들은 침대에 함께 누워 있었습니다.
The wife got up and left the marital bed.

아내는 일어나서 침대에서 나갔다.
She opened the door and went into the garden.
그녀는 문을 열고 정원으로 들어갔다.
Her husband had not been able to sleep well.
그녀의 남편은 잠을 잘 수 없었습니다.
Therefore he awoke from the movement of his wife.
그래서 그는 아내의 움직임에 깨어났다.
He heard her leave in the dead of the night.
그는 한밤중에 그녀가 떠나는 소리를 들었다.
And he was determined to follow her.
그리고 그는 그녀를 따르기로 결심했습니다.
But he was also determined not to be noticed.
하지만 그는 눈에 띄지 않으려고 결심했습니다.
She went to a temple of the goddess kali.
그녀는 칼리 여신의 사원에 갔습니다.
The temple was at no great distance from her house.
그 사원은 그녀의 집에서 그리 멀지 않은 곳에 있었습니다.
She worshipped the goddess with flowers.
그녀는 꽃으로 여신을 숭배했습니다.
And she worshiped the goddess with sandal-wood perfume.
그리고 그녀는 샌달우드 향을 뿌려 여신을 숭배했습니다.
"Oh mother kali! have mercy upon me"
"오, 칼리 어머니! 저를 불쌍히 여겨주세요."
"Deliver me out of all my troubles"
"내 모든 환난에서 나를 구해 주소서"
The goddess replied to the woman.
여신은 그 여자에게 대답했습니다.
"Why, what further grievance have you?
"그 밖에 무슨 원망할 일이 있느냐?
"You long prayed for the return of your husband"
"당신은 오랫동안 남편의 귀환을 기도했습니다"
"And your prayers have been answered"
"그리고 당신의 기도는 응답되었습니다"
"Your husband has returned to you"
"당신의 남편이 당신에게 돌아왔습니다"
"So then, what ails thee now?"
"그럼, 지금 무슨 일이야?"

The woman answered the goddess.
그 여인이 여신에게 대답했습니다.
"True, oh mother, my husband has come to me"
"그렇죠, 어머니, 제 남편이 제게 왔어요"
"But he has come to me in a melancholy mood"
"하지만 그는 우울한 기분으로 나에게 왔습니다"
"He hardly speaks to me when I speak to him"
"내가 그에게 말을 걸 때 그는 나에게 거의 말을 걸지 않는다"
"He takes no delight in me when he is with me"
"그는 나와 함께 있을 때에도 나를 기뻐하지 아니하시느니라"
"All he does is sit melancholy in a corner"
"그가 하는 일은 구석에 앉아 우울해하는 것뿐이에요."
The goddess replied to her devotee.
여신은 그녀의 신봉자에게 대답했다.
"Ask your husband why he feels melancholy"
"남편에게 왜 우울함을 느끼는지 물어보세요"
"When he tells you, let me know the reason"
"그가 말하면 그 이유를 알려줘"
The minister's son overheard the conversation.
목사의 아들이 그 더화를 우연히 엿듣게 되었다.
But he stayed unnoticed by the goddess.
하지만 그는 여신의 눈에 띄지 않았습니다.
And his wife did not notice him either.
그리고 그의 아내 역시 그를 알아차리지 못했습니다.
He quietly slunk away before his wife.
그는 아내 앞에서 조용히 사라졌다.
And he returned back to bed before her.
그리고 그는 그녀보다 먼저 침대로 돌아갔다.
The following day the wife asked her husband.
다음 날 아내는 남편에게 물었습니다.
"My dear husband, why are you in a melancholy mood?"
"사랑하는 남편, 왜 우울하신가요?"
Her husband retold the whole story.
그녀의 남편은 그 0 야기를 전부 다시 들려주었습니다.
He told her about the jewel serpent.
그는 그녀에게 보석뱀에 대해 이야기해 주었다.
He told her about the subterranean palace.

그는 그녀에게 지하 궁전에 대해 이야기해 주었다.
He told her about the princess being captured.
그는 공주가 잡혔다는 이야기를 그녀에게 들려주었다.
He told her how he freed the princess.
그는 공주를 어떻게 구출했는지 그녀에게 말해주었습니다.
And he told her about Bihangama and Bihangami.
그리고 그는 그녀에게 비항가마와 비항가미에 대해 이야기해
주었습니다.
He told her how he had turned to stone.
그는 자신이 돌로 변한 사실을 그녀에게 말해주었습니다.
And he told her how he was returned back to life.
그리고 그는 자신이 어떻게 다시 살아났는지 그녀에게
말해주었습니다.
So he told her also about the killing of the child.
그래서 그는 그녀에게 아이가 죽었다는 사실도 말했습니다.
That night his wife left the bed again.
그날 밤에도 그의 아내는 다시 침대에서 나갔다.
And she returned to the goddess kali's temple.
그리고 그녀는 칼리 여신의 사원으로 돌아갔습니다.
And she told the goddess of her husband's melancholy.
그리고 그녀는 여신에게 남편의 슬픔을 이야기했습니다.
The goddess listened intently to what was said.
여신은 그들이 하는 말을 주의 깊게 경청했습니다.
"Bring the child here and I will restore it to life"
"그 아이를 여기로 데려오너라. 내가 그를 살려 주겠다."
The next night she left the marital bed again.
그 다음날 밤 그녀는 다시 결혼 생활을 떠났다.
She went to the tree in the garden.
그녀는 정원에 있는 나무로 갔다.
And she took the child from the tree.
그리고 그녀는 그 아이를 나무에서 데려갔습니다.
And she took the child to the goddess kali.
그리고 그녀는 아이를 여신 칼리에게 데려갔습니다.
And the goddess kali returned the child back to life.
그리고 여신 칼리는 그 아이를 다시 살려냈습니다.
The prince's friend was entranced with joy.
왕자의 친구는 기쁨에 휩싸였습니다.
He picked up the reanimated child.

그는 부활한 아이를 들어올렸다.

And he ran as fast as he could to his friend.
그리고 그는 최대한 빨리 친구에게 달려갔습니다.

And he gave him his child, alive and well.
그리고 그는 살아있고 건강한 아이를 그에게 주었습니다.

They all rejoiced with exceedingly great joy.
그들은 모두 매우 큰 기쁨으로 기뻐했습니다.

And they lived together happily till the day of their death.
그리고 그들은 죽는 날까지 행복하게 살았습니다.

The Indignant Brahman
분노한 브라만

There was once a poor Brahman.
옛날에 가난한 브라만 한 사람이 살았습니다.
This poor Brahman had a wife.
이 불쌍한 브라만에게는 아내가 있었습니다.
And he also had four children.
그리고 그는 또한 네 명의 자녀를 두었습니다.
He was a very poor man.
그는 매우 가난한 사람이었습니다.
And he had no resources in the world.
그리고 그는 세상에 아무런 자원도 없었습니다.
He lived from the charity of others.
그는 다른 사람들의 자선으로 생계를 유지했습니다.
During marriages he earned well.
그는 결혼 생활을 하면서 많은 돈을 벌었다.
And he earned well during funerals.
그리고 그는 장례식을 치르는 동안 많은 돈을 벌었습니다.
But his parishioners did not marry daily.
하지만 그의 교구민들은 매일 결혼하지는 않았습니다.
And they did not die every day either.
그리고 그들은 매일 죽지도 않았습니다.
It was difficult to make the two ends meet.
두 가지 목표를 모두 달성하는 것은 어려웠습니다.
His wife often rebuked him.
그의 아내는 종종 그를 질책했다.
"Why can you not support me?"
"왜 나를 지지해 줄 수 없니?"
"Our children run around naked"
"우리 아이들은 벌거벗고 돌아다닌다"
"And they suffer from hunger"
"그리고 그들은 굶주림으로 고통받습니다"
Though poor, he was a good man.
그는 가난했지만 좋은 사람이었습니다.
And he was diligent in his devotions.
그는 자신의 헌신에 부지런했습니다.

Every day he said his prayers.
그는 매일 기도를 드렸습니다.
He prayed at the same time each day.
그는 매일 같은 시간에 기도했습니다.
His tutelary deity was the Goddess Durga.
그의 수호신은 여신 두르가였습니다.
She is the consort of Shiva.
그녀는 시바의 배우자이다.
She is the creative energy of the universe.
그녀는 우주의 창조적인 에너지입니다.
Every day he wrote the name of Durga.
그는 매일 두르가의 이름을 적었습니다.
He wrote the name in red ink.
그는 그 이름을 빨간 잉크로 썼다.
At least one hundred and eight times.
적어도 108번은요.
He did not drink or eat till he did this.
그는 이렇게 하기 전까지는 마시거나 먹지 않았습니다.
throughout the day he uttered prayers.
그는 하루 종일 기도를 드렸습니다.
"O Durga! have mercy upon me"
"오 두르가! 저에게 자비를 베푸소서"
He prayed whenever he felt anxious.
그는 불안을 느낄 때마다 기도했습니다.
And he often felt anxious.
그는 종종 불안감을 느꼈습니다.
Because he lived in poverty.
그는 가난하게 살았기 때문이다.
He prayed when his worries were too much.
그는 걱정이 너무 클 때 기도했습니다.
And there were many things he worried about.
그리고 그가 걱정하는 것도 많았습니다.
He worried about his wife and children.
그는 아내와 아이들에 대해 걱정했습니다.
And he worried about supporting them.
그리고 그는 그들을 지원하는 것에 대해 걱정했습니다.

One day he was very sad.

어느 날 그는 매우 슬펐습니다.
On this day he went to a forest.
이날 그는 숲으로 갔습니다.
The forest was far outside the village.
숲은 마을 외곽에 있었습니다.
He let out all his grief.
그는 자신의 모든 슬픔을 토로했다.
And he wept bitter tears.
그리고 그는 쓰라린 눈물을 흘렸습니다.
"O Durga! O Mother Bhagavati!"
"오 두르가! 오 어머니 바가바티!"
"Please put an end to my misery?"
"제 고통을 끝내주세요."
"I wish I were alone in the world"
"세상에 나 혼자만 있었으면 좋겠다"
"Then my poverty wouldn't worry me"
"그러면 내 가난이 나를 걱정하지 않을 거야"
"But thou hast given me a wife"
"그러나 당신은 나에게 아내를 주셨습니다"
"And my wife has given me children"
"그리고 내 아내는 나에게 아이들을 낳았습니다"
"O Mother, I beg of you"
"어머니, 간청드립니다"
"Give me the means to support them"
"그들을 지원할 수 있는 수단을 주세요"
Shiva and his wife Durga happened to be there.
시바와 그의 아내 두르가가 우연히 그곳에 있었습니다.
They were taking their morning walk.
그들은 아침 산책을 하고 있었습니다.
The Goddess Durga saw the Brahman at a distance.
여신 두르가는 멀리서 브라만을 보았습니다.
"O Lord of Kailas, do you see that Brahman?"
"카일라스의 주님, 저 브라만을 보십니까?"
"He is always taking my name on his lips"
"그는 항상 내 이름을 입에 올리고 있어요"
"He prays I deliver him from his troubles"
"그는 내가 그를 그의 고난에서 구해 주기를 기도합니다"

"Can we not do something for the poor Brahman?"
"우리는 불쌍한 브라만을 위해 뭔가 할 수 없을까요?"
"He is oppressed with many cares"
"그는 많은 근심으로 괴로움을 받고 있습니다"
"And he deeply cares for his growing family"
"그리고 그는 점점 커지는 가족을 진심으로 아끼고 있습니다."
"We should make his life more comfortable"
"우리는 그의 삶을 더 편안하게 만들어야 합니다"
"Because the poor man never has enough to eat"
"가난한 사람은 먹을 것이 결코 충분하지 않기 때문입니다"
"And his family doesn't have enough to eat either"
"그리고 그의 가족도 먹을 것이 충분하지 않아요"
"Let us give him a pot"
"그에게 냄비를 주자"
"A pot with an infinite supply of murukku"
"무한한 무루쿠가 담긴 냄비"
The divine consort was right.
신의 배우자는 옳았습니다.
The Lord of Kailas agreed to the proposal.
카일라스의 군주는 그 제안에 동의했습니다.
On the spot he created a magical pot.
그는 그 자리에서 마법의 항아리를 만들어냈습니다.
Durga went to the poor Brahman.
두르가는 가난한 브라만에게 갔다.
"O Brahman! My loyal devotee"
"오 브라흐만! 나의 충실한 신봉자여"
"I have often thought of your pitiable case"
"나는 당신의 불쌍한 처지를 자주 생각했습니다"
"Your repeated prayers have moved my compassion"
"당신의 반복적인 기도가 나의 연민을 움직였습니다"
"Here is a pot for you"
"여기 당신을 위한 냄비가 있습니다"
"You must turn the pot upside down"
"냄비를 뒤집어야 해요"
"And then you must shake the pot"
"그리고 냄비를 흔들어야 합니다"
"The finest murukku will pour out"

"최고의 무루쿠가 쏟아져 나올 것입니다"
"The murukku will keep pouring out forever"
"무루쿠는 영원히 쏟아질 것이다"
"Until you put the pot upright again"
"그 냄비를 다시 똑바로 세울 때까지"
"You can eat as much murukku as you like"
"무루쿠는 원하는 만큼 먹어도 돼"
"Your wife and children will hunger no more"
"당신의 아내와 아이들은 더 이상 배고프지 않을 것입니다"
"And you can sell the murukku if you like"
"그리고 원하시면 무루쿠를 팔 수도 있어요"
The Brahman was delighted beyond measure.
브라만은 말할 수 없을 만큼 기뻐했습니다.
He had received a truly valuable treasure.
그는 정말로 귀중한 보물을 받았습니다.
He made his deepest obeisance to the goddess.
그는 여신에게 깊은 경의를 표했습니다.
And he expressed his eternal gratefulness.
그리고 그는 영원한 감사를 표했다.

The Brahman had started walking home.
브라만은 집으로 걸어가기 시작했습니다.
But first he had to test his magical pot.
하지만 먼저 그는 자신의 마법의 냄비를 시험해보아야
했습니다.
He wanted to see if the pot really worked.
그는 그 냄비가 정말 효과가 있는지 보고 싶었습니다.
He turned the pot upside down.
그는 냄비를 뒤집어 놓았다.
And he shook the pot, as instructed.
그리고 그는 지시받은 대로 냄비를 흔들었습니다.
Lo and behold! The pot really did work.
와, 정말! 그 냄비가 정말 효과가 있더군요.
The finest murukku fell to the ground.
가장 좋은 무루쿠가 땅에 떨어졌습니다.
He tied the sweetmeat in his sheet.
그는 과자를 시트에 묶었다.

And he walked on, towards his village.

그리고 그는 마을을 향해 걸어갔다.

By noon the Brahman had gotten hungry.

정오가 되자 브라만은 배가 고파졌습니다.

But he could not eat without his ablutions.

하지만 그는 세면 없이는 먹을 수 없었습니다.

First, he had to say his prayers.

먼저 그는 기도를 해야 했습니다.

There was an inn on his way.

그가 가는 길에 여관이 있었습니다.

Close to the inn there was a water tank.

여관 근처에 물탱크가 있었습니다.

So, he intended to halt there.

그래서 그는 그곳에서 멈추려고 했습니다.

In order to bathe and say his prayers.

목욕을 하고 기도를 드리기 위해서입니다.

After this he could eat all the murukku.

그 후에 그는 무루쿠를 모두 먹을 수 있었습니다.

The Brahman sat at the innkeeper's shop.

브라만은 여관 주인의 가게에 앉아 있었습니다.

The shopkeeper was smoking tobacco.

가게 주인은 담배를 피우고 있었습니다.

He put the pot near the shopkeeper.

그는 그 냄비를 가게 주인 근처에 두었다.

And he asked him to look after the pot.

그리고 그는 그에게 냄비를 돌봐달라고 부탁했습니다.

"Please take special care of this pot"

"이 냄비를 특별히 잘 보관해 주세요"

"I must bathe and say my prayers"

"목욕을 하고 기도를 해야겠어요"

"Please look after this pot for me"

"이 냄비 좀 잘 보관해 주세요"

"Make sure nothing happens to this pot"

"이 냄비에 아무 일도 일어나지 않도록 하세요"

He thought it was a strange request.

그는 그것이 이상한 요청이라고 생각했습니다.

But he agreed to look after the pot.

하지만 그는 냄비를 돌보기로 동의했습니다.
And the Brahman gave him the pot.
그리고 브라만은 그에게 항아리를 주었다.
He besmeared his body with mustard oil.
그는 그의 몸에 겨자기름을 발랐다.
And he went to do his ablutions.
그리고 그는 세수를 하러 갔습니다.
The innkeeper grew curious about the pot.
여관 주인은 그 냄비에 대해 호기심을 느꼈습니다.
"This pot must have something valuable in it"
"이 냄비에는 뭔가 귀중한 게 들어 있을 거야"
"Why else would he be so careful?"
"그렇지 않다면 왜 그렇게 조심하겠어요?"
His curiosity had been excited.
그의 호기심이 자극되었습니다.
So, he opened the pot.
그래서 그는 냄비를 열었습니다.
To his surprise the pot was empty.
놀랍게도 냄비는 비어 있었습니다.
"What can be the meaning of this?"
"이게 무슨 뜻일까?"
"Why does he care so much for an empty pot?"
"그는 왜 빈 냄비에 그렇게 많은 관심을 갖는 걸까?"
He began to examine the pot more carefully.
그는 냄비를 더욱 주의 깊게 살펴보기 시작했습니다.
During his inspection he turned the pot upside down.
그는 검사하는 동안 냄비를 뒤집어 놓았습니다.
And then the finest murukku fell out from the pot.
그러자 가장 좋은 무루쿠가 냄비에서 떨어졌습니다.
And the murukku didn't stop falling out.
그리고 무루쿠는 떨어지는 것을 멈추지 않았습니다.
The innkeeper called his wife and children.
여관 주인은 아내와 아이들을 불렀습니다.
He wanted them to witness what had happened.
그는 그들에게 무슨 일이 일어났는지 직접 보여주고 싶었습니다.
An unexpected stroke of good fortune!

예상치 못한 행운이 찾아왔습니다!
The pot gave copious showers of sugared paddy.
냄비에는 설탕에 절인 쌀이 듬뿍 뿌려져 있었습니다.
He filled all his pots and jars.
그는 모든 냄비와 항아리를 가득 채웠습니다.
He knew he had to have this pot.
그는 이 냄비가 꼭 필요하다는 걸 알았습니다.
So, he replaced the pot with another one.
그래서 그는 그 냄비를 다른 냄비로 바꿨습니다.
He had a pot of the same size and color.
그는 똑같은 크기와 색깔의 냄비를 가지고 있었습니다.

The Brahman had finished his ablutions.
브라흐만은 세수를 마쳤습니다.
He had performed all of his devotions.
그는 자신의 모든 헌신을 다했습니다.
He came back to the shop in wet clothes.
그는 젖은 옷을 입고 가게로 돌아왔다.
He was still reciting holy texts of the Vedas.
그는 여전히 베다 경전을 낭송하고 있었습니다.
He put back on his dry clothes.
그는 다시 마른 옷을 입었다.
In red ink he wrote the name of Durga.
그는 붉은 잉크로 두르가의 이름을 적었습니다.
He wrote her name one hundred and eight times.
그는 그녀의 이름을 108번이나 썼다.
After doing this he broke his fast.
이렇게 한 후 그는 단식을 깼다.
And he ate the murukku he had in his sheet.
그리고 그는 시트에 있던 무루쿠를 먹었습니다.
He was refreshed from the meal.
그는 식사로 상쾌해졌다.
Now he could resume his journey home.
이제 그는 집으로 돌아가는 여행을 계속할 수 있었습니다.
So he called to the innkeeper.
그래서 그는 여관 주인에게 소리쳤습니다.
"Please could I get my pot back"
"제 냄비를 돌려주시겠어요?"

The innkeeper gave him back his pot.
여관 주인은 그에게 냄비를 돌려주었다.
"There, sir, here is your pot"
"저기요, 선생님, 여기 당신의 냄비가 있습니다."
"The pot is exactly where you had put it"
"그 냄비는 당신이 놓았던 그 자리에 정확히 있었습니다"
"Your pot is just as you left it"
"당신의 냄비는 당신이 떠난 그대로입니다"
"I made sure no one has touched your pot"
"아무도 당신의 냄비에 손을 대지 않았는지 확인했어요"
The Brahman didn't suspect a thing.
브라만은 아무것도 의심하지 않았습니다.
He picked up the pot.
그는 냄비를 집어 들었다.
And he proceeded on his journey home.
그리고 그는 집으로 여행을 계속했습니다.

On his journey he had to think.
그는 여행하는 동안 생각해야만 했습니다.
He congratulated his good fortune.
그는 자신의 행운을 축하했다.
"My wife will be most pleasantly surprised!"
"제 아내가 정말 기뻐할 거예요!"
"The children will devour the murukku!"
"아이들이 무루쿠를 먹어치울 거야!"
"I shall soon become rich"
"나는 곧 부자가 될 것이다"
"I will be able to lift my head up high"
"나는 머리를 높이 들 수 있을 것이다"
The pains of travelling had been reduced.
여행의 고통이 줄어들었습니다.
Now his problems were much more pleasant.
이제 그의 문제는 훨씬 더 즐거워졌습니다.
Only anticipation made the journey difficult.
기대감 때문에 여행이 어려웠습니다.
He finally reached his home again.
그는 마침내 다시 집에 도착했습니다.

He called to his wife and children.
그는 아내와 아이들에게 전화를 걸었다.
"Look at what I have brought"
"내가 가져온 것을 보세요"
"This pot is an unfailing source of wealth".
"이 항아리는 틀림없는 부의 원천입니다."
"We will never have to struggle again"
"우리는 다시는 어려움을 겪지 않을 것입니다"
"I will turn the pot upside down"
"냄비를 뒤집어 놓을게요"
"And then you will see something.
"그러면 당신은 뭔가를 보게 될 거예요.
"Something you've never seen before"
"당신이 전에 본 적이 없는 것"
"A stream of the finest murukku will flow"
"최고의 무루쿠가 흐를 것이다"
You can imagine what his wife was thinking.
그의 아내가 무슨 생각을 했을지 상상할 수 있을 겁니다.
"My husband has gone mad," she thought.
그녀는 "남편이 미쳤구나"라고 생각했습니다.
She was soon confirmed in her opinion.
그녀는 곧 자신의 의견이 확실해졌다.
Nothing fell from the pot, as promised.
약속한 대로 냄비에서 아무것도 떨어지지 않았습니다.
He turned the pot upside down again and again.
그는 냄비를 계속해서 뒤집어 놓았습니다.
The Brahman was overwhelmed with grief.
브라만은 슬픔에 휩싸였습니다.
He realized that he had been tricked.
그는 자신이 속았다는 것을 깨달았습니다.
The innkeeper must have swapped the pot.
여관 주인은 냄비를 바꿔쳤을 것이다.
He must have stolen Durga's pot.
그는 두르가의 냄비를 훔쳤을 것이다.
And he must have replaced the pot with a normal one.
그리고 그는 냄비를 평범한 냄비로 바꿔놓았을 것입니다.
He went back to the innkeeper the next day.

그는 다음 날 여관 주인에게 돌아갔다.
And he accused him of having changed his pot.
그리고 그는 그가 냄비를 바꿨다고 비난했습니다.
At first the innkeeper acted surprised.
처음에 여관 주인은 놀란 듯 행동했습니다.
Then he pretended to be angry at the accusation.
그러고 나서 그는 그 비난에 화가 난 척했다.
Finally, he chased him out of his shop.
마침내 그는 그를 가게 밖으로 쫓아냈다.

He had no way of getting the pot back.
그는 냄비를 돌려받을 방법이 없었습니다.
The Brahman knew what he had to do.
브라만은 자신이 무엇을 해야 할지 알고 있었습니다.
He went to see the goddess Durga again.
그는 다시 여신 두르가를 만나러 갔다.
Siva and Durga honored him with their presence.
시바와 두르가는 그의 존재를 존중했습니다.
Durga spoke to the poor Brahman.
두르가는 가난한 브라만에게 말했습니다.
"So, you have lost the pot I gave you"
"그러니까 내가 준 냄비를 잃어버렸구나"
"I take pity on your situation"
"나는 당신의 상황을 불쌍히 여깁니다"
"Here is another magical pot"
"여기 또 마법의 냄비가 있어요"
"Take this pot, and make good use of it"
"이 냄비를 가져가서 잘 활용하세요"
The Brahman was elated with joy.
브라만은 기쁨에 들떠 있었습니다.
He made obeisance to the divine couple.
그는 신성한 부부에게 경의를 표했습니다.
And he took the pot with him.
그리고 그는 냄비를 가지고 갔다.
Again he had to see if the pot worked.
그는 다시 냄비가 작동하는지 확인해야 했습니다.
He turned the pot upside down.

그는 냄비를 뒤집어 놓았다.
And he shook the pot as before.
그리고 그는 전과 마찬가지로 냄비를 흔들었다.
And he waited for the murukku to fall out.
그리고 그는 무루쿠가 떨어지기를 기다렸다.
But no, horror of horrors!
하지만 아니, 무섭습니다!
Murukku did not fall from the pot.
무루쿠는 냄비에서 떨어지지 않았습니다.
Instead of murukku, demons jumped out.
무루쿠 대신 악마들이 튀어나왔다.
They began to beat the astonished Brahman.
그들은 놀란 브라만을 때리기 시작했습니다.
The Brahman received punches and kicks.
브라만은 주먹과 발길질을 당했다.
But he kept his presence of mind.
하지만 그는 침착함을 유지했다.
He turned the pot the right way up.
그는 냄비의 방향을 바로잡았습니다.
And he covered the pot up again.
그리고 그는 냄비를 다시 덮었습니다.
Fortunately his quick thinking worked.
다행히도 그의 재빠른 생각이 효과가 있었습니다.
The demons disappeared as soon as he did this.
그가 이렇게 하자마자 악마들은 사라졌습니다.
The Brahman tried to understand what this meant.
브라만은 이것이 무슨 뜻인지 이해하려고 노력했습니다.
It must be to punish the innkeeper!
여관 주인을 처벌하기 위한 것이겠지!
So he went to the innkeeper again.
그래서 그는 다시 여관 주인에게 갔습니다.
He gave him the new pot.
그는 그에게 새로운 냄비를 주었다.
He begged of him to look after the pot.
그는 그에게 냄비를 잘 돌봐달라고 간청했습니다.
Just like he had done before.
이전에 했던 것과 똑같았습니다.
He went for his ablutions and prayers.

그는 세수를 하고 기도를 하러 갔다.
The innkeeper was delighted.
여관 주인은 매우 기뻤다.
He had been given a second godsend.
그는 두 번째 신의 선물을 받았습니다.
He agreed to take the greatest care of the pot.
그는 냄비를 최대한 잘 관리하기로 동의했습니다.
He waited for the Brahman to go.
그는 브라만이 가기를 기다렸다.
And he called his wife and children.
그리고 그는 아내와 아이들에게 전화를 걸었습니다.
"This is another pot from the Brahman"
"이것은 브라만의 또 다른 항아리입니다."
"This time I hope it is not murukku"
"이번엔 무루쿠가 아니길 바랍니다"
"I hope this pot is full of sandesa"
"이 냄비에 산데사가 가득 차 있기를 바랍니다"
"Come, be ready with the baskets"
"바구니를 준비하세요"
"I will turn the pot upside down"
"냄비를 뒤집어 놓을게요"
"And then I will shake the pot"
"그리고 나는 냄비를 흔들 것이다"
And he did what he said he would do.
그리고 그는 말한 대로 행동했습니다.
But the room did not fill with food.
하지만 그 방은 음식으로 가득 차지 않았습니다.
This time the room filled with demons.
이번에는 방 안이 악마로 가득 찼습니다.
The demons caught hold of the innkeeper.
악마들이 여관 주인을 붙잡았습니다.
And the demons also caught his family.
그리고 악마는 그의 가족도 사로잡았습니다.
And the demons beat them mercilessly.
그리고 악마들은 그들을 무자비하게 때렸습니다.
They would have completely destroyed the shop.
그들은 가게를 완전히 파괴했을 겁니다.

But the victims ran to the Brahman.
하지만 피해자들은 브라만에게 달려갔습니다.
The Brahman had returned from his ablutions.
브라흐만은 세수를 하고 돌아왔다.
The Brahman showed mercy to them.
브라만은 그들에게 자비를 베풀었다.
And he accepted their request.
그리고 그는 그들의 요청을 수락했습니다.
But there was one condition to his help.
하지만 그의 도움에는 한 가지 조건이 있었습니다.
"I will only help if I get my pot back"
"내 냄비를 돌려받을 때만 도울게요"
The innkeeper didn't have much choice.
여관 주인에게는 선택의 여지가 별로 없었다.
He had to accept the Brahman's conditions.
그는 브라흐만의 조건을 받아들여야 했습니다.
The Brahman put the pot upright again.
브라흐만은 다시 냄비를 똑바로 세웠다.
And he put the lid on the pot.
그리고 그는 냄비에 뚜껑을 덮었습니다.
He took his pot back from the innkeeper.
그는 여관 주인에게서 냄비를 돌려받았다.
And he returned back to his village.
그리고 그는 자신의 마을로 돌아갔습니다.
Now the Brahman had two magical pots.
이제 브라만은 두 개의 마법의 항아리를 가지게 되었습니다.
The Brahman shut the door of his house.
브라흐만은 그의 집 문을 닫았다.
And he called his family again.
그리고 그는 다시 가족들에게 전화를 걸었습니다.
He turned the murukku-pot upside down.
그는 무루쿠 냄비를 뒤집어 놓았다.
And he shook the murukku-pot as before.
그리고 그는 이전과 마찬가지로 무루쿠 냄비를 흔들었다.
This time the magic pot worked.
이번에는 마법의 냄비가 효과가 있었습니다.
An endless stream of the finest murukku.
최고의 무루쿠가 끝없이 흘러내립니다.

The family devoured the sweetmeat.
가족들은 과자를 맛있게 먹었습니다.
They ate to their hearts' content.
그들은 마음껏 먹었습니다.
All the pots and pans were filled.
모든 냄비와 팬이 채워졌습니다.

The next day the Brahman became confectioner.
다음날 브라만은 과자 장인이 되었습니다.
He opened a shop in his house.
그는 자신의 집에 가게를 열었다.
And he sold the best murukku.
그리고 그는 최고의 무루쿠를 팔았습니다.
The whole village came to the Brahman's house.
마을 사람 모두가 브라만의 집에 모였습니다.
They all wanted to buy the wonderful murukku.
그들은 모두 멋진 무루쿠를 사고 싶어했습니다.
They had never seen such murukku in their life.
그들은 평생 그런 무루쿠를 본 적이 없었다.
It was the most delicious murukku they ever had.
그것은 그들이 먹어본 무루쿠 중 가장 맛있었습니다.
No one had ever made anything like this dessert.
이런 디저트를 만든 사람은 아무도 없었습니다.
The reputation of the Brahman's murukku spread.
브라만의 무루쿠의 명성이 퍼졌습니다.
Soon people from outside the city came.
곧 도시 밖에서도 사람들이 왔습니다.
Cartloads of the sweetmeat were sold every day.
매일 수많은 과자가 팔렸습니다.
The Brahman quickly became very rich.
브라만은 금세 매우 부자가 되었습니다.
He built a large brick house.
그는 큰 벽돌집을 지었다.
And he lived like a nobleman of the land.
그는 그 땅의 귀족처럼 살았습니다.
Once, however, his luck almost changed.
하지만 어느 날 그의 행운은 거의 바뀌었습니다.
His children had taken the wrong pot.

그의 아이들은 잘못된 냄비를 가져갔습니다.
A large number of demons came out.
수많은 악마들이 나왔습니다.
And they caught hold of the Brahman's wife.
그리고 그들은 브라만의 아내를 붙잡았습니다.
And they also caught his children.
그리고 그들은 그의 아이들도 붙잡았습니다.
They were striking them mercilessly.
그들은 무자비하게 그들을 때렸습니다.
Fortunately the Brahman came back into the house.
다행히 브라만이 집으로 돌아왔습니다.
He turned the pot back to its proper position.
그는 냄비를 원래 위치로 돌려 놓았습니다.
He wanted to prevent a similar catastrophe.
그는 비슷한 재앙이 일어나는 것을 막고 싶었습니다.
So the Brahman had a private room built.
그래서 브라만은 개인실을 지었습니다.
And he put the pot in a secret place.
그리고 그는 그 냄비를 비밀스러운 곳에 두었습니다.
Mortals, however, do not have the luck of Gods.
하지만 인간에게는 신의 행운이 없습니다.
Uninterrupted prosperity is not their fortune.
끊임없는 번영은 그들의 행운이 아니다.
The demon-pot had been put out of the way.
악마의 항아리는 이미 치워져 있었습니다.
But why might accident not befall the murukku pot?
하지만 왜 무루쿠 도자기에는 사고가 일어나지 않을까?
One day the Brahman and his wife were absent.
어느 날 브라만과 그의 아내가 자리를 비웠습니다.
The children decided to shake the pot.
아이들은 냄비를 흔들기로 했습니다.
Each of them wanted to do the honors.
그들 각자는 그 영예를 얻고 싶어했습니다.
So there was a fight to get the pot.
그래서 냄비를 차지하기 위해 싸움이 벌어졌습니다.
In the struggle the pot fell to the ground.
싸운 중에 냄비가 땅에 떨어졌다.
Like any other earthen pot, it broke.

다른 토기항아리와 마찬가지로 그것도 깨졌습니다.
Eventually the Braham came back home again.
마침내 브라함은 다시 집으로 돌아왔습니다.
You can imagine how the news grieved him.
그 소식이 그를 얼마나 슬프게 했을지 상상할 수 있을 겁니다.
Of course the children were well cudgeled.
물론 아이들은 잔인하게 구타당했습니다.
But anger could not replace the pot.
하지만 분노는 냄비를 대신할 수 없었다.
After some days he went to the forest again.
며칠 후 그는 다시 숲으로 갔습니다.
He offered many a prayer for Durga's favor.
그는 두르가의 은총을 구하며 여러 번 기도했습니다.
At last Siva and Durga appeared to him.
마침내 시바와 두르가가 그에게 나타났습니다.
They listened to how the pot had been broken.
그들은 냄비가 깨졌다는 이야기를 들었습니다.
Durga decided to give him another pot.
두르가는 그에게 또 다른 냄비를 주기로 결심했습니다.
But this pot was accompanied with a caution.
하지만 이 냄비에는 경고가 붙어 있었습니다.
"Brahman, take care of this pot"
"브라만, 이 항아리를 잘 보관하세요"
"Do not break or lose this pot again"
"이 냄비를 다시 깨거나 잃어버리지 마세요"
"Next time I will not give you another pot"
"다음에는 다시 냄비를 주지 않을게요"
The Brahman made obeisance to the Gods.
브라만은 신들에게 경의를 표했습니다.
And he went straight back to his house.
그리고 그는 곧장 집으로 돌아갔습니다.
This time he did not halt at the innkeepers'.
이번에는 그는 여관 주인에게 들르지 않았습니다.
He shut the door of his house.
그는 집 문을 닫았다.
He called his family to him.
그는 가족을 불러 모았다.

And he turned the pot upside down.
그리고 그는 냄비를 뒤집어 놓았습니다.
And then he began to shake the pot.
그리고 그는 냄비를 흔들기 시작했습니다.
They were only expecting murukku.
그들은 단지 무루쿠만을 기대하고 있었습니다.
But this time it was not murukku.
하지만 이번에는 무루쿠가 아니었습니다.
A stream of beautiful sandesa poured out.
아름다운 산데사의 물줄기가 쏟아졌습니다.
It was the finest sandesa you can imagine.
그것은 당신이 상상할 수 있는 가장 훌륭한 산데사였습니다.
It truly was the food of Gods.
그것은 참으로 신으 음식이었습니다.
The Brahman set up another shop.
브라만은 또 다른 가게를 차렸습니다.
Now he was selling sandesa.
이제 그는 산데사를 팔고 있었습니다.
The fame of his shop soon drew large crowds.
그의 가게의 명성은 금세 많은 군중을 모았습니다.
People came from all over the country.
사람들은 전국 각지에서 모여들었습니다.
At all festivals and marriage feasts.
모든 축제와 결혼 잔치에서.
And at all funeral celebrations in the area.
그리고 그 지역의 모든 장례식에도 참석합니다.
No one bought any other sandesa.
다른 산데사는 아무도 사지 않았습니다.
All day long the pot produced sandesa.
그 냄비는 하루 종일 산데사를 생산했습니다.
Gigantic jars were filled with sweet.
거대한 항아리 안에는 달콤한 것들이 가득 들어 있었습니다.
And the jars were sent all over the country.
그리고 그 항아리들은 전국으로 노내졌습니다.

The Brahman's wealth made the Zemindar jealous.
브라만의 부는 제민다르를 질투하게 만들었다.
In these days all villages had a Zemindar.

이 당시에는 모든 마을에 제민다르가 있었습니다.

He had heard strange things about the sandesa.
그는 산데사에 대해 이상한 이야기를 들었습니다.

He heard the dessert came from a magic pot.
그는 그 디저트가 마법의 냄비에서 나왔다는 것을 들었습니다.

So he devised a plan to get this pot.
그래서 그는 이 냄비를 얻기 위한 계획을 세웠습니다.

His son was going to get married.
그의 아들은 결혼할 예정이었습니다.

To celebrate there was a great feast.
이를 축하하기 위해 큰 잔치가 열렸습니다.

Many hundreds of people were invited.
수백 명의 사람들이 초대되었습니다.

Mountain-loads of sandesa were required.
산더미 같은 양의 산데사가 필요했습니다.

The Zemindar made a proposal to the Brahman.
제민다르는 브라만에게 제안을 했습니다.

"Bring the magical pot to my house"
"마법의 냄비를 내 집으로 가져와"

At first the Brahman refused to bring the pot.
처음에 브라만은 항아리를 가져오기를 거부했습니다.

But the Zemindar insisted.
하지만 제민다르는 고집했습니다.

"I will have hundreds of guests"
"손님이 수백 명이나 올 거야"

"I will need mountains of sandesa"
"산데사가 산처럼 필요할 것 같아요"

"More sandesa than you can carry"
"당신이 운반할 수 있는 것보다 더 많은 산데사"

"Bring the vessel to my house"
"그 그릇을 내 집으로 가져와"

"It will be easier for you and me"
"너와 나에게 더 쉬울 거야"

Eventually the Brahman agreed.
결국 브라만은 동의했습니다.

Himalayas of sandesa were shaken out.
산데사의 히말라야가 흔들렸습니다.

But the Zemindar got hold of the pot.
하지만 제민다르는 냄비를 손에 넣었습니다.
The Zemindar insulted the Brahman.
제민다르는 브라만을 모욕했습니다.
And he chased him out of his house.
그리고 그는 그를 집에서 쫓아냈습니다.
The Brahman didn't give vent to anger.
브라만은 화를 내지 않았습니다.
Instead, he quietly went back to his house.
그 대신 그는 조용히 집으로 돌아갔다.
He went to the private room.
그는 개인실로 들어갔다.
And he took out the demon-pot.
그리고 그는 악마의 냄비를 꺼냈습니다.
He came back to the Zemindar's house.
그는 제민다르의 집으로 돌아왔다.
And he went to the door of the Zemindar.
그리고 그는 제민다르 문으로 갔습니다.
He turned the pot upside down.
그는 냄비를 뒤집어 놓았다.
And then shook the magical pot.
그리고 마법의 냄비를 흔들었습니다.
A hundred demons fell out of the pot.
냄비에서 악마 100마리가 떨어졌습니다.
The chaos was impossible to describe.
그 혼란은 말로 표현할 수 없을 정도였다.
The unearthly visitors flooded the party.
기이한 방문객들이 파티장으로 몰려들었다.
They caught hundreds of the guests.
그들은 수백 명의 손님을 붙잡았습니다.
And the demons beat them mercilessly.
그리고 악마들은 그들을 무자비하게 때렸습니다.
The women were dragged by their hair.
여자들은 머리카락을 잡고 끌려갔다.
The Zemindar was chased from room to room.
제민다르는 방에서 방으로 쫓겨다녔다.
The demons' mischief was getting out of hand.
악마들의 장난이 걷잡을 수 없이 심해졌습니다.

Someone had to put an end to their mischief.
누군가가 그들의 장난을 끝내야 했습니다.
Else all the men would have been killed.
그렇지 않으면 남자들은 모두 죽었을 것이다.
And the house would have been torn to the ground.
그러면 그 집은 땅바닥으로 무너져 내렸을 것이다.
The Zemindar fell at the feet of the Brahman.
제민다르는 브라만의 발 앞에 쓰러졌습니다.
And he begged to be shown mercy.
그리고 그는 자비를 베풀어 달라고 간청했습니다.
The Brahman showed him great mercy.
브라만은 그에게 큰 자비를 베풀었다.
And he put the demons back in the pot.
그리고 그는 악마들을 다시 냄비에 넣었습니다.
The Zemindar never disturbed the Brahman again.
제민다르는 다시는 브라만을 방해하지 않았다.
Nor was he disturbed by anyone else.
그는 다른 사람에 의해 방해받지도 않았습니다.
And he lived for many happy years.
그리고 그는 오랫동안 행복하게 살았습니다.

The Story of the Rakshasas
락샤사 이야기

There was once a poor dimwitted Brahman.
옛날에 가난하고 어리석은 브라만 한 사람이 살았습니다.
This dimwitted man had a wife, but no children.
이 멍청한 남자는 아내는 있었지만 자녀는 없었습니다.
But him not having children was probably for the best.
하지만 그에게는 아이를 갖지 않는 것이 아마도 최선이었을 것이다.
Because he was barely able to meet his own needs.
그는 자신의 필요를 충족시키는 데도 어려움을 겪었기 때문입니다.
And he could hardly supply enough for his wife.
그는 아내에게 충분한 것을 제공하기도 힘들었습니다.
But his dimwittedness was not even his biggest problem.
하지만 그의 멍청함은 그에게 가장 큰 문제가 아니었습니다.
This dimwitted man was also a rather lazy man!
이 멍청한 남자는 또한 꽤 게으른 남자였다!
He was averse to making any long journeys.
그는 긴 여행을 싫어했습니다.
Had he travelled further he might have had enough.
만약 그가 더 멀리 여행했다면 충분했을지도 모른다.
He could have got presents from rich men.
그는 부자에게서 선물을 받았을 수도 있다.
This would have enabled them to live comfortably.
그러면 그들은 편안하게 살 수 있었을 것이다.
There was a great king in a neighbouring country.
이웃 나라에 위대한 왕이 있었습니다.
The mother of the great king had just died.
위대한 왕의 어머니가 방금 돌아가셨습니다.
So this king was celebrating the funeral obsequies.
그래서 이 왕은 장례식을 축하하고 있었던 거예요.
And the funeral was celebrated with great pomp.
그리고 장례식은 큰 성대함으로 거행되었습니다.
Brahmans and beggars were coming from faraway lands.
브라만과 거지들이 먼 나라에서 왔습니다.
They all came expecting to receive rich presents.

그들은 모두 풍성한 선물을 받을 것으로 기대하며 왔습니다.
The Brahman's wife requested him to also go.
브라만의 아내도 그에게 같이 가자고 했습니다.
"Seize this opportunity and get us a little money"
"이 기회를 잡아서 우리에게 약간의 돈을 벌어주세요"
But his constitutional indolence stood in the way.
하지만 그의 본래적인 게으름이 방해가 되었다.
The woman, however, gave her husband no rest.
그러나 그 여자는 남편에게 쉴 틈을 주지 않았다.
Finally she extorted from him the promise.
마침내 그녀는 그에게서 약속을 강요했다.
He promised his wife that he would go.
그는 아내에게 가겠다고 약속했습니다.
The good woman, accordingly, cut down a plantain tree.
그래서 그 착한 여자는 바나나나무를 베어버렸습니다.
And she burnt the plantain tree to ashes.
그리고 그녀는 바나나나무를 재로 태워 버렸습니다.
With the ashes she cleaned the clothes of her husband.
그녀는 재로 남편의 옷을 닦았습니다.
And she made his clothes as white as any cleaner could.
그리고 그녀는 그의 옷을 어떤 세탁소보다도 하얗게
만들었습니다.
Her husband was going to the palace of a great king.
그녀의 남편은 위대한 왕의 궁전으로 가고 있었습니다.
The king could not be approached by men in rags.
누더기를 걸친 사람은 왕에게 접근할 수 없었다.
Besides, Brahman are bound to appear neat and clean.
게다가 브라만은 깔끔하고 청결해 보일 수밖에 없습니다.
At last, one morning the Brahman left his house.
마침내 어느 날 아침 브라만은 집을 나섰습니다.
And he made his way to the palace of the great king.
그는 위대한 왕의 궁전으로 향했습니다.
I have already mentioned he was a dimwitted man.
나는 그가 멍청한 사람이라는 걸 이미 언급했습니다.
He did not inquire which road he should take.
그는 어느 길로 가야 할지 묻지 않았다.
Instead, he walked on and on without directions.
그 대신 그는 아무런 지시도 없이 계속해서 걸어갔습니다.

And he followed wherever his nose pointed him.
그리고 그는 코가 가리키는 곳이면 어디든 따라갔다.
I don't need to say he was not on the right road.
그가 올바른 길을 가지 않았다는 것은 말할 필요도 없겠죠.
The regions he wandered became less and less inhabited.
그가 돌아다닌 지역은 점점 사람이 살지 않게 되었다.
Soon he met no human being for many miles.
곧 그는 수 마일에 걸쳐 사람을 한 명도 만나지 못했습니다.
But there were many other things he saw there.
하지만 그가 거기서 본 것은 그 외에도 많은 것이 있었습니다.
Things he had never seen in all his life.
그가 평생 한 번도 본 적이 없는 것들.
He saw hillocks of cowries on the roadside.
그는 길가에 소라무더기가 쌓여 있는 것을 보았다.
Cowries were shells used as money in those times.
소라껍질은 그 당시 돈으로 사용된 조개껍질이었습니다.
He kept going and saw hillocks of jewels.
그는 계속해서 가며 보석 더미를 보았습니다.
Next, he saw hillocks of four-anna pieces.
그 다음에는 그는 4안나 크기의 돌무더기를 보았습니다.
Further along were hillocks of eight-anna pieces.
그보다 더 나아가면 8안나 크기의 조각들이 쌓여 있는 언덕이 있었습니다.
And further yet were hillocks of rupees.
그리고 그 너머에는 루피가 산더미처럼 쌓여 있었습니다.
But the Brahman's surprise did not end there.
하지만 브라만의 놀라움은 거기서 끝나지 않았습니다.
Next there was a hill of burnished gold-mohurs.
그 다음에는 빛나는 금빛 모후르 언덕이 있었습니다.
The burnished gold-mohurs were shining brightly.
윤이 난 금모후르가 밝게 빛나고 있었습니다.
Because the gold-mohurs had been freshly minted.
금 모후르가 새로 주조되었기 때문입니다.
Close to the hill of gold-mohurs was a large house.
황금모후르 언덕 근처에 큰 집이 있었습니다.
The house looked like the palace of a powerful king.
그 집은 강력한 왕의 궁전처럼 보였다.
At the door stood a lady of exquisite beauty.

문 앞에는 매우 아름다운 여인이 서 있었습니다.
The lady, seeing the Brahman, said;
그 여인은 브라만을 보고 말했습니다.
"Come to me, my beloved husband"
"내 사랑하는 남편아, 내게로 오라"
"You married me when I was young"
"내가 어렸을 때 너랑 결혼했잖아"
"But you never came back after our marriage"
"하지만 우리가 결혼한 후로 당신은 돌아오지 않았어요"
"Though I have been daily expecting you"
"나는 매일 당신을 기대하고 있었지만"
"Blessed be this day," said the lady.
"오늘은 축복받은 날입니다." 그 여인이 말했습니다.
"On this day I see the face of my husband"
"오늘은 남편의 얼굴을 봤어요"
"Come, my sweet, come in," she asked of him.
"어서 오세요, 자기야, 들어오세요." 그녀가 그에게 물었다.
"You must be fatigued from your long journey"
"긴 여행으로 피곤하실 텐데요."
"Wash your feet and rest, and eat and drink"
"발을 씻고 쉬며 먹고 마시라"
"And after that we shall make ourselves merry"
"그리고 그 후에 우리는 즐겁게 지낼 것입니다"
The Brahman was astonished beyond measure.
브라만은 말할 수 없을 만큼 놀랐다.
He had no recollection marrying twice.
그는 두 번 결혼했다는 기억이 없었다.
He remembered marrying the wife he left at home.
그는 집에 남겨둔 아내와 결혼했던 걸 기억했습니다.
But he did not remember marrying this lady.
하지만 그는 이 여자와 결혼했다는 기억이 나지 않았습니다.
But he remembered that he was a Kulin Brahman.
하지만 그는 자신이 쿨린 브라만이라는 것을 기억했습니다.
Perhaps his father got him married as a child.
아마도 그의 아버지가 그를 어렸을 때 결혼시켰을 것이다.
But what he thought did not matter much.
하지만 그의 생각은 별로 중요하지 않았습니다.

The woman was certain he was her husband.
그 여자는 그가 자기 남편이라고 확신했다.
And he had no reason to say he was not her husband.
그리고 그는 자신이 그녀의 남편이 아니라고 말할 이유가
없었습니다.
Because her beauty was more than he could fathom.
그녀의 아름다움은 그가 상상할 수 없을 만큼 컸기 때문이다.
As beautiful as the Goddesses of Indra's heaven.
인드라의 천국의 여신들처럼 아름답습니다.
And he was sure that she was wealthy too.
그리고 그는 그녀도 부유하다는 것을 확신했습니다.
These thoughts went through the Brahman's mind.
이런 생각이 브라흐만의 마음을 스쳐 지나갔습니다.
But the lady interrupted his flow of thought.
하지만 그 여인이 그의 생각의 흐름을 방해했습니다.
"Are you doubting whether I am your wife?"
"내가 당신의 아내인지 의심하는 거야?"
"Have you lost all memories of that happy event?
"그 행복했던 추억을 다 잃어버렸나요?
"All the pomp and circumstance of our nuptials"
"우리 결혼식의 모든 화려함과 장엄함"
"Come in, beloved; this is your house"
"들어오세요, 사랑하는 사람아. 여기가 당신의 집이에요."
"Because whatever is mine is thine also"
"내 것이면 무엇이든 네 것이기도 하느니라"
The fair lady easily persuaded the Brahman.
아름다운 여인은 브라만을 쉽게 설득했습니다.
And he succumbed to her loving entreaties.
그리고 그는 그녀의 사랑스러운 간청에 굴복했습니다.
And he went into the house of the lady.
그리고 그는 그 여인의 집으로 들어갔다.
The house was not an ordinary one.
그 집은 평범한 집이 아니었다.
The house was in fact a magnificent palace.
그 집은 실제로 웅장한 궁전이었습니다.
All the apartments were large and lofty.
모든 아파트는 크고 높았습니다.

Every room in the palace was richly furnished.
궁전의 모든 방은 화려하게 장식되어 있었습니다.
But one thing surprised the Brahman very much.
하지만 브라만을 매우 놀라게 한 것이 하나 있었습니다.
There was no other person in all the house.
집안에는 다른 사람이 아무도 없었습니다.
The only one there was the lady herself.
그곳에 있던 사람은 그 여인뿐이었습니다.
He could not account for the strange phenomenon.
그는 그 이상한 현상을 설명할 수 없었다.
They meet anyone on their walks either.
그들은 산책을 하다가 누구를 만나든 만난다.
The fact was that the lady was not a human being.
사실 그 여인은 인간이 아니었습니다.
What the lady really was was a Rakshasi.
그 여인은 실제로 락샤시였습니다.
She had eaten up the king and queen.
그녀는 왕과 왕비를 먹어치웠습니다.
And she had eaten all the members of the royal family.
그리고 그녀는 왕족의 모든 구성원을 먹어치웠습니다.
And gradually she had eaten their servants too.
그리고 점차적으로 그녀는 그들의 하인들도 먹어치웠습니다.
This was why there were no humans far and wide.
이것이 멀리 떨어진 곳에 인간이 존재하지 않았던 이유입니다.
The Rakshasi and the Brahman now lived together.
이제 락샤시와 브라만은 함께 살게 되었습니다.
After a week the former said to the latter;
일주일 후에 전자는 후자에게 이렇게 말했습니다.
"I am very anxious to see my sister"
"언니를 만나고 싶어서 너무 설레요"
"As you know, my sister is your other wife"
"당신도 알다시피, 내 여동생은 당신의 다른 아내예요 "
"You must go and fetch my sister; your other wife"
"너는 가서 내 여동생을 데려와야 해. 네 다른 아내를."
"Then we shall all live together happily"
"그럼 우리 모두 행복하게 함께 살게요"
"You must go to get her early tomorrow"

"내일 일찍 그녀를 데리러 가야 해"
"I will give you clothes and jewels for her"
"그녀에게 옷과 보석을 주겠다"
Next morning the Brahman set out for his home.
다음날 아침 브라만은 집으로 향했습니다.
He was furnished with fine clothes.
그는 좋은 옷을 입고 있었다.
And he wore around his wrists costly ornaments.
그리고 그는 손목에 값비싼 장신구를 착용했습니다.

The poor woman was in great distress.
불쌍한 그 여자는 큰 고통을 겪었습니다.
The funeral ceremony of the king's mother was over.
왕의 어머니의 장례식이 끝났습니다.
All the Brahmans and Pandits had returned.
모든 브라만과 판디트가 돌아왔습니다.
And they were loaded with donations.
그리고 그 안에는 기부금이 가득했습니다.
But her husband had not returned.
하지만 그녀의 남편은 돌아오지 않았습니다.
No one could give any news of him.
아무도 그에 대한 소식을 전할 수 없었다.
Because no one had seen him there.
아무도 그를 그곳에서 본 적이 없었기 때문이다.
The woman therefore could only come to one conclusion.
그래서 그 여자는 단 하나의 결론에 도달할 수 있었습니다.
He must have been murdered on the road by highwaymen.
그는 도적들에게 길에서 살해당했을 것이다.
She was in this terrible suspense.
그녀는 끔찍한 고민에 빠져 있었습니다.
But then one day she heard some rumors.
그러던 어느 날 그녀는 몇 가지 소문을 들었습니다.
People in her village were talking about her husband.
그녀의 마을 사람들은 그녀의 남편에 대해 이야기하고
있었습니다.
They said they saw him coming back.
그들은 그가 돌아오는 것을 보았다고 말했습니다.
And they said he was dressed in fine clothes.

그리고 그들은 그가 좋은 옷을 입고 있었다고 말했습니다.
And they said he had fine jewels for his wife.
그리고 그들은 그가 아내를 위해 좋은 보석을 준비했다고 말했습니다.
And sure enough the Brahman soon appeared.
그리고 브라만이 곧 나타났습니다.
And he was carrying fine jewels for his wife.
그리고 그는 아내를 위해 좋은 보석을 가지고 다녔습니다.
On seeing his wife the Brahman thus accosted her;
브라만은 아내를 보자 이렇게 그녀에게 다가갔다.
"Come with me, my dearest wife"
"나와 함께 가자, 나의 사랑하는 아내야"
"I have found my first wife"
"나는 첫 번째 아내를 찾았습니다"
"She lives in a stately palace"
"그녀는 웅장한 궁전에 살고 있어요"
"Near her palace are hillocks of rupees"
"그녀의 궁전 근처에는 루피 더미가 있습니다"
"And there is a large hill of gold-mohurs"
"그리고 거기에는 금모후르로 이루어진 큰 언덕이 있습니다."
"Why should you pine away in wretchedness?"
"왜 당신은 비참함 속에서 괴로워해야 합니까?"
"Why would you stay in this horrible place?"
"왜 이런 끔찍한 곳에 머물러 있나요?"
"Come with me to the house of my first wife"
"나와 함께 내 첫 번째 아내의 집으로 가자"
"There we shall all live together happily"
"거기서 우리 모두 행복하게 살게 될 거야"
At first, she thought her half-witted man had gone mad.
처음에 그녀는 멍청한 남자가 미쳤다고 생각했습니다.
She could not imagine the hillocks of rupees.
그녀는 루피의 산을 상상할 수 없었다.
And she could not imagine a hill of gold-mohurs.
그녀는 금모후르 언덕을 상상할 수 없었습니다.
But then she saw how he was beautifully dressed.
그런데 그녀는 그가 얼마나 아름답게 차려입었는지 보았습니다.

Beautiful clothes of exquisite silks and satins.
정교한 실크와 새틴으로 만든 아름다운 옷.
Ornaments set with diamonds and precious stones.
다이아몬드와 보석으로 장식된 장식품.
Clothes fit for the queen of the land.
그 나라의 여왕에게 어울리는 옷.
Clothes only princesses were in the habit of putting on.
공주만이 입는 옷이었습니다.
She concluded in her mind that something was amiss:
그녀는 마음속으로 무언가 잘못되었다는 결론을 내렸습니다.
Her stupid husband must have been tricked.
그녀의 멍청한 남편은 속았을 것이다.
He must have fallen into the meshes of a Rakshasi.
그는 락샤시의 그물에 빠졌음에 틀림없다.
The Brahman, however, insisted his wife went with him.
그러나 브라만은 그의 아내가 그와 함께 가야 한다고
주장했습니다.
"Feel free to stay here and pine away in poverty"
"여기에 머물러 가난 속에서 쇠약해져도 괜찮아"
"As for me, I will return to the palace of my first wife"
"나로서는 첫 번째 아내의 궁전으로 돌아가겠습니다."
The good woman did her best to stop her husband.
착한 여자는 남편을 막기 위해 최선을 다했습니다.
But in the end she resolved to go with him.
하지만 결국 그녀는 그와 함께 가기로 결심했습니다.
Perhaps she could judge the matter better at the palace.
아마도 그녀는 궁전에 가면 그 문제를 더 잘 판단할 수 있을
것이다.

They set out accordingly the next morning.
그들은 다음날 아침에 출발했습니다.
They went the same road the Brahman had travelled.
그들은 브라만이 갔던 것과 같은 길을 갔습니다.
The woman was not a little surprised by what she saw.
그 여자는 자기가 본 것에 조금도 놀라지 않았다.
She saw the hillocks of cowries and of jewels.
그녀는 소라와 보석으로 이루어진 언덕을 보았습니다.
And she saw hillocks of eight-anna pieces.

그리고 그녀는 8안나 크기의 덩어리를 보았습니다.
And she saw the hillocks of rupees too.
그리고 그녀는 루피 더미도 보았습니다.
And last of all she saw a lofty hill of gold-mohurs.
그리고 마지막으로 그녀는 황금 모후르의 높은 언덕을
보았습니다.
She saw also an exceedingly beautiful lady.
그녀는 또한 매우 아름다운 여인을 보았습니다.
The lady of the palace was hastening towards her.
궁궐의 여인이 그녀에게로 서둘러 다가왔다.
The lady fell on the neck of the Brahman woman.
그 여인은 브라만 여인의 목에 쓰러졌습니다.
And she wept tears of joy, and said:
그녀는 기쁨의 눈물을 흘리며 말했습니다.
"Welcome, beloved sister!"
"환영합니다, 사랑하는 자매님!"
"This is the happiest day of my life!"
"오늘은 제 인생에서 가장 행복한 날이에요!"
"I see the face of my dearest sister again!"
"내가 가장 사랑하는 언니의 얼굴을 다시 봤어요!"
The husband and his two wives entered the palace.
남편과 두 아내가 궁전으로 들어갔다.
Now he was lodged in a stately mansion.
이제 그는 웅장한 저택에 머물고 있었습니다.
The most delectable food appeared, as if by enchantment.
마치 마법에 걸린 듯이 가장 맛있는 음식이 등장했습니다.
He was caressed and endeared by his two wives.
그는 두 아내로부터 애무와 사랑을 받았다.
Both wives did their best to make him happy.
두 아내는 모두 그를 행복하게 하기 위해 최선을 다했습니다.
Both wives did their best to make him comfortable.
두 아내는 모두 그가 편안하도록 최선을 다했습니다.
His two wives were competing for his love.
그의 두 아내는 그의 사랑을 얻기 위해 경쟁하고 있었습니다.
The Brahman had a jolly time of it.
브라만은 매우 즐거운 시간을 보냈다.
He was steeped in an ocean of enjoyment.
그는 즐거움의 바다에 푹 빠져 있었습니다.

The Brahman lived in this state of Elysian pleasure.
브라만은 이런 엘리시안적 쾌락의 상태에서 살았습니다.
Some fifteen or sixteen years he spent this way.
그는 이런 식으로 15년에서 16년을 보냈습니다.
During this time his two wives presented him with two sons.
이때 그의 두 아내가 그에게 두 아들을 낳았습니다.
The Rakshasi's son was the elder.
락샤시의 아들은 장남이었습니다.
He looked more like a god than a human being.
그는 인간이라기보다는 신처럼 보였습니다.
He was named Sahasra-Dal.
그는 사하스라달이라는 이름을 얻었습니다.
His name meant the thousand-branched.
그의 이름은 천개의 가지가 있다는 뜻이었습니다.
The son of the Brahman woman was a year younger.
브라만 여인의 아들은 한 살 어렸다.
He was named Champa-Dal
그는 Champa-Dal이라는 이름을 받았습니다.
His name meant the branch of a champaka tree.
그의 이름은 챔파카나무의 가지를 뜻합니다.
The two brothers loved each other dearly.
두 형제는 서로를 매우 사랑했습니다.
They were both sent to the same school.
두 사람은 같은 학교에 다녔습니다.
The school was several miles distant from the palace.
학교는 궁전에서 수 마일 떨어져 있었습니다.
Every day they rode their two little ponies to school.
그들은 매일 두 마리의 작은 조랑말을 타고 학교에 갔습니다.
The Brahman woman had always been suspicious.
브라만 여인은 항상 의심이 많았습니다.
A thousand little circumstances gave her clues.
수많은 작은 상황이 그녀에게 단서를 제공했습니다.
She knew her sister-in-law was not a human being.
그녀는 시누이가 인간이 아니라는 것을 알았습니다.
She was sure her sister-in-law was a Rakshasi.
그녀는 그녀의 시누이가 락샤시라고 확신했습니다.
But her suspicion had not yet ripened into certainty.

하지만 그녀의 의심은 아직 확신으로 이어지지 않았습니다.

Because the Rakshasi exercised great self-restraint.
락샤시는 강한 자제력을 행사했기 때문입니다.

She never did anything which human beings did not do.
그녀는 인간이 하지 않는 일은 결코 하지 않았습니다.

But she couldn't hide her demonic nature forever.
하지만 그녀는 자신의 악마적 본성을 영원히 숨길 수는 없었습니다.

Her demonic nature was eventually going to reveal itself.
그녀의 악마적인 본성은 결국 드러날 것이었습니다.

The Brahman had little to keep him busy.
브라만은 할 일이 별로 없었다.

In order to pass his time he went hunting.
그는 시간을 보내기 위해 사냥을 갔다.

The first day he returned with an antelope.
첫날 그는 영양 한 마리를 데리고 돌아왔다.

The antelope was laid in the courtyard of the palace.
영양은 궁전 안뜰에 놓여 있었습니다.

The Rakshasi saw the antelope with great interest.
락샤시는 영양을 큰 관심을 가지고 보았습니다.

At the sight of the raw meat her mouth began to water.
생고기를 보자마자 그녀의 입안에 침이 고이기 시작했습니다.

The antelope was never taken to the kitchen.
영양은 결코 부엌으로 옮겨지지 않았습니다.

Instead, the Rakshasi took the antelope to another room.
그 대신 락샤시는 영양을 다른 방으로 데려갔습니다.

In this room she began devouring the antelope.
이 방에서 그녀는 영양을 잡아먹기 시작했습니다.

The Brahman woman saw everything from a secret room.
브라만 여인은 비밀의 방에서 모든 것을 보았습니다.

Her Rakshasi sister tore a leg off the antelope.
그녀의 락샤시 자매는 영양의 다리를 찢어 버렸습니다.

She saw how she opened her tremendous jaw.
그녀는 자신의 엄청난 턱이 어떻게 벌어지는지 보았습니다.

And in one mouthful she swallowed up the leg.
그리고 한 입에 그녀는 다리를 삼켰습니다.

The other limbs were devoured in the same manner.

나머지 팔다리도 같은 방식으로 잡아먹혔다.
And opening her jaw even further, she swalled the body.
그리고 그녀는 턱을 더욱 벌려 시체를 삼켰다.
Only a little bit of the meat was kept for the kitchen.
고기는 극히 일부만 주방에 보관했습니다.
On the second day the Brahman caught another antelope.
둘째 날, 브라만은 또 다른 영양을 잡았습니다.
On the third day the Brahman caught another antelope.
셋째 날, 브라만은 또 다른 영양을 잡았습니다.
The Rakshasi was unable to restrain her appetite.
락샤시는 식욕을 억제할 수 없었다.
The raw flesh brought out her demonic nature.
그 생살은 그녀의 악마적인 본성을 드러냈다.
And she devoured each antelope like the last.
그리고 그녀는 마지막 영양을 마지막 영양처럼
먹어치웠습니다.
**On the third day the Brahman woman expressed her
surprise.**
셋째 날, 브라만 여인은 놀라움을 표했다.
"Nearly three whole antelopes have disappeared"
"거의 세 마리의 영양이 사라졌습니다."
"All that is left is a little bit of meat"
"남은 건 고기 조금뿐이야"
The Rakshasi did not appreciate the accusation.
락샤시는 그 비난을 달가워하지 않았다.
"Do I eat raw flesh?" she asked fiercely.
"생고기를 먹어도 되나요?" 그녀가 사납게 물었다.
**"Perhaps you do eat raw flesh," replied the Brahman
woman.**
"어쩌면 당신은 생고기를 먹을지도 모르죠." 브라만 여인이
대답했습니다.
"I have nothing to prove the contrary"
"반대되는 것을 증명할 수 있는 것은 아무것도 없습니다"
The Rakshasi knew she had been discovered.
락샤시는 자신이 발각되었다는 것을 알았습니다.
Her eyes became even fiercer than before.
그녀의 눈은 전보다 더욱 사나워졌습니다.

And she vowed to get her revenge.
그리고 그녀는 복수를 다짐했습니다.
The Brahman woman concluded her fate was sealed.
브라만 여인은 자신의 운명이 이미 결정되었다고
결론지었습니다.
She thought her husband would meet the same fate.
그녀는 그녀의 남편도 같은 운명을 맞을 것이라고
생각했습니다.
She did not expect her son to be spared either.
그녀는 자기 아들도 면제될 거라고 기대하지 않았습니다.
That night she hardly slept at all.
그날 밤 그녀는 거의 잠을 자지 못했습니다.
The Rakshasi had prevented her from seeing her husband.
락샤시는 그녀가 남편을 만나는 것을 막았습니다.
Early next morning Champa-Dal went to school.
다음날 아침 일찍 챔파달은 학교에 갔다.
Before he went to school she gave her son a golden bottle.
그녀는 아들이 학교에 가기 전에 금빛 병을 하나 주었습니다.
In the golden bottle was her own breast milk.
황금색 병 안에는 그녀의 모유가 들어 있었습니다.
"Carefully watch the colour of the milk"
"우유의 색깔을 주의 깊게 살펴보세요"
"If the milk turns red, your father has been killed"
"우유가 빨갛게 변하면 당신의 아버지는 죽었다"
"If the milk turns redder, then I have been killed"
"우유가 더 붉어지면 내가 죽었다는 뜻이야"
"If the milk turns red you must gallop away"
"우유가 빨갛게 변하면 달려가야 한다"
"Gallop as fast as your horse can carry you"
"말이 당신을 태울 수 있는 한 빨리 달리세요"
"If you do not run away, you will be devoured"
"도망치지 않으면 잡아먹힐 것이다"
That morning the Rakshasi made a suggestion to her
husband.
그날 아침 락샤시는 남편에게 제안을 했습니다.
"Let us bathe in the river this morning"
"오늘 아침 강에서 목욕하자"

She would not take no for an answer.
그녀는 거절의 대답을 받아들이지 않았습니다.
The river was some distance from the palace.
강은 궁전에서 꽤 떨어진 곳에 있었습니다.
The Brahman followed her as meekly as a lamb.
브라만은 어린 양처럼 온순하게 그녀를 따랐다.
The Brahman woman saw that her doom was near.
브라만 여인은 자기의 멸망이 가까왔음을 깨달았습니다.
But it was beyond her power to avert the catastrophe.
하지만 그녀는 재앙을 막을 수 있는 힘을 가지고 있지
않았습니다.
The Brahman and the Rakshasi did indeed reach the river.
브라만과 락샤시는 실제로 강에 도착했습니다.
Soon after the Rakshasi changed into her real dimensions.
곧 락샤시는 그녀의 진짜 모습으로 변했습니다.
She tore the Brahman limb from limb.
그녀는 브라흐만의 팔다리를 사지에서 찢어 버렸습니다.
She devoured him like she had devoured the antelope.
그녀는 영양을 잡아먹듯이 그를 잡아먹었습니다.
Then she ran back to her palace.
그런 다음 그녀는 궁전으로 돌아갔습니다.
The wive's fate was the same as the Brahman's.
아내의 운명은 브라만의 운명과 같았습니다.

Young Champ Dal had done as his mother instructed.
청년 챔프 달은 어머니의 지시대로 했습니다.
He was diligently observing the golden bottle.
그는 황금병을 부지런히 관찰하고 있었습니다.
He paid special attention to the colour of the milk.
그는 우유의 색깔에 특별한 주의를 기울였다.
He was horror-struck to find the milk redden a little.
그는 우유가 약간 붉어지는 것을 보고 깜짝 놀랐다.
"My father has been killed," he cried.
"아버지가 죽었어요." 그는 울부짖었다.
Soon after the milk completely reddened.
곧 우유가 완전히 붉어졌습니다.
"Now my mother has been killed too," he cried.
"이제 제 어머니도 죽었어요." 그는 울부짖었다.

Quickly he rushed to mount his pony.
그는 재빨리 조랑말에 올라탔다.
His half-brother, Sahasra-Dal, was surprised.
그의 이복형제 사하스라달은 놀랐다.
"Where are you going, Champa?"
"어디 가세요, 샴파?"
"Why are you crying, brother?"
"왜 울고 있니, 형님?"
"Let me accompany you to wherever you are going"
"당신이 가는 곳마다 내가 동행하겠습니다"
But Champa-Dal now feared his brother.
하지만 참파달은 이제 그의 형을 두려워했습니다.
"Oh! do not come to me," he objected.
"아! 나한테 오지 마세요." 그는 반대했다.
"Your mother has devoured my father and mother"
"네 어머니가 내 아버지와 어머니를 삼켰다"
"Don't you come and devour me"
"나를 잡아먹으러 오지 마"
"I will not devour you," he promised his brother.
"나는 너를 잡아먹지 않을 것이다." 그는 형에게 약속했습니다.
"I'll save you," he promised his brother.
"내가 너를 구해줄게." 그는 형에게 약속했다.
And he galloped after his brother, Champa-Dal.
그리고 그는 그의 형제인 참파달을 따라 달려갔습니다.
Soon his mother, the Rakshasi, appeared at a distance.
곧 그의 어머니인 락샤시가 멀리서 나타났습니다.
She demanded Champa-Dal to come to her.
그녀는 참파달에게 자기에게 오라고 요구했습니다.
But Champa-Dal knew better than to go to the Rakshasi.
하지만 참파달은 락샤시에 가는 게 좋지 않다는 걸 알고
있었습니다.
"Champa-Dal will not come to you, but I will"
"참파달은 너에게 오지 않을 거야. 하지만 나는 올 거야."
And instead, Sahasra-Dal went to his mother.
그리고 그 대신 사하스라달은 그의 어머니에게로 갔습니다.
The young prince always carried a sword with him.
젊은 왕자는 항상 칼을 가지고 다녔습니다.

With his sword he cut off his mother's head.
그는 칼로 어머니의 머리를 베었다.
Champa-Dal had not stayed to witness this.
참파달은 이 광경을 지켜보지 않았다.
He had galloped off as far as his pony could carry him.
그는 조랑말이 태울 수 있는 한 멀리 달려갔다.
Because he was running for his life.
그는 목숨을 걸고 도망쳤기 때문입니다.
But Sahasra-Dal soon caught up with his brother.
하지만 사하스라달은 곧 그의 형을 따라잡았습니다.
And he told him that his mother was no more.
그리고 그는 그의 어머니가 더 이상 없다고 말했습니다.
This was small consolation to Champa-Dal.
이것은 챔파달에게는 작은 위안이 되었다.
The Rakshasi had already devoured both his parents.
락샤시는 이미 부모님을 모두 잡아먹었습니다.
But he could still not trust Sahasra-Dal's friendship.
하지만 그는 여전히 사하스라달의 우정을 믿을 수 없었다.
They both rode as fast as their horses could carry them.
두 사람 모두 말이 옮길 수 있는 한 최대한 빨리 달렸습니다.
And their horses could carry them very far.
그리고 그들의 말은 그들을 아주 멀리까지 데려다줄 수
있었습니다.
Because their horses were Pakshirajes horses.
그들의 말은 팍시라제스 말이기 때문이다.
Pakshirajes horses are the kings of birds.
파크시라제스 말은 새들의 왕이다.
On their horses they travelled over hundreds of miles.
그들은 말을 타고 수백 마일을 여행했습니다.
An hour or two before sundown they reached a village.
해가 지기 한두 시간 전에 그들은 마을에 도착했습니다.
Here they became the guests of a respectable family.
여기서 그들은 명망 있는 가족의 손님이 되었습니다.
But the two brothers saw the family was in gloom.
하지만 두 형제는 가족이 우울해하는 것을 보았습니다.
Something was agitating the family very much.
뭔가가 가족을 몹시 불안하게 만들고 있었습니다.
Some of the family held private consultations.

가족 중 일부는 비공개로 상담을 했습니다.
And others in the family were weeping.
그리고 가족 중 다른 사람들도 울고 있었습니다.
The mother was the eldest lady in the house.
어머니는 그 집에서 가장 나이 많은 여인이었습니다.
"I will go, as I am the eldest," she said.
"내가 제일 나이가 많으니까 가겠습니다." 그녀가 말했다.
"I have lived long enough"
"나는 충분히 오래 살았다"
"At most my life would be cut short by a year or two"
"내 수명이 기껏해야 1~2년 단축될 뿐"
The youngest member of the house was a little girl.
그 집에서 가장 어린 사람은 어린 소녀였습니다.
"I will go, as I am young," she said.
"저는 젊으니까 가겠습니다." 그녀가 말했다.
"I am useless to the family"
"나는 가족에게 쓸모없는 존재다"
"If I die, I shall not be missed"
"내가 죽으면 아무도 나를 그리워하지 않을 거야"
The head of the house was the son of the old lady.
그 집의 가장은 노부인의 아들이었습니다.
"I am the representative of the family," he said.
그는 "저는 가족의 대표자입니다"라고 말했습니다.
"It is but reasonable that I should give up my life"
"내가 내 목숨을 포기하는 것은 당연한 일입니다."
He also had a younger brother.
그에게는 남동생도 있었습니다.
"You are the pillar of the family," he said.
그는 "당신은 가족의 기둥이에요"라고 말했습니다.
"If you go the whole family is ruined"
"너가 가면 온 가족이 망한다"
"It is not reasonable that you should go"
"너희가 가는 것은 합당치 않다"
"I will go, as I shall not be much missed"
"나는 갈 것이다. 내가 그리워질 일은 별로 없을 테니까."
The two strangers listened to all this conversation.
두 낯선 사람은 이 대화를 모두 듣고 있었습니다.

You can imagine their curiosity was not little.
그들의 호기심이 작지 않았을 것이라고 상상할 수 있을
것입니다.
They wondered what the discussion could be about.
그들은 무슨 토론이 진행될지 궁금해했습니다.
Sahasra-Dal took the risk of being thought meddlesome.
사하스라달은 간섭하기 좋아하는 사람으로 여겨질 위험을
감수했습니다.
"What is the subject of your consultations?"
"당신이 상담하는 주제는 무엇입니까?"
"What is the reason for your deep miserable?"
"당신이 이렇게 깊은 비참함을 느끼는 이유는 무엇입니까?"
"Why are your words full of countenances?"
"당신의 말씀에는 왜 악한 표정이 가득합니까?"
The head of the house gave the following answer.
집주인은 다음과 같이 대답했습니다.
"There is something you must know, me worthy guests"
"여러분, 꼭 알아야 할 것이 있습니다, 존경하는 손님 여러분"
"These lands are infested by a terrible Rakshasi"
"이 땅에는 끔찍한 락샤시가 들끓고 있습니다."
"This Rakshasi has depopulated all the regions here"
"이 락샤시는 여기 모든 지역의 인구를 앗아갔습니다."
"This town, too, would have been depopulated"
"이 마을도 사람이 없어졌을 거야"
"But that our king became suppliant to the Rakshasi"
"그러나 우리 왕은 락샤시에게 간청하게 되었습니다."
"He begged her to show mercy to us his people"
"그는 그녀에게 그의 백성인 우리에게 자비를 베풀어 달라고
간청했습니다."
The Rakshasi replied to the king.
락샤시는 왕에게 대답했습니다.
"I will consent to show mercy to your subjects"
"나는 당신의 신하들에게 자비를 베풀 것을 허락하겠습니다"
"But there is one condition for my mercy"
"하지만 내 자비에는 한 가지 조건이 있습니다"
"Every night I demand one human being"
"매일 밤 나는 인간 한 명을 요구한다"

"I don't mind if it is a male or a female"
"남자든 여자든 상관없어요"
"Put the human being in a temple for me to feast"
"인간을 신전에 넣어서 내가 잔치를 벌이게 해줘"
"If I get a human being every night I will rest satisfied"
"매일 밤 인간을 만나면 만족할 거야"
**"Promise me this and I will commit no further
depredations"**
"이것만 약속해 주시면 더 이상 약탈하지 않겠습니다."
"Your subjects will be spared from my ravenous hunger"
"당신의 신하들은 내 극심한 배고픔에서 구원받을 것입니다"
"Our king had no other alternative than to agree"
"우리 왕은 동의하는 것 외에 다른 대안이 없었습니다."
"What human can ever hope to contend against a Rakshasi?"
"어떤 인간이 락샤시와 맞설 수 있겠습니까?"
"From that day the king made a new law"
"그날부터 왕은 새로운 법을 만들었다"
"Every family has to send one member to the temple"
"모든 가족은 한 명씩 성전에 보내야 합니다"
"To appease the wrath of the terrible Rakshasi"
"끔찍한 락샤시의 분노를 달래기 위해"
"To satisfy the endless hunger of the Rakshasi"
"락샤시의 끝없는 배고픔을 달래기 위해"
"All the families in this neighbourhood have had their turn"
"이 동네의 모든 가족들이 차례를 가졌습니다"
"This night it is the turn of our family"
"오늘 밤은 우리 가족의 차례입니다"
"One of us is to devote ourself to destruction"
"우리 중 한 명은 파괴에 헌신해야 합니다"
**"We are therefore discussing who should go to the
Rakshasi"**
"그러므로 우리는 누가 락샤시에 가야 할지 논의하고
있습니다."
"You can now perceive the cause of our distress"
"이제 당신은 우리의 고통의 원인을 알 수 있을 것입니다"
The two friends consulted together for a few minutes.
두 친구는 몇 분간 함께 상의했다.

After this time they concluded their consultation.
이 기간 후에 그들은 협의를 마쳤습니다.
Sahasra-Dal was the spokesman for the brothers.
사하스라 달은 형제들의 대변인이었습니다.
"Most worthy host, do not any longer be sad"
"존경하는 주인님, 더 이상 슬퍼하지 마십시오"
"You have been very kind to us"
"당신은 우리에게 매우 친절했습니다"
"We have resolved to requite your hospitality"
"우리는 당신의 환대에 보답하기로 결심했습니다"
"We will go to the temple instead of you"
"우리가 당신 대신 성전에 가겠습니다"
"We shall go as your representatives"
"우리는 당신의 대표로 갈 것입니다"
"We will become the food of the Rakshasi"
"우리는 락샤시의 음식이 될 것입니다"
The whole family protested against the proposal.
온 가족이 그 제안에 반대했다.
They declared that guests were like gods.
그들은 손님들을 신과 같다고 선언했습니다.
"The host must ensure the comfort of the guests"
"호스트는 손님의 편안함을 보장해야 합니다"
"The guests must not suffer for the host"
"손님은 주인 때문에 고통을 받아서는 안 됩니다"
But the two strangers could not be persuaded.
하지만 두 낯선 사람은 설득되지 않았습니다.
"We will stand as proxies for your family"
"우리는 당신 가족을 대신하여 대행하겠습니다"
There was a great deal of objection to the proposal.
그 제안에는 많은 반대가 있었습니다.
But eventually the guests persuaded their hosts.
하지만 결국 손님들은 주인을 설득했습니다.
Finally the hosts consented to the arrangement.
마침내 주최자들은 그 조치에 동의했습니다.

Sahasra-Dal and Champa-Dal rode off on their horses.
사하스라달과 참파달은 말을 타고 떠났다.

Immediately after candle light they reached the temple.
촛불이 켜지자마자 그들은 사찰에 도착했습니다.
They went into the temple, and shut the door.
그들은 성전으로 들어가 문을 닫았습니다.
Sahasra told his brother to go to sleep.
사하스라는 동생에게 잠자리에 들라고 말했습니다.
"I will guard over your sleep"
"내가 너의 잠을 지켜줄게"
"I will watch out for the terrible Rakshasi"
"나는 끔찍한 락샤시를 조심할 것이다"
Champa was soon in a fine sleep.
참파는 곧 깊은 잠에 빠졌다.
Sahasra lay awake, waiting for the Rakshasi.
사하스라(Sahasra)는 깨어 누워 락샤시(Rakshasi)를 기다리고
있었습니다.
Nothing happened during the early hours of the night.
밤늦게는 아무 일도 일어나지 않았습니다.
But then the gong of the king's bell sounded.
그때 왕의 종소리가 울렸습니다.
It was midnight, the dead hour of the night.
자정, 한밤중의 죽은 시간이었습니다.
Sahasra heard the sound as of a rushing tempest.
사하스라는 그 소리가 폭풍우가 몰아치는 것 같다고
들었습니다.
He used the knowledge he had of Rakshasas.
그는 자신이 가지고 있는 락샤사스에 대한 지식을
활용했습니다.
He concluded the Rakshasi was nigh.
그는 락샤시가 곧 온다고 결론지었습니다.
A thundering knock was heard at the door.
문에서 굉음과 함께 두드리는 소리가 들렸다.
The following words accompanied the knock at the door:
문을 두드리는 소리와 함께 다음과 같은 말이 들렸습니다.
"How, mow, khow! A human being I smell"
"하, 깍, 콰! 사람 냄새가 나네."
"Who keeps guard inside this temple?"
"이 사원 안을 지키는 사람은 누구입니까?"

To this question Sahasra-Dal made the following reply:
이 질문에 사하스라달은 다음과 같이 대답했습니다.
"Sahasra-Dal keeps guard inside this temple"
"사하스라달은 이 사원 안을 지키고 있습니다."
"Champa-Dal keeps guard inside this temple"
"참파달이 이 사원 안을 지키고 있습니다"
"Two winged horses keep guard inside this temple"
"날개 달린 말 두 마리가 이 사원 안을 지키고 있습니다"
Rakshasa blood flowed through Sahasra-Dal's veins.
사하스라달의 혈관에는 락샤사의 피가 흐르고 있었습니다.
The Rakshasi knew Sahasra-Dal was not human.
Rakshasi는 Sahasra-Dal이 인간이 아니라는 것을
알고있었습니다.
And so the Rakshasi turned away with a groan.
그러자 락샤시는 신음하며 돌아섰습니다.
After an hour the Rakshasi returned to the temple.
한 시간 후 락샤시는 사원으로 돌아왔습니다.
The Rakshasi thundered at the door again.
락샤시가 다시 문을 향해 쿵쾅거리며 소리쳤다.
"How, mow, khow! A human being I smell"
"하, 깍, 콰! 사람 냄새가 나네."
"Who keeps guard inside this temple?"
"이 사원 안을 지키는 사람은 누구입니까?"
To this question Sahasra-Dal again replied:
이 질문에 사하스라달은 다시 이렇게 대답했습니다.
"Sahasra-Dal keeps guard inside this temple"
"사하스라달은 이 사원 안을 지키고 있습니다."
"Champa-Dal keeps guard inside this temple"
"참파달이 이 사원 안을 지키고 있습니다"
"Two winged horses keep guard inside this temple"
"날개 달린 두 마리 말이 이 사원 안을 지키고 있습니다 ."
The Rakshasi again groaned and went away.
락샤시는 다시 신음하며 떠났다.
At two o'clock the Rakshasi appeared once more.
오후 2시에 락샤시가 다시 나타났습니다.
And at three o'clock the Rakshasi came again.
그리고 오후 3시에 락샤시가 다시 왔습니다.

Each time the Rakshasi made the same inquiry.
락샤시는 그때마다 똑같은 질문을 했습니다.
And each time the Rakshasi left with a groan.
그리고 그때마다 락샤시는 신음하며 떠났다.
After three o'clock, however, Sahasra-Dal felt very sleepy.
하지만 오후 3시가 지나자 사하스라달은 몹시 졸음을
느꼈습니다.
He could not any longer keep awake.
그는 더 이상 깨어 있을 수 없었다.
He therefore roused Champa.
그래서 그는 참파를 깨웠다.
And he told him to keep guard over the temple.
그리고 그는 그에게 성전을 지키라고 말했습니다.
"The Rakshasi will come again in an hour"
"락샤시는 한 시간 후에 다시 올 것이다"
"The Rakshasi will ask who keeps guard here"
"락샤시가 여기서 경비를 맡는 사람이 누구인지 묻습니다."
"You must mention Sahasra's name first"
"사하스라의 이름을 먼저 언급해야 합니다."
Having given these instructions he went to sleep.
그는 이러한 지시를 한 후 잠자리에 들었다.
At four o'clock the Rakshasi again made her appearance.
오후 4시에 락샤시가 다시 등장했습니다.
The Rakshasi thundered at the door, and said:
락샤시는 문을 향해 우렁차게 소리치며 말했다.
"How, mow, khow! A human being I smell"
"하, 깍, 콰! 사람 냄새가 나네."
"Who keeps guard inside this temple?"
"이 사원 안을 지키는 사람은 누구입니까?"
Champa-Dal was in a terrible fright.
참파달은 끔찍한 공포에 휩싸였습니다.
He had forgotten the instructions of his brother.
그는 형의 지시를 잊어버렸다.
"Champa-Dal keeps guard inside this temple"
"참파달이 이 사원 안을 지키고 있습니다"
"Sahasra-Dal keeps guard inside this temple"
"사하스라달은 이 사원 안을 지키고 있습니다."

"Two winged horses keep guard inside this temple"
"날개 달린 말 두 마리가 이 사원 안을 지키고 있습니다"
The Rakshasi uttered a shout of exultation.
락샤시는 기쁨의 함성을 질렀다.
And the Rakshasi laughed how only demons can laugh.
그리고 락샤시는 악마만이 웃을 수 있는 방식으로 웃었습니다.
With a dreadful noise the door broke open.
무서운 소리와 함께 문이 열렸습니다.
The noise roused Sahasra from his sleep.
그 소리에 사하스라는 잠에서 깨어났다.
Within a moment he sprung to his feet.
그는 순식간에 벌떡 일어섰다.
He had his sword with him not only by day.
그는 낮에만 칼을 휴대한 것이 아니었습니다.
He had his sword with him by night too.
그는 밤에도 칼을 가지고 다녔습니다.
His sword was as supple as a palm-leaf.
그의 검은 야자수 잎처럼 유연했다.
And he cut off the head of the Rakshasi.
그리고 그는 락샤시의 머리를 잘랐습니다.
The huge mountain of a body fell to the ground.
거대한 산 같은 몸이 땅으로 떨어졌다.
The body made a great noise when it fell.
몸이 떨어질 때 큰 소리가 났다.
And the body covered many surrounding acres.
그리고 시체는 주변 여러 에이커를 뒤덮었습니다.
Sahasra-Dal kept the severed head of the Rakshasi.
Sahasra-Dal은 Rakshasi의 잘린 머리를 유지했습니다.
And he slept again with the head near him.
그리고 그는 다시 머리를 자기 가까이에 두고 잠들었습니다.

Early in the morning some wood-cutters came.
이른 아침에 나무꾼들이 왔습니다.
The wood-cutters were passing near the temple.
나무꾼들이 사원 근처를 지나가고 있었습니다.
The wood-cutters saw the huge body on the ground.
나무꾼들은 땅에 쓰러진 거대한 시체를 보았다.
So they walked towards the temple.

그래서 그들은 성전을 향해 걸어갔습니다.
Soon they saw that it was a carcass.
곧 그들은 그것이 시체라는 것을 알았습니다.
The carcass of the terrible Rakshasi.
끔찍한 락샤시의 시체.
The Rakshasi that had nearly depopulated the land.
그 땅의 인구를 거의 없앤 락샤시족.
There had been a bounty for this Rakshasi.
이 락샤시에는 현상금이 걸려 있었습니다.
The king offered the hand of his daughter.
왕은 딸의 손을 내밀었다.
And the king had offered half the kingdom.
그리고 왕은 왕국의 절반을 주겠다고 제안했습니다.
He would trade it all for the head of the Rakshasi.
그는 락샤시의 머리를 얻기 위해 모든 것을 바꾸겠다고 했습니다.
The wood-cutters saw no claimant at hand.
나무꾼들은 가까이에 청구자가 없는 것을 보았습니다.
So they went to get the reward.
그래서 그들은 보상을 받으러 갔습니다.
Each wood-cutter cut off a limb from the Rakshasi.
각 나무꾼은 락샤시의 가지를 하나씩 잘랐습니다.
And each wood-cutter went to the king.
그리고 나무꾼들은 모두 왕에게 갔습니다.
And each wood-cutter tried to claim the reward.
그리고 나무꾼들은 모두 보상을 받으려고 노력했습니다.
"I am the destroyer of the great man eater"
"나는 위대한 식인종의 파괴자다"
"I have come to claim my reward"
"나는 내 상을 받으러 왔습니다"
The king knew there could only be one hero.
왕은 영웅은 오직 한 명뿐이라는 것을 알고 있었습니다.
So he made an inquiry with his minister.
그래서 그는 장관에게 문의했습니다.
"What family's turn was it last night?"
"어젯밤에는 어느 가족의 차례였나요?"
"And who is the head of that family?"

"그 가족의 수장은 누구죠?"
The king's minister set out to find the family.
왕의 대신이 그 가족을 찾아 나섰다.
He brought the head of the family to the king.
그는 가족의 수장을 왕에게 데려왔다.
And the head of the family told of his guests.
그리고 그 가족의 수장은 손님들에 대해 이야기했습니다.
"Last night two youthful travelers came to me"
"어젯밤에 두 명의 젊은 여행자가 나를 찾아왔어요"
"We offered to be their hosts for the night"
"우리는 그들의 밤을 호스트하겠다고 제안했습니다."
"Soon they discovered the problem we had"
"그들은 곧 우리가 겪고 있는 문제를 발견했습니다."
"And they volunteered to take our place"
"그리고 그들은 우리 자리를 대신하겠다고 자원했습니다."
"They went to the temple, instead of one of us"
"우리 중 한 명이 아니라 그들이 성전에 갔어요"
The king took his men to the temple.
왕은 그의 부하들을 성전으로 데려갔다.
The door of the temple was broken open.
성전의 문이 부서져 열렸습니다.
They found the two brothers sleeping.
그들은 두 형제가 잠들어 있는 것을 발견했습니다.
And the horses were safe in the temple too.
그리고 말들도 사원 안에서는 안전했습니다.
And the head of the Rakshasi was there too.
그리고 락샤시의 머리도 거기에 있었습니다.
There was no doubt about who had killed the monster.
괴물을 죽인 사람이 누구인지는 의심할 여지가 없었다.
The real hero had been discovered.
진짜 영웅이 발견되었습니다.
And the king kept true to his word.
그리고 왕은 자신의 말을 지켰습니다.
He gave the hand of his daughter to Sahasra-Dal.
그는 자신의 딸의 손을 사하스라달에게 주었다.
And he gave him half his kingdom too.
그리고 그는 그에게 자신의 왕국의 절반도 주었습니다.

Champa-Dal remained with his friend.
참파달은 친구와 함께 남았습니다.
And he rejoiced in Sahasra-Dal's prosperity.
그는 사하스라달의 번영을 기뻐했습니다.
And they lived together happily for some time.
그리고 그들은 한동안 행복하게 살았습니다.

But one day a misunderstanding arose between them.
하지만 어느 날 그들 사이에 오해가 생겼습니다.
The queen-mother had a certain maid-servant.
왕대비에게는 하녀가 한 명 있었습니다.
This maid-servant was the most useful domestic.
이 하녀는 가장 유용한 가사도우미였습니다.
She could turn her hand to any task.
그녀는 어떤 일이든 해낼 수 있었습니다.
And she had uncommon strength for a woman.
그리고 그녀는 여성으로서는 보기 드문 힘을 가지고
있었습니다.
Her intelligence was not lacking either.
그녀의 지능도 부족하지 않았습니다.
And she had a remarkable amount of energy.
그녀는 놀라울 만큼의 에너지를 가지고 있었습니다.
She would have been quickly missed in the palace.
그녀는 궁전에서 금세 사라지고 말았을 것이다.
The zenana was completely dependent on her.
제나나는 전적으로 그녀에게 의존했습니다.
Hence her services were highly valued.
그래서 그녀의 서비스는 매우 높이 평가되었습니다.
The queen-mother appreciated her very much.
왕대비는 그녀를 매우 좋아했습니다.
And the ladies of the palace valued her too.
그리고 궁궐의 여인들도 그녀를 소중히 여겼습니다.
But this valuable woman was not a woman.
하지만 이 귀중한 여성은 여성이 아니었습니다.
What this woman was was a Rakshasi.
이 여자는 락샤시였습니다.
She had put on the appearance of a woman.
그녀는 여자의 모습을 하고 있었습니다.

She had her own nefarious reasons for doing this.
그녀가 이런 짓을 한 데에는 나름대로의 사악한 이유가
있었습니다.
And then she took service in the royal household.
그리고 그녀는 왕실에서 일하게 되었습니다.
At night she used to assume her own real form.
밤이 되면 그녀는 본래의 모습으로 변하곤 했습니다.
When everyone in the palace was asleep.
궁궐에 있는 모든 사람들이 잠들었을 때.
And then she went about in search of food.
그리고 그녀는 음식을 찾아 돌아다녔습니다.
Because her hunger was not satisfied at the palace.
궁전에서도 그녀의 배고픔은 해소되지 않았기 때문이다.
A Rakshasi needs much more food than a man or woman.
락샤시는 남자나 여자보다 훨씬 더 많은 음식이 필요합니다.
At this time Champa-Dal had no wife.
당시 참파달에게는 아내가 없었습니다.
So he often slept outside the zenana.
그래서 그는 종종 제나나 밖에서 잤습니다.
He was not far from the outer gate of the palace.
그는 궁전의 바깥문에서 그리 멀지 않은 곳에 있었습니다.
And from there he could observe her.
그리고 거기에서 그는 그녀를 관찰할 수 있었습니다.
He saw her devouring sundry goats and sheep.
그는 그녀가 여러 종류의 염소와 양을 잡아먹는 것을
보았습니다.
And he saw her devouring horses and elephants.
그는 그녀가 말과 코끼리를 잡아먹는 것을 보았습니다.
This of course was not good for the maid-servant.
물론 이것은 하녀에게는 좋지 않은 일이었습니다.
Champa-Dal was in the way of her supper.
참파달은 그녀의 저녁 식사를 방해하고 있었습니다.
So she was determined to get rid of him.
그래서 그녀는 그를 없애기로 결심했습니다.
One day she went to the queen-mother.
어느 날 그녀는 왕비에게 갔습니다.
“Queen-mother,” she said to her.
"왕비님," 그녀가 그녀에게 말했습니다.

"I can no longer work in the palace"
"나는 더 이상 궁궐에서 일할 수 없다"
"Why?" asked the queen-mother.
"왜요?" 왕비가 물었습니다.
"What is the matter, Dasi" she wanted to know.
"무슨 일이야, 다시?" 그녀는 알고 싶어했다.
"How can I go on without you?"
"당신 없이 어떻게 살아갈 수 있겠어요?"
"Tell me your reasons for leaving"
"떠나는 이유를 말해줘"
The maid-servant explained her situation.
하녀는 자신의 상황을 설명했다.
"I am but a poor woman in this palace"
"나는 이 궁궐에서 가난한 여자일 뿐이에요"
"A woman like me can't preserve her honour here"
"나 같은 여자는 여기서 명예를 지킬 수 없어"
"Your son-in-law has a friend, Champa-Dal"
"사위님 친구분이 계셔요, 챔파달"
"He always cracks indecent jokes with me"
"그는 항상 나에게 음란한 농담을 합니다"
"I would rather beg for my rice than to lose my honour"
"명예를 잃는 것보다 쌀을 구걸하는 편이 낫다"
"If Champa-Dal remains in the palace I must go away"
"참파달이 궁궐에 남아 있다면 나는 떠나야 한다"
The maid-servant was irreplicable in the palace.
궁궐에서는 하녀가 흉내낼 수 없는 존재였다.
The queen-mother knew what sacrifice to make.
왕대비는 어떤 희생을 치러야 할지 알고 있었습니다.
Champa-Dal was going to have to leave the palace.
참파달은 궁전을 떠나야 했습니다.
And she told Sahasra-Dal all her reasons.
그리고 그녀는 사하스라달에게 그녀의 모든 이유를
말했습니다.
"Champa-Dal is a bad man"
"참파달은 나쁜 사람이다"
"His character and morals are loose"
"그의 성격과 도덕성은 느슨하다"

"He must leave this palace at once"
"그는 즉시 이 궁전을 떠나야 합니다."
Sahasra-Dal did his best to persuade her otherwise.
사하스라달은 그녀를 설득하기 위해 최선을 다했습니다.
He earnestly pleaded on behalf of his friend.
그는 친구를 대신하여 간절히 간청했다.
But his efforts were in vain.
하지만 그의 노력은 헛수고였다.
The queen-mother had made up her mind.
왕대비는 결심을 했습니다.
He had to be driven out of the palace.
그는 궁전에서 쫓겨나야 했습니다.
Sahasra-Dal had not the courage to tell his friend.
사하스라달은 친구에게 말할 용기가 없었습니다.
He therefore wrote a letter to him.
그래서 그는 그에게 편지를 썼습니다.
In the letter he was vague about the reason.
그 편지에는 그 이유가 모호하게 적혀 있었습니다.
But either way, he was going to have to leave.
하지만 어느 쪽이든 그는 떠나야 했습니다.
Champa-Dal went to have a bath.
참파달은 목욕을 하러 갔다.
And the letter was put in his room.
그리고 그 편지는 그의 방에 놓였습니다.
Champa-Dal was grieved upon reading the letter.
참파달은 그 편지를 읽고 슬퍼했습니다.
He mounted his fleet of horses.
그는 말 무리에 올라탔다.
And on his horses he left the palace.
그리고 그는 말을 타고 궁전을 떠났다.

Champa's horses were uncommonly fleet.
참파의 말들은 놀라울 정도로 빠르다.
Soon he had traversed thousands of miles.
곧 그는 수천 마일을 여행했습니다.
And eventually he reached a new city.
마침내 그는 새로운 도시에 도착했습니다.
He stood at the gateway of a magnificent palace.

그는 웅장한 궁전의 문 앞에 섰습니다.
He dismounted from his horse.
그는 말에서 내렸다.
And he entered the palace.
그리고 그는 궁전에 들어갔다.
But in the palace he met not a single creature.
하지만 궁전에서 그는 단 한 마리의 생물도 만나지
못했습니다.
He went from apartment to apartment.
그는 아파트에서 아파트로 돌아다녔습니다.
All the rooms were richly furnished.
모든 객실은 호사스럽게 꾸며져 있었습니다.
But none of the rooms were lived in.
하지만 어느 방에도 사람이 살고 있지 않았습니다.
But in the end he came to a different room.
하지만 결국 그는 다른 방으로 갔습니다.
In this room there was a young lady.
이 방에는 젊은 여성이 있었습니다.
The young lady was of heavenly beauty.
그 젊은 아가씨는 천상적으로 아름다웠습니다.
And she was lying down on a splendid bedstead.
그리고 그녀는 멋진 침대에 누워 있었습니다.
The beautiful young lady was asleep.
아름다운 아가씨가 잠들어 있었습니다.
Champa-Dal looked upon the sleeping beauty.
참파달은 잠자는 숲속의 공주를 바라보았습니다.
He was captivated by what he was seeing.
그는 자신이 보고 있는 것에 사로잡혔다.
He had not seen any woman so beautiful.
그는 그토록 아름다운 여자를 본 적이 없었다.
Upon the bed there were two sticks.
침대 위에는 막대기 두 개가 있었습니다.
The two sticks were near the woman's head.
두 개의 막대기는 여자의 머리 가까이에 있었습니다.
One of the sticks was made of silver.
막대기 중 하나는 은으로 만들어졌습니다.
And the other stick was made of gold.
그리고 다른 막대기는 금으로 만들어졌습니다.

Champa took the silver stick into his hand.
참파는 은막대기를 손에 쥐었다.
And with the stick he touched the body of the lady.
그리고 그는 그 막대기로 그 여인의 몸을 만졌습니다.
But no change was perceptible to her sleep.
하지만 그녀의 잠에는 아무런 변화도 느껴지지 않았습니다.
He then took up the gold stick.
그러고 나서 그는 금막대기를 집어들었다.
And with the stick he touched the body of the lady.
그리고 그는 그 막대기로 그 여인의 몸을 만졌습니다.
This time the young lady did awake.
이번에는 젊은 아가씨가 깨어났습니다.
Eyeing the stranger, she inquired who he was.
그녀는 낯선 사람을 눈여겨보며 그가 누구인지 물었다.
“I am Champa-Dal,” he told her.
"나는 챔파달이에요." 그가 그녀에게 말했다.
“There was once a poor dimwitted Brahman”
“옛날에 가난하고 어리석은 브라만 한 사람이 있었습니다.”
“This dimwitted man had a wife, but no children”
“이 멍청한 남자는 아내는 있었지만 자식은 없었다”
“But him not having children was probably for the best”
"하지만 그가 아이를 갖지 않는 것이 아마도 최선이었을
것입니다."
“Because he was barely able to meet his own needs”
“그는 자신의 필요를 충족시키기가 어려웠기 때문에”
“And he could hardly supply enough for his wife”
“그리고 그는 아내에게 필요한 것을 거의 공급할 수
없었습니다.”
“But his dimwittedness was not even his biggest problem”
"하지만 그의 멍청함은 그의 가장 큰 문제가 아니었습니다."
And he continued the story as we have followed it.
그리고 그는 우리가 따라온 대로 이야기를 이어갔습니다.
“My mother concluded her fate was sealed”
“어머니는 자신의 운명이 이미 결정되었다고
결론지었습니다.”
“And she thought my father would meet the same fate”

"그리고 그녀는 내 아버지도 같은 운명을 맞이할 것이라고
생각했습니다."
"And she did not expect me to be spared either"
"그리고 그녀도 내가 용서받을 거라고 기대하지 않았어요"
"That night she hardly slept at all"
"그날 밤 그녀는 거의 잠을 자지 못했습니다"
"The Rakshasi had prevented her from seeing my father"
"락샤시는 그녀가 내 아버지를 만나는 것을 막았습니다."
"Early next morning I went to school"
"다음날 아침 일찍 나는 학교에 갔다"
"Before I went to school she gave me a golden bottle"
"학교에 가기 전에 그녀는 나에게 황금 병을 주었어요"
"In the golden bottle was her own breast milk"
"황금 병 안에는 그녀의 모유가 들어 있었습니다"
"I was told to carefully watch the colour of the milk"
"우유 색깔을 잘 보라고 하셨어요"
And he continued the story as we have followed it.
그리고 그는 우리가 따라온 대로 이야기를 이어갔습니다.
"We will stand as proxies for your family"
"우리는 당신 가족을 대신하여 대행하겠습니다"
"There was a great deal of objection to our proposal"
"우리의 제안에 대해 많은 반대가 있었습니다."
"But eventually we persuaded our hosts"
"하지만 결국 우리는 호스트를 설득했습니다."
"Finally the hosts consented to the arrangement"
"마침내 호스트 측에서 합의에 동의했다"
And he continued the story as we have followed it.
그리고 그는 우리가 따라온 대로 이야기를 이어갔습니다.
"So I often slept outside the zenana"
"그래서 저는 종종 제나나 밖에서 잤어요"
"I was not far from the outer gate of the palace"
"나는 궁궐의 바깥문에서 멀지 않은 곳에 있었습니다."
"And from there I could observe her"
"그리고 거기서 나는 그녀를 관찰할 수 있었습니다."
"I saw her devouring sundry goats and sheep"
"나는 그녀가 온갖 염소와 양을 잡아먹는 것을 보았습니다 ."
"And I saw her devouring horses and elephants"

"그리고 나는 그녀가 말과 코끼리를 잡아먹는 것을
보았습니다."
And he continued the story as we have followed it.
그리고 그는 우리가 따라온 대로 이야기를 이어갔습니다.
"One day a letter was put in my room"
"어느 날 내 방에 편지 한 통이 놓여 있었어요"
"I was grieved upon reading the letter"
"나는 그 편지를 읽고 슬펐다"
"I mounted my fleet of horses"
"나는 내 말 무리에 올라탔다"
"And on my horses he left the palace"
"그리고 그는 내 말을 타고 궁전을 떠났습니다."
"My horse are uncommonly fleet"
"내 같은 유난히 빠르다"
"Soon I had traversed thousands of miles"
"나는 곧 수천 마일을 여행했습니다"
"And eventually I reached a new city"
"그리고 마침내 나는 새로운 도시에 도착했습니다"
And he continued the story as we have followed it.
그리고 그는 우리가 따라온 대로 이 야기를 이어갔습니다.
"I took the silver stick into his hand"
"나는 그의 손에 은막대기를 쥐어주었다"
"And with the stick I touched your body"
"그리고 나는 그 막대기로 당신의 몸을 만졌어요"
"But no change was perceptible to your sleep"
"하지만 당신의 수면에는 아무런 변화도 느껴지지
않았습니다."
"I then took up the gold stick"
"나는 금막대기를 집 어들었다"
And with the stick he touched your body.
그리고 그는 그 막대기로 당신의 몸을 만졌습니다.
"This time you did awake from your sleep"
"이번엔 잠에서 깨어났구나"
The young lady had listened to Champa-Dal's story.
그 젊은 아가씨는 참파달의 이야기를 들었습니다.
The young lady was in fact a princess.
그 젊은 아가씨는 사실 공주였습니다.

"Unhappy man! why have you come here?"
"불행한 사람이여! 왜 여기 왔소?"
"This is the country of Rakshasas"
"이곳은 락샤사스의 나라입니다"
"No less than seven hundred Rakshasas live here"
"여기에는 700명 이상의 락샤사족이 살고 있습니다."
"Every morning the Rakshasas leave"
"매일 아침 락샤사들이 떠납니다"
"They go to the other side of the ocean"
"그들은 바다 건너편으로 간다"
"And they search for provisions there"
"그리고 그들은 거기서 식량을 찾습니다"
"And before dusk they return again"
"그리고 해가 지기 전에 그들은 다시 돌아온다"
"My father was king in these regions"
"내 아버지는 이 지역의 왕이었습니다."
"His kingdom had millions of subjects"
"그의 왕국에는 수백만의 신민이 있었습니다"
"They lived in flourishing towns and cities"
"그들은 번영하는 마을과 도시에 살았습니다"
"But some years ago the Rakshasas invaded"
"하지만 몇 년 전 락샤사족이 침략했어요"
"And they devoured all the subjects of the kingdom"
"그리고 그들은 왕국의 모든 신민을 삼켰습니다."
"The Rakshasas devoured my father and my mother"
"락샤사들이 내 아버지와 어머니를 잡아먹었어요"
"The Rakshasas devoured my brothers and sisters"
"락샤사들이 내 형제자매들을 잡아먹었어요"
"And they devoured all the cattle of the country"
"그리고 그들은 그 나라의 모든 가축을 먹어 치웠습니다."
"There is no living human being in these regions"
"이 지역에는 살아있는 인간이 없습니다"
"I am the last human living left"
"나는 살아있는 마지막 인간이다"
"I too would have been devoured long ago"
"나도 오래전에 잡아먹혔을 거야"
"But an old Rakshasi took a liking to me"

"하지만 늙은 락샤시가 나를 좋아했어요"
"She prevents the other Rakshasas from eating me"
"그녀는 다른 락샤사들이 나를 먹지 못하게 막습니다"
"Do you see those sticks of silver and gold?"
"저 은과 금으로 된 막대기 보이시나요?"
"Every morning she kills me with the silver stick"
"매일 아침 그녀는 은막대기로 나를 죽인다"
"Every evening she re-animates me with the gold stick"
"매일 저녁 그녀는 금막대로 나를 다시 살려냅니다"
"I do not know how to advise you"
"나는 당신에게 어떻게 조언해야 할지 모르겠습니다"
"If the Rakshasas see you, you are a dead man"
"락샤사들이 당신을 보면 당신은 죽은 사람입니다"
Then they talked in a very affectionate manner.
그리고 그들은 매우 애정 어린 방식으로 이야기를
나누었습니다.
And they laid their heads together.
그리고 그들은 머리를 맞댔습니다.
And they thought to devise a means of escape.
그리고 그들은 탈출 방법을 고안하기로 했습니다.
Some way to get out of the hands of the Rakshasas.
락샤사의 손에서 벗어날 방법이 필요합니다.

The hour of the return of the Rakshasas was coming.
락샤사들이 돌아올 시간이 다가왔습니다.
The seven hundred flesh-eaters were soon returning.
700명의 육식동물이 곧 돌아왔다.
Keshavati called out to Champa-Dal.
케샤바티가 참파달을 불렀다.
(Because that was the name of the princess)
(그게 공주님의 이름이었으니까요)
"Hide yourself in the heaps of the sacred trefoil"
"신성한 삼엽초 더미 속에 숨어라"
But first Champ Dal picked up the silver stick.
하지만 먼저 챔프 달이 은색 막대기를 집어들었습니다.
He touched Keshavati with the silver stick.
그는 은막대기로 케샤바티를 만졌습니다.

And as soon as he touched her, she died.
그리고 그가 그녀를 만지자마자 그녀는 죽었습니다.
Then he went to the center of the temple of Siva.
그런 다음 그는 시바 사원의 중앙으로 갔습니다.
And he hid beneath the heaps of sacred trefoil.
그리고 그는 신성한 삼엽초 더미 아래에 숨었습니다.
From his hiding place he heard the sound of wind rushing.
그는 숨어 있던 곳에서 바람이 휘몰아치는 소리를 들었습니다.
Then he heard terrible noises in the palace.
그러자 그는 궁전에서 끔찍한 소리를 들었습니다.
The Rakshasas had come home from their hunt.
락샤사 부부가 사냥을 마치고 집으로 돌아왔습니다.
They had filled their stomachs with meat.
그들은 배를 고기로 채웠습니다.
Sundry goats, sheep, cows, horses, buffaloes.
다양한 염소, 양, 소, 말, 물소.
And they had devoured elephants too.
그리고 그들은 코끼리도 잡아먹었습니다.
The old Rakshasi returned to the palace too.
늙은 락샤시도 궁전으로 돌아왔다.
She went to the room of the sleeping princess.
그녀는 잠자는 공주의 방으로 갔다.
And she woke her with the stick made of gold.
그리고 그녀는 금으로 만든 막대기로 그녀를 깨웠습니다.
"Hye, mye, khye! A human being I smell"
"헤, 마이, 케! 사람 냄새 나네"
"I am the only human being here," said the princess.
"여기에 있는 사람은 나뿐이에요." 공주가 말했다.
"Eat me if you like," added Keshavati.
"원한다면 나를 먹어도 괜찮아요." 케샤바티가 덧붙였다.
To this the Rakshasi replied:
이에 락샤시는 이렇게 대답했습니다.
"Let me eat up your enemies"
"내가 네 원수들을 먹어 치우겠다"
"Why should I eat you?" she asked the princess.
"내가 왜 당신을 먹어야 하죠?" 그녀가 공주에게 물었습니다.
She laid herself down on the ground.

그녀는 바닥에 누웠다.
She was as long and high as the Vindhya Hills.
그녀는 빈디아 언덕만큼 길고 높았습니다.
And in this position she fell asleep.
그리고 그녀는 이 자세로 잠들었습니다.
The other Rakshasas and Rakshasis soon fell asleep too.
다른 락샤사와 락샤시도 곧 잠이 들었습니다.
Because they were tired from their gigantic labour.
그들은 엄청난 노동으로 지쳐 있었기 때문입니다.
Keshavati also composed herself to sleep.
케샤바티도 잠이 들기 시작했다.
But Champa did not dare to come out from under the leaves.
하지만 참파는 감히 나뭇잎 밑에서 나올 수가 없었습니다.
And he tried his best to pray to the god of repose.
그리고 그는 휴식의 신에게 최선을 다해 기도했습니다.

At daybreak all seven hundred Rakshasas got up again.
새벽이 되자 700명의 락샤사족이 모두 다시 일어났습니다.
They went on their usual predatory excursion.
그들은 평소와 마찬가지로 약탈적인 여행을 떠났다.
And along with them went the old Rakshasi.
그리고 그들과 함께 늙은 락샤시도 갔다.
But first the old Rakshasi picked up the silver stick.
하지만 먼저 늙은 락샤시는 은빛 막대기를 집어들었다.
And she touched Keshavati with the silver stick.
그리고 그녀는 은막대기로 케샤바티를 만졌습니다.
Soon the coast was clear for Champa-Dal.
곧 해안은 Champa-Dal의 앞바다로 넓어졌습니다.
And he dared to come out from under the pile of leaves.
그리고 그는 나뭇잎 더미 아래에서 나올 용기를 얻었습니다.
He walked back into the room of the princess.
그는 공주의 방으로 돌아갔다.
And he touched her with the golden stick.
그리고 그는 황금 지팡이로 그녀를 만졌습니다.
And the princess revived from her death again.
그리고 공주는 다시 죽음에서 부활했습니다.
They sauntered about in the gardens.
그들은 정원을 거닐었다.

They enjoyed the cool breeze of the morning.
그들은 아침의 시원한 바람을 즐겼습니다.
They bathed in a lucid pool of water.
그들은 맑은 물웅덩이에서 목욕을 했습니다.
And they ate and drank food in the palace.
그리고 그들은 궁전에서 음식을 먹고 마셨습니다.
And they spent the day in sweet converse.
그리고 그들은 달콤한 대화를 나누며 하루를 보냈습니다.
And they concocted a plan for their deliverance.
그리고 그들은 구출을 위한 계획을 세웠습니다.
Keshavaity was going to speak to the old Rakshasi.
케샤바이티는 늙은 락샤시와 이야기를 나누려고 했습니다.
She was going to ask on what a Rakshasa's life depended.
그녀는 락샤사의 생명이 무엇에 달려 있는지 물어보려고
했습니다.
And with that secret they were going to act accordingly.
그리고 그들은 그 비밀에 따라 행동할 예정이었습니다.

The hour of the return of the Rakshasas was coming again.
락샤사들이 돌아올 시간이 다시 다가왔습니다.
And events unfolded as they had the evening before.
그리고 사건은 전날 저녁과 마찬가지로 전개되었습니다.
The seven hundred flesh-eaters were returning to the palace.
700명의 육식동물이 궁전으로 돌아가고 있었습니다.
Champ Dal touched Keshavati with the silver stick.
챔프 달은 은색 막대기로 케샤바티를 만졌습니다.
She died like the had died the night before.
그녀는 전날 밤에 죽은 것처럼 죽었습니다.
Champa-Dal went to the centre of the temple of Siva.
참파달은 시바 사원의 중심으로 갔습니다.
He hid beneath the heaps of sacred trefoil again.
그는 다시 신성한 삼엽초 더미 아래에 숨었습니다.
He heard the sound of wind rushing.
그는 바람이 휘몰아치는 소리를 들었다.
And he heard terrible noises in the palace.
그리고 그는 궁전에서 끔찍한 소리를 들었습니다.
The Rakshasas had come home from their hunt.
락샤사 부부가 사냥을 마치고 집으로 돌아왔습니다.

They had filled their stomachs with meat.
그들은 배를 고기로 채웠습니다.
Sundry goats, sheep, cows, horses, buffaloes.
다양한 염소, 양, 소, 말, 물소.
And they had devoured elephants too.
그리고 그들은 코끼리도 잡아먹었습니다.
The old Rakshasi returned to the palace too.
늙은 락샤시도 궁전으로 돌아왔다.
She went to the room of the sleeping princess.
그녀는 잠자는 공주의 방으로 갔다.
And she woke her with the stick made of gold.
그리고 그녀는 금으로 만든 막대기로 그녀를 깨웠습니다.
"Hye, mye, khye! A human being I smell"
"헤, 마이, 케! 사람 냄새 나네"
"I am the only human being here," said the princess.
"여기에 있는 사람은 나뿐이에요." 공주가 말했다.
"Eat me if you like," added Keshavati.
"원한다면 나를 먹어도 괜찮아요." 케샤바티가 덧붙였다.
To this the Rakshasi replied:
이에 락샤시는 이렇게 대답했습니다.
"Let me eat up your enemies"
"내가 네 원수들을 먹어 치우겠다"
"Why should I eat you?" she asked the princess.
"내가 왜 당신을 먹어야 하죠?" 그녀가 공주에게 물었습니다.
She laid herself down on the ground.
그녀는 바닥에 누웠다.
And she looked like a part of the Himalaya mountains.
그녀는 히말라야 산맥의 일부처럼 보였습니다.
Keshavati had a phial of heated mustard oil.
케샤바티는 데운 겨자기름이 담긴 병을 가지고 있었습니다.
And she approached the foot of the Rakshasi.
그리고 그녀는 락샤시의 기슭에 다가갔습니다.
"Mother, your feet are sore from walking"
"어머니, 걷다 보니 발이 아프시네요"
"Let me rub your sore feet with oil"
"아픈 발에 기름을 발라드리겠어요"
And she began to rub with oil the Rakshasi's feet.

그리고 그녀는 락샤시의 발에 기름을 바르기 시작했습니다.
Then a few tear-drops fell from the eyes of the princess.
그러자 공주의 눈에서 눈물 한 방울이 떨어졌습니다.
And the tear-drops landed on the monster's legs.
그리고 눈물방울이 괴물의 다리에 떨어졌습니다.
The Rakshasi tasted the tear-drops with her lips.
락샤시는 입술로 눈물방울을 맛보았다.
And she found the tear-drops tasted briny.
그리고 그녀는 눈물방울에서 짠맛이 나는 것을 발견했습니다.
"Why are you weeping, darling?" asked the Rakshasi.
"왜 울고 있니, 자기야?" 락샤시가 물었다.
"What aileth thee?" she wanted to know.
"무슨 일이야?" 그녀는 알고 싶어했다.
The princess tried to stop herself from crying.
공주는 울음을 참으려고 노력했다.
"Mother, I am weeping because you are old"
"어머니, 당신이 늙어서 울고 있어요"
"When you die one of the Rakshasas will devour me"
"네가 죽으면 락샤사 중 하나가 나를 잡아먹을 거야"
"When I die?! Don't be foolish, girl"
"내가 죽으면?! 바보짓 하지 마, 소녀야"
"Don't you know that Rakshasas never die?"
"락샤사는 결코 죽지 않는다는 걸 모르니?"
"We are not naturally immortal"
"우리는 본래 불멸이 아닙니다"
"There is a secret to our strength"
"우리의 힘에는 비밀이 있습니다"
"But no human can unravel this secret"
"하지만 그 어떤 인간도 이 비밀을 풀 수 없습니다"
"But let me tell you the secret"
"하지만 내가 비밀을 말해 줄게요"
"So that you are comforted a little"
"너희가 조금이나마 위로를 얻도록 하라"
"Do you see the pool of water in the palace?"
"궁전 안에 물웅덩이가 보이시나요?"
"In that pool of water is a Sphatikasthamba"
"그 물웅덩이에는 스파티카스탐바가 있습니다."

"The Sphatikasthambha is deep in the water"
"스파티카스탐바는 물속 깊이 있습니다"
"And on the Sphatikasthambha are two bees"
"그리고 Sphatikasthambha에는 벌 두 마리가 있습니다"
"A human being would have to dive into the water"
"인간은 물속으로 뛰어들어야 한다"
"The human being would have to bring the bees onto dry land"
"인간은 벌들을 육지로 데려와야 할 것입니다 ."
"Then the human being would have to kill the two bees"
"그럼 인간은 두 마리의 벌을 죽여야 할 겁니다."
"But not a drop of their blood must touch the ground"
"그러나 그들의 피 한 방울도 땅에 닿아서는 안 됩니다"
"Only then can a human kill a Rakshasa"
"그때에야 인간은 락샤사를 죽일 수 있다"
"But if the blood touches the ground, a thousand Rakshasas will rise"
"그러나 피가 땅에 닿으면 천 명의 락샤사가 일어날 것입니다."
"But what human will find out this secret?"
"하지만 어떤 인간이 이 비밀을 알아낼 수 있을까?"
"And what human can achieve this feat?"
"그런데 어떤 인간이 이런 위업을 이룰 수 있을까?"
"No human knows the secret to the life of a Rakshasa"
"인간은 락샤사의 삶의 비밀을 모른다"
"And no human can achieve such a feat"
"그리고 어떤 인간도 그런 위업을 이룰 수 없습니다."
"So there is no reason to be sad, my darling"
"그러니 슬퍼할 이유가 없구나, 내 사랑"
"I am practically immortal," she confirmed.
"저는 사실상 불멸이에요." 그녀가 확인했다.
Keshavati treasured the secret in her memory.
케샤바티는 그 비밀을 기억 속에 간직했습니다.
And then she went back to sleep.
그리고 그녀는 다시 잠들었습니다.

Next morning the Rakshasas, as usual, went away.
다음날 아침, 락샤사들은 평소처럼 떠났다.

Champa came out of his hiding-place.
참파가 숨어 있던 곳에서 나왔습니다.
And he roused Keshavati from her sleep.
그리고 그는 케샤바티를 잠에서 깨웠다.
The princess told him the secret she had learnt.
공주는 그에게 자신이 알아낸 비밀을 말해주었습니다.
Champa-Dal immediately started to prepare himself.
참파달은 즉시 준비를 시작했습니다.
He brought to the pool a knife.
그는 수영장에 칼을 가져왔습니다.
And he brought a quantity of ashes.
그리고 그는 많은 양의 재를 가져왔습니다.
He took off his heavy clothes.
그는 무거운 옷을 벗었다.
He put a drop or two of mustard oil into each ear.
그는 각 귀에 겨자기름 한두 방울을 넣었습니다.
To prevent water from entering into his ears.
귀에 물이 들어가는 것을 막기 위해서입니다.
He swam out into the middle of the water.
그는 물 한가운데로 헤엄쳐 나갔다.
And from there he dove down into the pool.
그리고 그는 거기서 수영장으로 뛰어들었습니다.
Soon he reached the top of the crystal pillar.
그는 곧 수정 기둥 꼭대기에 도달했습니다.
And on Sphatikasthambha were the two bees.
그리고 스파티카스탐바에는 두 마리의 벌이 있었습니다.
He caught hold of the two bees he found there.
그는 거기서 발견한 두 마리의 벌을 붙잡았습니다.
And he swam up again in a singular breath.
그리고 그는 단숨에 다시 헤엄쳐 올라갔습니다.
He took the knife he had left at the edge of the water.
그는 물가에 놓아둔 칼을 집어들었다.
And over the ashes he cut up the bees.
그리고 그는 재 위에 벌을 베어 놓았습니다.
A drop or two of the blood fell from the bees.
벌들의 피 한두 방울이 떨어졌습니다.
But their blood did not touch the ground.
하지만 그들의 피는 땅에 닿지 않았습니다.

Instead, their blood landed on the ashes.
그 대신, 그들의 피는 재 위에 떨어졌습니다.
A terrible scream was heard at a distance.
멀리서 끔찍한 비명소리가 들렸습니다.
The scream was the wailing of the Rakshasas.
그 비명은 락샤사족의 울부짖음이었습니다.
They were all running home as fast as they could.
그들은 모두 최대한 빨리 집으로 달려갔다.
They wanted to prevent the bees from being killed.
그들은 벌들이 죽는 것을 막고 싶었습니다.
But they could not reach the palace in time.
하지만 그들은 제시간에 궁전에 도착할 수 없었습니다.
Because the bees had already perished.
벌들이 이미 죽었기 때문이다.
The moment the bees were killed, all the Rakshasas died.
벌들이 죽는 순간, 락샤사족도 모두 죽었습니다.
Their carcases fell on the very spot they were standing.
그들의 시체는 그들이 서 있던 그 자리에 떨어졌습니다.
Their carcases now blocked the gateway of the palace.
그들의 시체가 이저 궁전의 문을 막았습니다.
In this manner the seven hundred Rakshasas were
destroyed.
이런 식으로 700명의 락샤사가 파괴되었습니다.

Afterwards Champa-Dal and Keshavati got married.
그 후 챔파달과 케샤바티는 결혼했습니다.
They made the traditional exchange of garlands of flowers.
그들은 꽃다발을 교환하는 전통적인 방식을 취했습니다.
The princess had never been out of the house.
공주는 집 밖으로 나간 적이 없었습니다.
So she naturally expressed a desire to see the outer world.
그래서 그녀는 자연스럽게 바깥세상을 보고 싶다는 욕구를
표현했습니다.
Every morning and evening they went on long walks.
그들은 매일 아침 저녁으로 긴 산책을 했습니다.
There was a large river Keshavati wished to bathe in.
케샤바티는 목욕을 하고 싶어하는 큰 강이 있었습니다.
As she bathed one of Keshavati's hairs came off.

그녀가 목욕을 하던 중 케샤바티의 머리카락 하나가
빠졌습니다.
There was a special custom in those times.
그 당시에는 특별한 관습이 있었습니다.
A woman never threw away a hair away by itself.
여자는 결코 머리카락 하나 스스로 버리지 않는다.
A sea-shell was floating in the water.
조개껍질이 물에 떠 있었습니다.
So Keshavati tied the strand of hair to the sea-shell.
그래서 케샤바티는 머리카락을 조개껍질에 묶었습니다.
And then the couple returned to the palace.
그리고 두 사람은 궁전으로 돌아갔습니다.
Meanwhile the sea-shell floated down the stream.
그 사이 조개껍데기는 개울을 따라 떠내려갔다.
And in due time the sea-shell reached another bathing spot.
그리고 때가 되어 조개껍데기는 또 다른 목욕 장소에
도착했습니다.
This was the bathing spot Sahasra-Dal went to.
이곳은 사하스라달이 갔던 목욕장이었습니다.
Here Champa-Dal's brother performed his ablutions.
이곳에서 참파달의 형이 세수를 했습니다.
On this day Sahasra-Dal was in the water.
이 날 사하스라달은 물속에 있었습니다.
He was bathing and swimming with his friends.
그는 친구들과 함께 목욕하고 수영을 하고 있었습니다.
And so the sea-shell floated past the men.
그래서 조개껍데기는 남자들 옆을 지나 떠내려갔습니다.
The men were in a playful mood that day.
그날 남자들은 장난기 넘치는 기분이었습니다.
"Whoever gets to the sea-shell first wins"
"조개를 먼저 잡는 사람이 이긴다"
And so they all swam towards the sea-shell.
그래서 그들은 모두 조개껍질을 향해 헤엄쳐갔습니다.
Sahasra-Dal was the strongest swimmer among his friends.
사하스라달은 친구들 중에서 수영 실력이 가장 뛰어났다.
And so he was the first the reach the sea-shell.
그래서 그는 조개껍질에 가장 먼저 도달한 사람이 되었습니다.
Examining the seashell, he found a hair tied to it.

그는 조개껍질을 살펴보다가 머리카락이 묶여 있는 것을
발견했습니다.
But it was a hair of extraordinary length.
하지만 그것은 엄청나게 긴 머리카락이었습니다.
He had never seen such a long hair.
그는 그렇게 긴 머리카락을 본 적이 없었다.
The strand of hair was exactly seven cubits long.
머리카락 한 가닥의 길이는 정확히 7큐빗이었습니다.
"This strand of hair must belong to a woman"
"이 머리카락은 분명 여자의 것이겠지"
"And this woman must be very remarkable"
"그리고 이 여자는 정말 놀라운 사람이어야 해요"
"I must see who this remarkable woman is"
"이 놀라운 여성이 누구인지 꼭 알아봐야겠어요"
Sahasra-Dal was determined to find the remarkable woman.
사하스라달은 이 놀라운 여성을 찾기로 결심했습니다.
He went home from the river in a pensive mood.
그는 깊은 생각에 잠긴 채로 강에서 집으로 돌아갔다.
And he did not proceed to the zenana for breakfast.
그리고 그는 아침 식사를 위해 제나나로 가지 않았습니다.
Instead he remained in the outer part of the palace.
대신 그는 궁전 바깥쪽에 머물렀습니다.
The queen-mother heard about Sahasra-Dal's meloncholy.
왕대비는 사하스라달의 우울증에 대해 들었습니다.
And she heard he had not come to breakfast.
그리고 그녀는 그가 아침 식사를 하러 오지 않았다는 소식을
들었습니다.
So she went to him and asked the reason.
그래서 그녀는 그에게 가서 이유를 물었습니다.
He showed her the strand of hair he had found.
그는 그녀에게 자기가 찾은 머리카락 한 가닥을 보여주었다.
**"I must see the woman who's head this strand of hair
adorned"**
"나는 이 머리카락으로 장식된 여자를 꼭 봐야 해"
The queen-mother was happy to help her son-in-law.
왕대비는 사위를 돕는 것을 기쁘게 생각했습니다.
"Very well," she said to him.

"좋아요." 그녀가 그에게 말했다.

"You shall soon have that lady in the palace"

"너는 곧 그 여인을 궁궐에 두게 될 것이다"

"I promise you to bring her here"

"그녀를 여기로 데려오겠다고 약속해요"

The queen mother already had a plan.

왕대비는 이미 계획을 가지고 있었습니다.

Her favourite maid-servant would be good at the job.

그녀가 가장 좋아하는 하녀가 그 일을 잘 해낼 것이다.

Because this maid-servant was very resourceful.

이 하녀는 매우 수완이 뛰어났기 때문이다.

Of course the queen-mother did not really know her maid.

물론 왕대비는 그녀의 시녀를 잘 몰랐습니다.

She did not know her favourite maid was a Rakshasi.

그녀는 자신이 가장 좋아하는 하녀가 락샤시라는 사실을
몰랐다.

"Please find the owner of this strand of hair," she asked.

"이 머리카락의 주인을 찾아주세요." 그녀가 부탁했다.

And her maid-servant more than politely agreed.

그리고 그녀의 하녀는 정중하게 동의했습니다.

"It would my pleasure to find this woman"

"이 여성을 찾는 것이 나의 기쁨입니다"

"I will soon bring her to the palace"

"나는 그녀를 곧 궁궐로 데려올 것이다"

"I will need a boat build from Hajol wood"

"하졸 나무로 만든 보트가 필요해요"

"The oars of the boat must be made from Mon-Paban wood"

"배의 노는 몬파반 나무로 만들어야 합니다."

The boat makers soon made the boat.

배 제작자들은 곧 배를 만들었다.

And the boat was launched on the stream.

그리고 배는 개울 위로 진수되었습니다.

The maid-servant went on board of the boat.

하녀는 배에 올라탔다.

With her she took some baskets of wicker.

그녀는 몇 개의 고리버들 바구니를 가지고 갔다.

The baskets of wicker were of curious workmanship.

고리버들로 만든 바구니는 솜씨가 매우 뛰어났다.
She also took with her some sweetmeats.
그녀는 또한 몇 가지 과자류를 가져갔습니다.
Into the sweetmeats some poison had been mixed.
과자에 독이 섞여 있었습니다.
She snapped her fingers thrice.
그녀는 손가락을 서 번 튕겼다.
And then she uttered the following charm:
그리고 그녀는 다음과 같은 주문을 외웠습니다.
"Boat of Hajol! Oars of Mon Paban!"
"하졸의 배! 몬파반의 노!"
"Take me to the Ghat,"
"나를 가트로 데려가줘"
"The Ghat in which Keshavati bathes"
"케샤바티가 목욕하는 가트"
The boat heeded to her command.
배는 그녀의 명령을 따랐다.
And the boat flew like lightning over the waters.
그리고 배는 번개처럼 물 위로 날아갔습니다.
And the boat left many towns and cities behind.
그리고 그 배는 많은 마을과 도시를 뒤로하고 떠났습니다.
At last the boat stopped at a bathing-place.
마침내 배는 목욕탕에 멈췄다.
The Rakshasi maid-servant had reached her goal.
락샤시 하녀는 목표를 달성했습니다.
She concluded it was the bathing ghat of Keshavati.
그녀는 그것이 케샤바티의 목욕 가트라고 결론지었습니다.
She landed with the sweetmeats in her hand.
그녀는 손에 과자를 들고 착륙했습니다.
She went to the gate of the palace, and cried aloud:
그녀는 궁전 문으로 가서 큰 소리로 외쳤다.
"Oh Keshavati! Keshavati! I am your aunt"
"오, 케샤바티! 케샤바티! 나는 네 이모야."
"Oh Keshavati, I am your mother's sister"
"오 케샤바티, 나는 당신 어머니의 누나입니다"
"I have come to see you, my darling"
"나는 당신을 만나러 왔습니다, 내 사랑하는 사람"

"I have come after so many years"
"수년 만에 왔어요"
"Are you home, Keshavati?" she asked.
"케샤바티, 집에 있어요?" 그녀가 물었다.
The princess heard the words of the false-aunt.
공주는 가짜 이모의 말을 들었습니다.
She came out of her room and to the entrance of the palace.
그녀는 자신의 방에서 나와 궁전 입구로 갔다.
She had no doubt that it was really her aunt.
그녀는 그 사람이 정말로 그녀의 이모라는 것을 의심하지
않았습니다.
And she embraced and kissed her aunt.
그리고 그녀는 이모를 껴안고 키스했습니다.
They both wept rivers of joy.
두 사람은 모두 기쁨의 강물을 흘렸습니다.
Although you should know the Rakshasi wept first.
하지만 당신은 락샤시가 먼저 울었다는 것을 알아야 합니다.
Keshavati wept with her out of empathy.
케샤바티는 공감해서 그녀와 함께 울었습니다.
Champa-Dal also believed the Rakshasi to be her aunt.
참파달 역시 락샤시가 자신의 이모라고 믿었습니다.
They all ate and drank and enjoyed the happy occasion.
그들은 모두 먹고 마시며 행복한 시간을 즐겼습니다.
And then they took rest in the middle of the day.
그리고 그들은 한낮에 휴식을 취했습니다.
And they celebrated again in the evening.
그리고 그들은 저녁에도 다시 축하했습니다.

The next day the celebrations continued at breakfast.
다음 날 아침 식사 시간에도 축하 행사가 계속되었습니다.
Champa-Dal had a habit of sleeping after breakfast.
참파달은 아침 식사 후에 자는 습관이 있었습니다.
Towards afternoon, the supposed aunt said to Keshavati:
오후가 되자, 이모라고 생각했던 사람이 케샤바티에게 이렇게
말했습니다.
"Let us both go to the river and wash ourselves:
"우리 둘 다 강으로 가서 몸을 씻자.
Keshavati replied, "How can we go now?"

케샤바티는 "이제 어떻게 갈 수 있나요?"라고 대답했습니다.

"My husband is sleeping," she explained.

"남편은 자고 있어요." 그녀가 설명했다.

"Do not worry about your husband's sleep," said the aunt.

"남편의 잠은 걱정하지 마세요." 이모가 말했다.

"Let him sleep as much as he likes"

"그가 원하는 만큼 자게 두세요"

"Let me put these sweetmeats near his bedside"

"이 과자를 그의 침대 옆에 두겠습니다"

"That way, when he awakes, he has something to eat"

"그렇게 하면 깨어났을 때 먹을 게 있을 거야"

Then they then went to the river-side.

그런 다음 그들은 강가로 갔습니다.

They went close to the spot where the boat was.

그들은 배가 있는 곳 가까이로 다가갔습니다.

From a distance Keshavati saw the baskets of wicker-work.

케샤바티는 멀리서 고리버들로 만든 바구니들을 보았다.

"Aunt, what beautiful things are those!"

"이모, 저것들은 정말 예쁘네요!"

"I wish I could get some of those wicker baskets"

"저도 저 고리버들 바구니 좀 사고 싶어요"

Her aunt happily obliged her.

그녀의 이모는 기꺼이 그녀의 부탁을 들어주었다.

"Come, my child, and look at the wicker baskets"

"내 아이야, 와서 고리버들 바구니를 보아라"

"You can have as many baskets as you like"

"바구니는 원하는 만큼 가져갈 수 있어요"

Keshavati at first refused to go into the boat.

케샤바티는 처음에 배에 오르기를 거부했습니다.

But her aunt was very persuasive.

하지만 그녀의 이모는 매우 설득력이 있었습니다.

And finally she went onto the boat.

그리고 마침내 그녀는 배 위로 올라탔습니다.

But once on the boat her aunt did a strange thing.

하지만 배에 오르자 그녀의 이모는 이상한 일을 했습니다.

The aunt snapped her fingers thrice and said:

이모는 손가락을 세 번 튕기며 말했습니다.

"Boat of Hajol! Oars of Mon-Paban!"
"하졸의 배! 몬파반의 노!"
"Take me to the Ghat,"
"나를 가트로 데려가줘"
"The Ghat in which Sahasra-Dal bathes"
"사하스라 달이 목욕하는 가트"
And the boat heeded to her command.
그리고 배는 그녀의 명령을 따랐다.
And the boat flew like an arrow over the waters.
그리고 배는 물 위로 화살처럼 날아갔습니다.
Keshavati was frightened and began to cry.
케샤바티는 두려워서 울기 시작했습니다.
But the boat went on despite her crying.
하지만 그녀의 울음에도 불구하고 배는 계속 나아갔습니다.
And the boat left behind many towns and cities.
그리고 그 배는 많은 마을과 도시를 떠났습니다.
In a trice the boat reached its destination.
순식간에 배는 목적지에 도착했습니다.
The ghat where Sahasra-Dal was in the habit of bathing.
사하스라 달이 목욕을 하던 곳.
Keshavati was taken to the palace.
케샤바티는 궁전으로 끌려갔다.
Sahasra-Dal admired her beauty and the length of her hair.
사하스라달은 그녀의 아름다움과 머리카락 길이에
감탄했습니다.
And the ladies of the palace tried their best to comfort her.
그리고 궁궐의 여인들은 그녀를 위로하기 위해 최선을
다했습니다.
But she set up a loud cry of protest.
하지만 그녀는 큰 소리로 항의했다.
And she wanted to be taken back to her husband.
그리고 그녀는 남편에게 돌아가고 싶어했습니다.
Finally she saw that she had been taken captive.
마침내 그녀는 자신이 포로로 잡혔다는 것을 깨달았습니다.
So she spoke to the ladies of the palace.
그래서 그녀는 궁전의 여인들에게 말했습니다.
"Upon marriage I made a vow to my husband"

"결혼하면서 남편에게 서약을 했습니다"
"I promised not to look upon the face of any other man"
"나는 다른 사람의 얼굴을 보지 않겠다고 약속했습니다"
"I promised to uphold this vow for six months"
"나는 이 서약을 6개월 동안 지키겠다고 약속했습니다."
She was then lodged away from the others in the palace.
그 후 그녀는 다른 사람들과 떨어져 궁전에 머물게
되었습니다.
And she was given a small house to live in.
그리고 그녀는 살기 위한 작은 집을 받았습니다.
The window of the house overlooked the road.
그 집의 창문으로 길이 보였다.
There she spent the livelong day.
그녀는 그곳에서 하루 종일을 보냈습니다.
And there she spent the livelong night.
그리고 그녀는 거기서 긴 밤을 보냈습니다.
Because she had very little sleep.
그녀는 잠을 거의 자지 못했기 때문이다.
Because her time was spent in sighing and weeping.
그녀의 시간은 한숨쉬고 울면서 보내졌기 때문이다.

In the meantime Champa-Dal awoke from his sleep.
그 사이에 참파달은 잠에서 깨어났습니다.
He was distracted with the grief of not finding his wife.
그는 아내를 찾지 못한 슬픔에 잠겨 있었습니다.
His suspicions turned to the aunt of Keshavati.
그의 의심은 케샤바티의 이모에게로 향했다.
He knew she was a cheat and an impostor.
그는 그녀가 사기꾼이고 사기꾼이라는 것을 알았습니다.
It must have been her who carried away Keshavati.
케샤바티를 납치한 사람은 바로 그녀였을 것이다.
He did not eat the sweetmeats left for him.
그는 자신을 위해 남겨진 과자를 먹지 않았습니다.
Because he suspected the sweets to have been poisoned.
그는 사탕에 독이 들어있을 것이라고 의심했습니다.
He threw one of the sweets to a crow.
그는 사탕 하나를 까마귀에게 던졌습니다.
The moment the crow ate the sweet, it dropped down dead.

까마귀가 사탕을 먹자마자 떨어져 죽었습니다.

This confirmed his suspicion of the pretend aunt.

이로써 그는 가짜 이모에 대한 의심을 확실히 하게 되었다.

Maddened with grief, he rushed out of the house.

그는 슬픔에 사로잡혀 집 밖으로 달려 나갔다.

He was determined to go wherever his feet took him.

그는 자신의 발이 이끄는 곳이라면 어디든 가기로
결심했습니다.

Like a madman he blubbered, "Oh Keshavati! Oh Keshavati!"

그는 미친 사람처럼 흐느끼며 "오 케샤바티! 오 케샤바티!"라고
외쳤다.

He travelled on foot day after day.

그는 날마다 도보로 여행했습니다.

And he followed whatever way his feet took him.

그리고 그는 발이 이끄는 대로 따라갔다.

Six months he spent travelling in this wearisome manner.

그는 이런 지루한 방식으로 6개월을 여행했습니다.

After six month he reached the capital of Sahasra-Dal.

6개월 후 그는 사하스라달의 수도에 도착했습니다.

He passed by the gate of the palace.

그는 궁전의 문을 지나갔다.

And from the road he could see a small house.

그리고 길에서 작은 집이 보였습니다.

And from in the house he could hear sighs.

그리고 집 안에서 그는 한숨소리를 들을 수 있었습니다.

Champa-Dal instantly recognized his wife.

참파달은 즉시 그의 아내를 알아보았습니다.

And Keshavita instantly recognized her husband.

그리고 케샤비타는 즉시 그녀의 남편을 알아보았습니다.

Keshavita told her husband everything that had happened.

케샤비타는 남편에게 일어난 모든 일을 말했습니다.

"The woman asked to go bathing after breakfast"

"아침 식사 후 목욕하러 가자고 한 여자"

"At the river there was a boat"

"강에는 배가 있었습니다"

"The woman persuaded me onto the boat"

"그 여자가 나를 배에 태워달라고 설득했어요"
"And then the boat took us to this place"
"그리고 그 배는 우리를 이곳으로 데려갔어요"
"I realized that I had been made captive"
"나는 내가 포로가 되었다는 것을 깨달았습니다"
"So I told them of my vows to you"
"그래서 나는 그들에게 당신들에게 한 내 서약을 말했어요"
"But tomorrow will be the end of six month"
"하지만 내일이면 6개월이 끝나요"
There was a custom in those days.
그 당시에는 이런 관습이 있었습니다.
The fulfilments of vows were publicly recited.
서약의 이행은 공가적으로 낭송되었습니다.
This was normally fulfilled by a learned Brahman.
이것은 일반적으로 학식 있는 브라만이 이행했습니다.
They planned for Champa-Dal to take on this role.
그들은 Champa-Dal이 이 역할을 맡을 것으로 계획했습니다.
And so that evening the palace drum was beat.
그리고 그날 저녁 궁궐에서 북이 울려 퍼졌습니다.
The king wanted a learned Brahman to make a recitation.
왕은 학식이 풍부한 브라만에게 낭송을 부탁했습니다.
The story of Keshavati on the fulfilment of her vow.
케샤바티가 자신의 서약을 이행한 이야기.
Champa-Dal touched the drum and volunteered.
참파달은 북을 두드리고 자원했습니다.
"I will make the recitation of Keshavita's vows"
"나는 케샤비타의 서약을 낭송할 것이다"
The next morning all assembled in the courtyard.
다음날 아침 모두가 안뜰에 모였습니다.
The old king and the queen mother.
늙은 왕과 왕비.
Sahasra-Dal and his wife were there.
사하스라달과 그의 아내도 거기에 있었습니다.
All the courtiers and the learned Brahmans of the country.
이 나라의 모든 신하들과 학식 있는 브라만들.
All royalty was under a huge canopy of silk.
모든 왕족은 거대한 비단 천막 아래에 있었습니다.

Kashavati was also there, but behind a veil.
카샤바티도 거기에 있었지만 베일 뒤에 있었습니다.
So that she wouldn't be exposed to the rude gaze of people.
그래야 그녀는 사람들의 무례한 시선에 노출되지 않을
것입니다.
Champa-Dal, the reciter, sat on a dais.
낭송자인 참파달은 단상에 앉았습니다.
And he began to tell the story of Keshavati.
그리고 그는 케샤바티의 이야기를 들려주기 시작했습니다.
"There was once a poor dimwitted Brahman"
"옛날에 가난하고 어리석은 브라만 한 사람이 있었습니다."
"This dimwitted man had a wife, but no children"
"이 멍청한 남자는 아내는 있었지만 자식은 없었다"
"But him not having children was probably for the best"
"하지만 그가 아이를 갖지 않는 것이 아마도 최선이었을
것입니다."
"Because he was barely able to meet his own needs"
"그는 자신의 필요를 충족시키기가 어려웠기 때문에"
"And he could hardly supply enough for his wife"
"그리고 그는 아내에게 필요한 것을 거의 공급할 수
없었습니다."
"But his dimwittedness was not even his biggest problem"
"하지만 그의 멍청함은 그의 가장 큰 문제가 아니었습니다."
And he continued the story as we have followed it.
그리고 그는 우리가 따라온 대로 이야기를 이어갔습니다.
And sometimes he turned around to Keshavati.
그리고 때때로 그는 케샤바티에게로 돌아섰습니다.
And he asked her if he was telling the story correctly.
그리고 그는 그녀에게 이야기를 올바르게 전하고 있는지
물었습니다.
And she told him he was telling the story correctly.
그리고 그녀는 그가 이야기를 올바르게 전하고 있다고
말했습니다.
"The Brahman woman concluded her fate was sealed"
"브라만 여인은 자신의 운명이 결정되었다고
결론지었습니다."
"And she thought her husband would meet the same fate"

"그녀는 그녀의 남편도 같은 운명을 맞이할 것이라고
생각했습니다."
"And she did not expect her son to be spared either"
"그녀는 아들이 살아남을 거라고는 기대하지도 않았습니다."
"That night she hardly slept at all"
"그날 밤 그녀는 거의 잠을 자지 못했습니다"
"The Rakshasi had prevented her from seeing her husband"
"락샤시는 그녀가 남편을 만나는 것을 막았습니다"
"Early next morning Champa-Dal went to school"
"다음날 아침 일찍 Champa-Dal은 학교에 갔습니다."
"Before he went to school, she gave her son a golden bottle"
"그녀는 아들이 학교에 가기 전에 그에게 황금 병을
주었습니다."
"In the golden bottle was her own breast milk"
"황금 병 안에는 그녀의 모유가 들어 있었습니다"
"Carefully watch the colour of the milk"
"우유의 색깔을 주의 깊게 살펴보세요 "
During the recitation the Rakshasi maid-servant grew pale.
암송하는 동안 락샤시 하녀의 얼굴이 창백해졌습니다.
**She perceived that her real character was going to be
discovered.**
그녀는 자신의 진짜 성격이 드러날 것이라는 것을
깨달았습니다.
**And Sahasra-Dal was astonished at the knowledge of the
reciter.**
그리고 사하스라달은 낭송자의 지식에 놀랐다.
The reciter clearly told the history of the prince's life.
낭송자는 왕자의 삶의 역사를 분명하게 말했습니다.
"A drop or two of the blood fell from the bees"
"벌들의 피 한두 방울이 떨어졌어요"
"But their blood did not touch the ground"
"그러나 그들의 피는 땅에 닿지 아니하였느니라"
"Instead, their blood landed on the ashes"
"그 대신 그들의 피는 재 위에 떨어졌습니다"
"A terrible scream was heard at a distance"
"멀리서 끔찍한 비명 소리가 들렸다"
"The scream was the wailing of the Rakshasas"

"비명은 락샤사족의 울부짖음이었습니다."
"They were all running home as fast as they could"
"그들은 모두 최대한 빨리 집으로 달려갔습니다."
"They wanted to prevent the bees from being killed"
"그들은 벌들이 죽는 것을 막고 싶어했습니다."
"But they could not reach the palace in time"
"그러나 그들은 제때에 궁전에 도착할 수 없었습니다."
"Because the bees had already been killed"
"벌들이 이미 죽었기 때문에"
"The moment the bees were killed, all the Rakshasas died"
"벌들이 죽는 순간, 모든 락샤사들이 죽었어요"
"Their carcasses fell on the very spot they were standing"
"그들의 시체는 그들이 서 있던 그 자리에 떨어졌습니다."
"Their carcasses now blocked the gateway of the palace"
"그들의 시체가 이제 궁전의 문을 막았습니다."
"In this manner the seven hundred Rakshasas were destroyed"
"이렇게 하여 700명의 락샤사족이 멸망되었다"
All where enthralled by the story of the Rakshasas.
모두가 락샤사 이야기에 매료되었습니다.
Because the story was being told by a true storyteller.
그 이야기는 진정한 이야기꾼에 의해 전해지고 있었기 때문입니다.
All enjoyed the story except for the maid-servant.
하녀를 제외한 모든 사람이 그 이야기를 즐겼습니다.
Because her real character was bound to be discovered.
그녀의 진짜 성격은 반드시 드러날 것이기 때문이다.
"Champa-Dal touched the drum and volunteered.
"참파달이 북을 두드리고 자원했습니다.
"I will make the recitation of Keshavita's vows"
"나는 케샤비타의 서약을 낭송할 것이다"
"The next morning all assembled in the courtyard"
"다음날 아침 모두 안뜰에 모였습니다"
"The old king and the queen mother"
"늙은 왕과 왕비"
"Sahasra-Dal and his wife were there"
"사하스라달과 그의 아내가 거기에 있었습니다"

"All the courtiers and the learned Brahmans of the country"
"나라의 모든 신하들과 학식 있는 브라만들"
"All royalty was under a huge canopy of silk"
"모든 왕족은 거대한 실크 천막 아래 있었습니다"
"Kashavati was also there, but behind a veil"
"카샤바티도 거기에 있었지만 베일 뒤에 있었습니다."
"So that she wouldn't be exposed to the rude gaze of people"
"사람들의 무례한 시선에 노출되지 않도록"
"Champa-Dal, the reciter, sat on a dais"
"낭송자 참파달은 단상에 앉았다"
"And he began to tell the story of Keshavati"
"그리고 그는 케샤바티의 이야기를 시작했습니다."
Sahasra-Dal jumped up from his seat.
사하스라달은 자리에서 벌떡 일어났다.
And he embraced the reciter of the story.
그리고 그는 이야기를 낭송하는 사람을 껴안았습니다.
"You can be none other than my brother Champa-Dal"
"너는 내 동생 샴파달 외에는 아무도 될 수 없어"
Then the prince was inflamed with rage.
그러자 왕자는 격노했다.
He ordered the maid-servant to come into his presence.
그는 하녀에게 자기 앞으로 나오라고 명령했다.
A hole the height of a man was dug in the ground.
사람 키만한 구덩이가 땅에 파여 있었습니다.
And the maid-servant was put into the hole, standing.
그리고 하녀는 그 구멍 속에 서서 넣어졌습니다.
Prickly thorns were heaped around her.
그녀의 주변에는 가시투성이의 가시들이 쌓여 있었다.
Up to the crown of her head she was covered in thorns.
그녀의 머리 꼭대기까지 가시가 덮여 있었습니다.
In this way the maid-servant was buried alive.
이런 식으로 하녀는 산 채로 묻혔습니다.
After this all lived happily together for many years.
그 후로 우리는 오랫동안 행복하게 살았습니다.
Sahasra-Dal and his princess, and Champa-Dal and
Keshavati.
Sahasra-Dal과 그의 공주, 그리고 Champa-Dal과 Keshavati.

The Story of Swet and Bachanta
스웨트와 바찬타의 이야기

There was once upon a time a rich merchant.
옛날 옛적에 부유한 상인이 살았습니다.
This rich merchant had only one son.
이 부유한 상인에게는 아들이 하나뿐이었습니다.
And he loved his only son very much.
그리고 그는 자신의 외아들을 매우 사랑했습니다.
He gave to his son whatever he wanted.
그는 아들이 원하는 것을 무엇이든지 주었다.
Of course his son wanted a beautiful house.
물론 그의 아들은 아름다운 집을 원했습니다.
And he also wanted to have a large garden.
그리고 그는 또한 넓은 정원을 갖고 싶어했습니다.
So a beautiful house was built for him.
그래서 그를 위해 아름다운 집이 지어졌습니다.
And a fine garden was made for him too.
그리고 그를 위해 멋진 정원도 만들어졌어요.
The merchant's son was pleased with the garden.
상인의 아들은 그 정원을 좋아했습니다.
And he enjoyed walking in the garden.
그는 정원을 산책하는 것을 좋아했습니다.
One day a bird's nest caught his attention.
어느 날 새 둥지가 그의 관심을 끌었습니다.
This bird happens to be called Toontooni.
이 새는 툰투니라고 불립니다.
He put his hand into the small bird's nest.
그는 작은 새둥지에 손을 넣었다.
And in the nest he found an egg.
그리고 둥지에서 그는 알을 발견했습니다.
He took the egg out of its nest.
그는 둥지에서 알을 꺼냈다.
There was an almirah in the wall of his house.
그의 집 벽에는 알미라가 있었습니다.
So he put the egg in the almirah.
그래서 그는 계란을 알미라에 넣었습니다.
He closed the door of the almirah.

그는 알미라의 문을 닫았다.
And then he thought no more of the egg.
그리고 그는 더 이상 계란에 대해 생각하지 않았습니다.
The merchant's son had a house of his own.
상인의 아들은 자기 집을 가지고 있었습니다.
But he had a house without a household.
하지만 그는 가정이 없는 집만 갖고 있었습니다.
So in his house there was no cook.
그래서 그의 집에는 요리사가 없었습니다.
But he had no need for his own cook.
하지만 그는 자신을 위한 요리사가 필요하지 않았습니다.
Because his mother regularly sent him food.
그의 어머니가 정기적으로 그에게 음식을 보내주었기
때문입니다.
In the morning she sent him breakfast.
아침에 그녀는 그에게 아침 식사를 보냈다.
And every day she had dinner sent to him.
그리고 매일 그녀는 그에게 저녁 식사를 배달했습니다.
One day the egg in the almirah burst.
어느 날 알미라에 있던 달걀이 터졌습니다.
But it was not a bird that came out of the egg.
하지만 알에서 나온 새는 아니었습니다.
Out of the egg came a beautiful infant.
알에서 아름다운 아기가 태어났습니다.
The infant was not a bird, but a human girl.
그 아기는 새가 아니라 인간 소녀였습니다.
But the merchant's son knew nothing of the event.
하지만 상인의 아들은 그 사건에 대해 아무것도 몰랐습니다.
He had forgotten everything about the egg.
그는 계란에 관한 모든 것을 잊어버렸다.
The door of the wall-almirah had been kept closed.
알미라 성벽의 문은 닫혀 있었습니다.
However, the merchant's son did not lock the door.
하지만 상인의 아들은 문을 잠그지 않았습니다.
The child grew up within the wall-almirah.
그 아이는 벽 알미라 안에서 자랐습니다.
She had no knowledge of the merchant's son.
그녀는 상인의 아들에 대해 전혀 몰랐습니다.

Nor did she know of anyone else.
그녀는 다른 사람을 알지 못했습니다.
When the child could walk it grew curious.
아이가 걸을 수 있게 되자 호기심이 생겼습니다.
And out of curiosity she opened the door.
그리고 그녀는 호기심에 문을 열었다.
That day, too, the mother had sent breakfast.
그날도 어머니는 아침밥을 보내주셨습니다.
And the breakfast had been put on the floor.
그리고 아침 식사는 바닥에 놓여 있었습니다.
The child saw the food that was on the floor.
아이는 바닥에 놓인 음식을 보았습니다.
Of course the child ate from the food.
물론 아이는 음식을 먹었습니다.
And then the child returned into the wall.
그러자 아이는 벽 속으로 돌아갔습니다.
The merchant's mother always made a lot of food.
상인의 어머니는 언제나 많은 양의 음식을 만들었습니다.
It was more food than he could possibly eat.
그는 먹을 수 있는 것보다 더 많은 음식이었습니다.
So he didn't notice that any food was missing.
그래서 그는 음식이 하나도 없어진 것을 알아차리지
못했습니다.
The girl of the wall-almirah came out every day.
벽장 속의 소녀는 매일 나왔다.
And every day she ate a part of the food.
그리고 그녀는 매일 음식의 일부를 먹었습니다.
After eating the food she returned to the almirah.
그녀는 음식을 먹은 후 알미라로 돌아갔다.
But with time the girl got older and older.
하지만 시간이 지나면서 소녀는 점점 더 나이를 먹었습니다.
And with age she got bigger and bigger.
그리고 나이가 들면서 그녀는 점점 더 커졌습니다.
And the bigger she got the hungrier she got.
그리고 그녀가 커질수록 배고픔도 커졌습니다.
And she began to eat more of the food each day.
그리고 그녀는 매일 더 많은 음식을 먹기 시작했습니다.
Eventually the merchant's son noticed the missing food.

마침내 상인의 아들은 음식이 없어진 것을 알아챘습니다.

But he had no way of knowing where the food went.

하지만 그는 음식이 어디로 갔는지 알 방법이 없었습니다.

The last thing he suspected was a girl from inside the almirah.

그가 의심한 마지막 것은 알미라 안에 있는 소녀였다.

And so he came to a very different conclusion.

그래서 그는 매우 다른 결론에 도달했습니다.

"Why is mother sending such a small quantity of food?".

"어머니께서 왜 이렇게 적은 양의 음식을 보내시는 건가요?"

And he had a message sent to his mother.

그리고 그는 어머니에게 메시지를 보냈습니다.

"Why am I being sent insufficient food?".

"왜 제게 충분한 양의 식량이 제공되지 않는 걸까요?"

"And why is the dish served so slovenly?".

"그럼 왜 그 요리는 그렇게 엉성하게 나오는 거지?"

Of course we know why the food was insufficient.

물론 우리는 왜 음식이 부족했는지 알고 있습니다.

And we know why the food was presented slovenly.

그리고 우리는 왜 음식이 엉성하게 나왔는지도 알고 있습니다.

The girl from in the wall ate from his food.

성벽 속의 소녀가 그의 음식을 먹었습니다.

And as she ate she fingered the rice and curry.

그리고 그녀는 먹으면서 밥과 카레를 손가락으로 만졌습니다.

And she always hurried back into her cell in the wall.

그리고 그녀는 언제나 벽 안의 감방으로 서둘러 돌아갔습니다.

So that she would not be seen by anyone.

그래서 그녀는 누구에게도 보이지 않았습니다.

She had no time to put the rice in proper order.

그녀는 밥을 제대로 정리할 시간이 없었습니다.

The mother was astonished at her son's complaint.

어머니는 아들의 불평에 놀랐다.

She gave him more than he could eat.

그녀는 그가 먹을 수 있는 것보다 더 많은 것을 그에게 주었다.

The food was served up on a silver plate.

음식은 은접시에 담겨 나왔습니다.

And she neatly arranged the food herself.

그리고 그녀는 직접 음식을 깔끔하게 정리했습니다.
But her son repeated the same complaint again.
그러나 그녀의 아들은 다시 같은 불평을 반복했습니다.
Day after day he complained of the small portions.
그는 날마다 음식의 양이 적다고 불평했습니다.
Day after day he complained of the messy food.
그는 날마다 음식이 지저분하다고 불평했습니다.
And so his mother began to suspect foul play.
그래서 그의 어머니는 뭔가 음모가 있을 거라고 의심하기 시작했습니다.
She told her son to watch over the food.
그녀는 아들에게 음식을 잘 지키라고 말했습니다.
"See if anyone is eating your food".
"누가 당신의 음식을 먹는지 보세요"
The next day a servant brought the food.
다음 날 하인이 음식을 가져왔습니다.
The servant laid the food in a clean place.
하인은 음식을 깨끗한 곳에 두었습니다.
Normally the merchant's son took a bath.
보통 상인의 아들은 목욕을 했습니다.
But this day he did not go for a bath.
하지만 오늘은 목욕을 하지 않았습니다.
Instead, on this day he hid himself nearby.
그 대신, 이날 그는 근처에 숨었습니다.
From his hiding place he could see the food.
그는 숨어 있던 곳에서 음식을 볼 수 있었습니다.
The merchant's son did not have to wait for long.
상인의 아들은 오래 기다릴 필요가 없었습니다.
Soon he saw the wall-almirah open.
곧 그는 알미라 벽이 열리는 것을 보았습니다.
And he saw a beautiful damsel step out.
그리고 그는 아름다운 여인이 나오는 것을 보았습니다.
She could not have been more than sixteen.
그녀의 나이는 16살이 넘지 않았을 것이다.
She sat on the carpet by the breakfast.
그녀는 아침 식사장 옆 카펫에 앉았다.
And she began to eat from the food left on the floor.
그리고 그녀는 바닥에 남은 음식을 먹기 시작했습니다.

The merchant's son came out of his hiding-place.
상인의 아들이 숨어 있던 곳에서 나왔습니다.
And the damsel could not escape from him.
그리고 그 소녀는 그에게서 벗어날 수 없었습니다.
"Who are you, beautiful creature?".
"당신은 누구세요, 아름다운 생물이시여?"
"You do not seem to be earth-born".
"당신은 지구에서 태어난 것 같지 않군요."
"Are you one of the daughters of the gods?".
"당신은 신들의 딸 중 하나입니까?"
The girl replied, "I do not know who I am".
그 스녀는 "내가 누구인지 모르겠어요"라고 대답했습니다.
"But there is one thing I do know," the girl continued.
"하지만 제가 아는 게 하나 있어요." 소녀가 말을 이었다.
"One day I found myself in the almirah in the wall".
"어느 날 나는 벽 속의 알미라에 있었습니다."
"And since then I have been living in the wall".
"그리고 그때부터 저는 벽 속에서 살았어요."
The merchant's son thought her story was strange.
상인의 아들은 그녀의 이야기가 이상하다고 생각했습니다.
But then he thought a bit more about the story.
하지만 그는 그 이야기에 대해 조금 더 생각해 보았습니다.
And he remembered what happened sixteen years ago.
그리고 그는 16년 전에 일어난 일을 기억해냈습니다.
He remembered the nest of the toontoori bird.
그는 툰토리 새의 둥지를 기억했다.
And he remembered finding an egg in the nest.
그리고 그는 둥지에서 알을 발견했던 걸 기억했습니다.
And he remembered putting the egg in the almirah.
그리고 그는 알미라에 계란을 넣었던 걸 기억했습니다.
The wall-almirah girl was of uncommon beauty.
벽걸이형 소녀는 비범한 아름다움을 지녔다.
And the merchant's son was struck by her beauty.
그리고 상인의 아들은 그녀의 아름다움에 반했습니다.
Her beauty made a deep impression on his mind.
그녀의 아름다움은 그의 마음에 깊은 인상을 남겼다.
And he resolved in his mind to marry her.

그리고 그는 마음속으로 그녀와 결혼하기로 결심했습니다.

From then on the girl didn't stay in the almirah.
그 이후로 그 소녀는 알미라에 머물지 않았습니다.

She was given a room in the merchant's son's house.
그녀는 상인의 아들의 집에 방을 받았습니다.

The next day the merchant's son wrote a message.
다음날 상인의 아들은 메시지를 썼습니다.

And he had the message sent to his mother.
그리고 그는 그 메시지를 그의 어머니에게 전달했습니다.

You can guess the general theme of the message.
당신은 메시지의 전반적인 주제를 추측할 수 있습니다.

The merchant's son said he would like to get married.
상인의 아들은 결혼하고 싶다고 말했습니다.

The mother of the merchant's son reproached herself.
상인의 아들의 어머니는 자신을 책망했습니다.

She had not tried to find a wife for his son.
그녀는 그의 아들을 위해 아내를 찾으려고 노력하지 않았습니다.

She felt she should have thought of his marriage.
그녀는 그의 결혼에 대해 생각해야 했다고 느꼈다.

And so she promptly replied to her son's message.
그래서 그녀는 아들의 메시지에 재빨리 답장했습니다.

She and her father were going to send out ghataks.
그녀와 그녀의 아버지는 가타크를 보낼 예정이었습니다.

The ghataks were going to go to different countries.
가타크는 여러 나라로 갈 예정이었습니다.

There they were going to look for suitable brides.
그곳에서 그들은 적합한 신부를 찾을 예정이었습니다.

But the merchant's son said there would be no need.
하지만 상인의 아들은 그럴 필요가 없다고 말했습니다.

He had secured himself a lovely young lady.
그는 사랑스러운 젊은 여성을 확보했습니다.

If they had no objection, he would introduce her to them.
만약 그들이 반대하지 않는다면, 그는 그녀를 그들에게 소개할 것이다.

And so the young lady was taken to the merchant's house.
그래서 그 젊은 아가씨는 상인의 집으로 데려가졌습니다.

The merchant and his wife welcomed the stranger.

상인과 그의 아내는 낯선 사람을 환영했다.
And they were also struck by her unmatched beauty.
그리고 그들은 그녀의 비할 데 없는 아름다움에도
감동했습니다.
The girl was of perfect loveliness and grace.
그 소녀는 완벽한 사랑스러움과 우아함을 지녔습니다.
The parents made no questions to her birth.
부모는 그녀의 탄생에 대해 아무런 질문도 하지 않았습니다.
And the nuptials were celebrated there and then.
그리고 결혼식은 바로 그 자리에서 거행되었습니다.

In the course of time the merchant's son had two sons.
시간이 흐르면서 상인의 아들은 두 아들을 낳았습니다.
The elder of the sons he named Swet.
그는 아들 중 큰 아들의 이름을 스웨트라고 지었습니다.
And the younger son he named Basanta.
그리고 작은 아들의 이름은 바산타였습니다.
After the passing of more time the old merchant died.
시간이 흐른 후 늙은 상인은 죽었습니다.
So the merchant's son now became the merchant.
그래서 상인의 아들이 상인이 되었습니다.
And after some time his mother died too.
그리고 얼마 후 그의 어머니도 죽었습니다.
Swet and Basanta grew up to be fine lads.
스웨트와 바산타는 훌륭한 소년으로 자랐습니다.
And the elder son was in due time married.
그리고 큰 아들은 때가 되어 결혼했습니다.
Sometime after Swet's marriage his mother also died.
스웨트가 결혼한 후 얼마 지나지 않아 그의 어머니도
사망했습니다.
The girl from in the wall was no more.
벽 속의 소녀는 더 이상 존재하지 않았습니다.
The widower lost no time in marrying again.
그 홀아비는 지체없이 다시 결혼했다.
And he had a new young and beautiful wife.
그리고 그는 젊고 아름다운 아내를 새로 두었습니다.
Swet's wife was older than his stepmother.
스웨트의 아내는 그의 계모보다 나이가 많았습니다.

So his wife became the mistress of the house.
그래서 그의 아내가 그 집의 여주인이 되었습니다.
The stepmother was like all stepmothers are.
계모는 모든 계모와 같았습니다.
She hated Swet and Basanta with a perfect hatred.
그녀는 스웨트와 바산타를 완벽하게 미워했습니다.
And the two ladies also couldn't stand each other.
그리고 두 여인 역시 서로를 참을 수 없었습니다.
It so happened one day that a fisherman came.
어느 날 어부 한 명이 찾아왔습니다.
The fisherman brought to the merchant a fish.
어부는 상인에게 물고기 한 마리를 가져왔습니다.
This fish was of singular and remarkable beauty.
이 물고기는 독특하고 눈에 띄게 아름다운 물고기였습니다.
It was unlike any other fish that had been seen.
그것은 지금까지 본 어떤 물고기와도 달랐습니다.
And the fish had other qualities too.
그리고 그 물고기는 다른 특성도 가지고 있었습니다.
The fisherman explained the wonders of the fish.
어부는 물고기의 경이로움을 설명했습니다.
"Two things will happen if you eat this fish".
"이 물고기를 먹으면 두 가지 일이 일어납니다."
"When you laugh maniks will drop from your mouth".
"당신이 웃으면 마닉이 당신 입에서 떨어질 겁니다."
"And when you weep pearls will drop from your eyes".
"그리고 당신이 울 때 당신의 눈에서 진주가 떨어질 것입니다."
The merchant was astounded by what he had heard.
상인은 자기가 들은 것에 매우 놀랐다.
And he wanted the wonderful properties of the fish.
그리고 그는 그 물고기의 놀라운 효능을 원했습니다.
And so he bought the fish at one thousand rupees.
그래서 그는 그 물고기를 천 루피에 샀습니다.
And he put the fish into the hands of Swet's wife.
그리고 그는 그 물고기를 스웨트의 아내의 손에
쥐어주었습니다.
Because Swet's wife was the mistress of the house.
스웨트의 아내가 그 집의 여주인이었기 때문이다.

He strictly instructed her to cook the fish well.
그는 그녀에게 생선을 잘 요리하라고 엄격히 지시했습니다.
And he told her to give the fish to him alone to eat.
그리고 그는 그녀에게 그 물고기를 자기에게만 주라고
말했습니다.
The house-mother however knew the fish's secret.
하지만 집의 어미는 물고기의 비밀을 알고 있었습니다.
She had overheard what the fisherman had said.
그녀는 어부가 한 말을 우연히 들었습니다.
Secretly she made a different plan in her mind.
그녀는 마음속으로 비밀리에 다른 계획을 세웠다.
She was going to cook the fish for her husband.
그녀는 남편을 위해 생선을 요리하려고 했습니다.
And she was going to share the fish with his brother.
그리고 그녀는 그 물고기를 그의 형과 나눠 먹을
예정이었습니다.
For her father-in-law she was going to prepare a frog.
그녀는 시아버지를 위해 개구리 요리를 준비하려고 했습니다.
Soon she had finished cooking the marvelous fish.
곧 그녀는 맛있는 생선 요리를 마쳤습니다.
And she had finished cooking a frog too.
그리고 그녀는 개구리 요리도 마쳤습니다.
But from the kitchen she could hear a squable.
하지만 주방에서 그녀는 투덜거리는 소리를 들을 수
있었습니다.
She could hear who it was that was arguing.
그녀는 누가 논쟁하는지 들을 수 있었습니다.
Her stepmother-in-law and her husband's brother.
그녀의 계모와 남편의 오빠.
And she understood the cause of the argument.
그리고 그녀는 논쟁의 원인을 이해했습니다.
Basanta was still but a young lad.
바산타는 아직 어린 소년이었습니다.
But he was passionately fond of his pigeons.
하지만 그는 비둘기를 매우 좋아했습니다.
And he tamed his pigeons very well.
그리고 그는 비둘기를 매우 잘 길들였습니다.
Nonetheless, one of his pigeons had escaped.

그럼에도 불구하고 그의 비둘기 한 마리가 탈출했습니다.
And the pigeon flew into his stepmother's room.
그리고 비둘기는 그의 계모의 방으로 날아갔습니다.
His stepmother hid the pigeon in her clothes.
그의 계모는 비둘기를 옷 속에 숨겼습니다.
Basanta rushed after the pigeon into the room.
바산타는 비둘기를 쫓아 방으로 달려갔다.
And he loudly demanded to have the pigeon back.
그리고 그는 비둘기를 돌려달라고 큰 소리로 요구했습니다.
His stepmother denied having the pigeon.
그의 계모는 비둘기를 키운 적이 없다는 것을 부인했습니다.
Swet, however, did know she had the pigeon.
하지만 스웨트는 비둘기가 자기에게 있다는 것을 알고
있었습니다.
And the older brother forcibly took the bird.
그리고 형은 강제로 새를 빼앗았습니다.
And he freed the pigeon from her clothes.
그리고 그는 비둘기의 옷을 벗겼습니다.
And he gave the pigeon back to his brother.
그리고 그는 비둘기를 그의 형에게 돌려주었습니다.
The stepmother cursed and swore, and added;
계모는 저주하고 욕설을 퍼부으며 이렇게 덧붙였다.
"Wait until the head of the house comes home".
"집주인이 오실 때까지 기다리세요."
"He will get no water till he sheds your blood".
"그는 너희의 피를 흘릴 때까지는 물을 얻지 못할 것이다."
Swet's wife called her husband and said to him;
스웨트의 아내는 남편을 불러서 말했습니다.
"My dearest lord, that woman is a most wicked woman".
"나의 사랑하는 주님, 그 여자는 정말 사악한 여자입니다."
"And she has boundless influence over my father-in-law".
"그리고 그녀는 시아버지에게 무한한 영향력을 행사해요."
"She will make him do what she has threatened".
"그녀는 그가 자신이 위협한 것을 하도록 만들 것이다."
"All our lives are in imminent danger".
"우리 모두의 삶이 급박한 위험에 처해 있습니다."
"But let us first eat a little," she added.

"하지만 먼저 조금만 먹읍시다." 그녀가 덧붙였다.
"And then let us all three run away from this place".
"그리고 우리 셋이서 이곳을 떠나자."
Swet forthwith called Basanta to him.
스웟트는 곧바로 바산타를 불렀다.
And he told him what he had heard from his wife.
그리고 그는 아내에게서 들은 내용을 그에게 말해주었습니다.
They resolved to run away before nightfall.
그들은 해가 지기 전에 도망가기로 결심했습니다.
The woman placed before her husband the fish.
그 여자는 남편 앞에 물고기를 놓았다.
And her brother-in-law ate of the fish too.
그리고 그녀의 대형도 그 생선을 먹었습니다.
And they ate of the fish heartily.
그리고 그들은 물고기를 마음껏 먹었습니다.
The woman packed up all her jewels in a box.
그 여자는 자신의 보석을 모두 상자에 넣었다.
There was only one horse in the stables.
마구간에는 말이 한 마리뿐이었습니다.
But the horse was of uncommon fleetness.
하지만 그 말은 보기 드물게 재빠르더군요.
They could all sit on the horse together.
그들은 모두 함께 말에 앉을 수 있었습니다.
Swet held the reins of the horse.
스웨트는 말의 고삐를 잡았다.
The woman sat in the middle of the horse.
그 여자는 말의 중앙에 앉았습니다.
And she had the jewel-box in her lap.
그리고 그녀의 무릎 위에는 보석상자가 놓여 있었습니다.
And Basanta sat on the rear of the horse.
그리고 바산타는 말의 뒤에 앉았습니다.
The horse galloped with the utmost swiftness.
말은 엄청난 속도로 질주했다.
They passed through many a plain and noted town.
그들은 평범하고 유명한 마을들을 많이 지나갔습니다.
After midnight they found themselves in a forest.
자정이 지나서 그들은 숲에 있는 자신을 발견했습니다.
And they were not far from the banks of a river.

그들은 강둑에서 그리 멀지 않은 곳에 있었습니다.
Here the most untoward event took place.
여기서 가장 불운한 사건이 일어났습니다.
Swet's wife began to feel the pains of child-birth.
스웨트의 아내는 출산의 고통을 느끼기 시작했습니다.
They dismounted from the horse without delay.
그들은 지체없이 말에서 내렸다.
And within an hour Swet's wife gave birth to a son.
그리고 한 시간 안에 스웨트의 아내가 아들을 낳았습니다.
What were the two brothers to do in this forest?
이 숲에서 두 형제는 무엇을 했을까?
They knew that a fire had to be kindled.
그들은 불을 피워야 한다는 것을 알았습니다.
The mother and the new-born baby needed warmth.
엄마와 신생아에게는 따뜻함이 필요했습니다.
But from where was there fire to be gotten?
하지만 불은 어디서 얻을 수 있을까?
There were no human habitations visible.
사람이 사는 곳은 보이지 않았습니다.
Nonetheless, a fire had to be procured.
그럼에도 불구하고 불을 피워야 했습니다.
And it was the winter month of December.
그리고 12월은 겨울이었습니다.
The mother and the baby would certainly perish.
어머니와 아기는 틀림없이 죽을 것이다.
Swet told Basanta to sit beside his wife.
스웨트는 바산타에게 그의 아내 옆에 앉으라고 말했습니다.
And he set out in the darkness of the night.
그리고 그는 밤의 어둠 속으로 나아갔습니다.
And he went in search of wood to make a fire.
그리고 그는 불을 피울 나무를 찾아 나섰습니다.
Swet walked many a mile through the darkness.
스웨트는 어둠 속을 수 마일이나 걸었습니다.
But despite the distance he saw no human habitations.
하지만 그렇게 멀리 있었음에도 불구하고 사람이 사는 곳은
보이지 않았습니다.
But eventually his eyes were given some help.
하지만 결국 그의 눈에는 어떤 도움이 주어졌습니다.

The genial light of Sukra somewhat illumined his path.
슈크라의 밝은 빛이 그의 길을 다소 밝혀 주었다.
And he saw at a distance what seemed a large city.
그리고 그는 멀리서 큰 도시처럼 보이는 것을 보았습니다.
He was congratulating himself on his journey's end.
그는 자신의 여행이 끝난 것을 축하하고 있었습니다.
And he congratulated himself for finding fire.
그리고 그는 불을 발견한 것을 축하했습니다.
The fire that was going to benefit his poor wife.
그 불은 가난한 아내에게 도움이 될 것이었습니다.
His wife that was lying cold in the forest.
그의 아내는 숲속에서 추위에 떨며 누워 있었습니다.
The fire that was going to save his new-born child.
그의 새로 태어난 아이를 구해줄 불.
The new-born baby born into the coldness.
추위 속에서 태어난 신생아.
Suddenly an elephant shot across his path.
갑자기 코끼리 한 마리가 그의 길을 가로질러 달려갔다.
The elephant was gorgeously caparisoned.
코끼리는 매우 화려하게 장식되어 있었습니다.
And the elephant gently picked him with his trunk.
그리고 코끼리는 코로 그를 조심스럽게 잡아당겼다.
He placed him on the rich howdah on its back.
그는 그를 풍부한 하우다 위에 올려놓았습니다.
The elephant then walked rapidly towards the city.
코끼리는 빠른 속도로 도시를 향해 걸어갔다.
Swet was quite taken aback by the events.
스웨트는 이 사건에 큰 충격을 받았습니다.
He did not understand the elephant's actions.
그는 코끼리의 행동을 이해하지 못했습니다.
And he wondered what was in store for him.
그리고 그는 앞으로 무슨 일이 일어날지 궁금했습니다.
A crown is that which was in store for him.
왕관은 그를 위해 준비된 것입니다.
He was being taken to the chief city of a kingdom.
그는 어느 왕국의 수도로 끌려가고 있었습니다.
In this kingdom every morning a king was elected.
이 왕국에서는 매일 아침 왕이 선출되었습니다.

Because the kings of this city lasted but a day.
이 도시의 왕들은 단 하루만 지속되었기 때문입니다.
Every night the new king joined the queen in her room.
매일 밤 새로운 왕이 여왕의 방으로 들어갔다.
And every morning the previous king was found dead.
그리고 매일 아침마다 이전 왕이 죽은 채로 발견되었습니다.
No one knew what caused the deaths of the kings.
아무도 왕들이 왜 죽었는지 알지 못했습니다.
Not even the queen knew what caused their death.
여왕조차도 그들의 죽음의 원인을 알지 못했습니다.
So this kingdom had its own king-maker.
그래서 이 왕국에는 왕을 만드는 사람이 있었습니다.
The elephant who suddenly took hold of Swet.
갑자기 스웨트를 붙잡은 코끼리.
Early in the morning the elephant roamed about.
이른 아침, 코끼리가 돌아다녔습니다.
Sometimes the elephant went to distant places.
때때로 코끼리는 먼 곳으로 가기도 했습니다.
And every evening the elephant returned with a man.
그리고 매일 저녁 코끼리는 사람을 데리고 돌아왔습니다.
The man on the elephant's became their king.
코끼리 위에 있는 남자가 그들의 왕이 되었습니다.
The elephant majestically marched through the streets.
코끼리는 위풍당당하게 거리를 행진했다.
A crowd of people welcomed their new king.
많은 사람들이 새로운 왕을 환영했습니다.
But Swet did not yet understand their cheers.
하지만 스웨트는 아직 그들의 환호성을 이해하지 못했습니다.
The elephant entered the kingdom's palace.
코끼리는 왕국의 궁전에 들어갔다.
And the elephant placed Swet on the throne.
그리고 코끼리는 스웨트를 왕좌에 앉혔습니다.
Amid much rejoicing he was proclaimed king.
많은 사람들의 기쁨 속에 그는 왕으로 선포되었습니다.
But there were lamentations in the crowd too.
하지만 군중 속에서는 탄식의 소리도 들렸습니다.
In the course of the day he heard of the curse.
그는 그날 저주에 대한 소식을 들었습니다.

The nightly death of every newly elected king.
새로 선출된 왕들이 매일 밤 죽는다.
But Swet was possessed of great discretion.
하지만 스웨트는 매우 신중한 사람이었습니다.
And he had the courage not to try an escape.
그리고 그는 탈출을 시도하지 않을 용기가 있었습니다.
He took every precaution that he could take.
그는 취할 수 있는 모든 예방 조치를 취했습니다.
But he did not know how to avert the catastrophe.
하지만 그는 재앙을 피하는 방법을 몰랐습니다.
And he knew not what expedients to adopt.
그는 어떤 방법을 취해야 할지 몰랐다.
Because he didn't know the nature of the danger.
그는 위험의 본질을 몰랐기 때문이다.
He resolved, however, upon two things;
그러나 그는 두 가지를 결심했습니다.
He was going to go armed into the bedchamber.
그는 무장을 하고 침실로 들어갈 예정이었습니다.
And he was going to stay awake the whole night.
그리고 그는 밤새 깨어 있을 겁니다.
The queen was young and of exquisite beauty.
여왕은 젊고 매우 아름다웠습니다.
Guileless and benevolent was the expression of her face.
그녀의 얼굴은 순진하고 자애로웠다.
It was impossible to attribute her any malice.
그녀에게 악의를 품고 있다고 말할 수는 없었다.
No one believed she caused all the kings' deaths.
아무도 그녀가 왕들의 죽음을 초래했다고 믿지 않았습니다.
In the queen's chamber Swet spent an agreeable evening.
스웨트는 여왕의 방에서 즐거운 저녁을 보냈습니다.
As the night advanced the queen fell asleep.
밤이 깊어지자 여왕은 잠이 들었습니다.
But Swet kept awake, and was on the alert.
하지만 스웨트는 깨어 있었고, 경계하고 있었습니다.
He looked at every creek and corner of the room.
그는 방의 모든 구석구석을 살펴보았습니다.
And he expected every minute to be murdered.
그는 매 순간 살해당할 것이라고 예상했습니다.

But the queen did not rise to murder him.
하지만 여왕은 그를 죽이려고 일어나지 않았습니다.
And no one entered the room to murder him either.
그리고 그를 죽이려고 방에 들어온 사람도 없었습니다.
Nor did he feel anything other than sleepiness.
그는 졸음 외에는 아무것도 느끼지 못했습니다.
But in the dead of night he perceived something.
하지만 한밤중에 그는 무언가를 느꼈습니다.
A thread was coming out the queen's nostril.
여왕의 콧구멍에서 실이 나오고 있었습니다.
The thread was so thin that it was almost invisible.
실은 너무 얇아서 거의 보이지 않았습니다.
Slowly the thread reached several yards in length.
실은 천천히 수 야드 길이에 도달했습니다.
And eventually all the thread came out.
그리고 마침내 모든 이야기가 나왔습니다.
Only then did the thread begin to grow thicker.
그러자 실이 점점 두꺼워지기 시작했습니다.
Soon the thread took on its real shape.
곧 실은 실제 모양을 갖추게 되었습니다.
The thread was in fact a huge serpent.
그 실은 사실 거대한 뱀이었습니다.
Immediately Swet cut off the head of the serpent.
스웨트는 즉시 뱀의 머리를 잘랐다.
The body of the serpent wriggled violently.
뱀의 몸이 격렬하게 꿈틀거렸다.
He sat quiet in the room, expecting other adventures.
그는 방 안에 조용히 앉아 다른 모험을 기대했다.
But nothing else happened the rest of the night.
하지만 그날 밤 내내 아무 일도 일어나지 않았습니다.
The queen slept longer than usual.
여왕은 평소보다 더 오래 잤다.
Because she had been relieved of the huge snake.
그녀는 거대한 뱀으로부터 해방되었기 때문이다.
Early next morning the ministers came.
다음날 아침 일찍 장관들이 왔습니다.
They were expecting to hear of the king's death.
그들은 왕의 죽음을 기대하고 있었습니다.

The ladies of the bedchamber knocked at the door.
침실의 여인들이 문을 두드렸습니다.
But to their astonishment Swet come out.
하지만 놀랍게도 스웨트가 나왔습니다.
The folk learned the mystery of all the kings' deaths.
사람들은 모든 왕의 죽음에 얽힌 미스터리를 알게 되었습니다.
And now the country rejoiced their permanent king.
그리고 이제 그 나라는 영구적인 왕을 맞이하게 되어
기뻐했습니다.
There is a strange thing you probably noticed.
아마도 당신은 이상한 점을 하나 눈치챘을 겁니다.
Swet did not remember his wife he left behind.
스웨트는 그가 남겨둔 아내를 기억하지 못했습니다.
It is a strange thing, nevertheless it is true.
이상한 일이지만, 그래도 사실입니다.
Nor did he remember the defenceless new-born babe.
그는 무방비 상태의 신생아도 기억하지 못했다.
And he did not remember his brother either.
그리고 그는 그의 형도 기억하지 못했습니다.
He had no time to remember when the elephant came.
그는 코끼리가 언제 왔는지 기억할 시간이 없었다.
On the first night he had to worry for his own life.
첫날 밤, 그는 자신의 생명을 걱정해야 했습니다.
And now the crown brought on his forgetfulness.
그리고 이제 왕관은 그의 망각을 가져왔다.
But he had entrusted his wife and child to Basanta.
하지만 그는 자신의 아내와 아이를 바산타에게 맡겼습니다.
And his brother sat waiting for many weary hours.
그리고 그의 형은 지친 채로 오랜 시간 동안 앉아
기다렸습니다.
Every moment he expected to see Swet return with fire.
그는 매 순간 스웨트가 불을 가지고 돌아올 것을
기대했습니다.
But the whole night passed away without his return.
하지만 그가 돌아오지 않고 밤새도록 지나갔다.
At sunrise he went to the bank of the river.
해가 뜨자 그는 강둑으로 갔다.
There he anxiously looked about for his brother.

그는 걱정스러운 마음으로 동생을 찾아 다녔다.
But his waiting and searching were all in vain.
하지만 그의 기다림과 수색은 모두 헛수고였다.
Distressed beyond measure, he wept at the riverside.
그는 말할 수 없을 만큼 괴로워서 강가에 앉아 울었습니다.
As he was weeping a boat was passing by.
그가 울고 있을 때 배 한 척이 지나가고 있었습니다.
In the boat a merchant was returning from business.
배 안에서는 상인이 사업에서 돌아오고 있었습니다.
The boat was not far from the shore.
배는 해안에서 멀지 않은 곳에 있었습니다.
So the merchant could see Basanta weeping.
그래서 상인은 바산타가 울고 있는 것을 볼 수 있었습니다.
Something struck the attention of the merchant.
상인의 눈에 무언가가 들어왔다.
By the weeping man appeared to be a pile of pearls.
울고 있는 남자 옆에는 진주더미가 있는 듯했다.
The merchant requested the boatman to halt.
상인은 뱃사공에게 멈추라고 요청했다.
And the merchant went to the weeping man.
그리고 상인은 울고 있는 사람에게 다가갔습니다.
By the weeping man was in fact a pile of pearls.
울고 있는 사람 옆에는 실제로 진주더미가 있었습니다.
And the pearls were of the highest quality.
그리고 진주는 최고의 품질이었습니다.
And another thing astonished the merchant.
그리고 상인을 놀라게 한 것은 또 다른 것이었습니다.
The pile of pearls grew larger every second.
진주더미는 매초마다 커졌습니다.
Because the man was crying, but not tears.
그 남자는 울고 있었지만 눈물은 흘리지 않았습니다.
Because his tears turned to pearls on the ground.
그의 눈물이 땅 위의 진주로 변했기 때문이다.
The merchant stowed away the pearls into his boat.
상인은 진주를 자신의 배에 실었습니다.
Then the merchant got his servants to help him.
그러자 상인은 하인들에게 도움을 요청했습니다.
And together they captured the crying man.

그리고 그들은 함께 울고 있는 남자를 붙잡았습니다.
They put him on board of the vessel.
그들은 그를 배에 태웠다.
And he tied him to one of the ship's masts.
그리고 그는 그를 배의 돛대 중 하나에 묶었습니다.
Basanta, of course, tried his best to resist.
물론, 바산타는 최선을 다해 저항했습니다.
But what could he do against so many sailors?
하지만 그는 그렇게 많은 선원들을 상대로 무엇을 할 수 있었을까?
He thought of his brother who never returned.
그는 결코 돌아오지 않는 형을 생각했습니다.
He thought of his sister-in-law in the forest.
그는 숲속에 있는 그의 처제를 생각했다.
And he thought of his newly born niece.
그리고 그는 새로 태어난 조카를 생각했습니다.
And he cried even more bitterly than before.
그리고 그는 전보다 더 크게 울었습니다.
His weeping mightily pleased the merchant.
그의 울음소리는 상인을 몹시 기쁘게 했다.
Because even more pearls were falling to the ground.
더 많은 진주가 땅에 떨어지고 있었기 때문이다.
And the merchant became richer and richer.
그리고 상인은 점점 더 부자가 되었습니다.
Eventually the merchant reached his native town.
마침내 상인은 자신의 고향 마을에 도착했습니다.
When they got there he confined Basanta in a room.
그들이 그곳에 도착하자 그는 바산타를 방에 가두었습니다.
At stated hours every day he had him whipped.
매일 정해진 시간에 그는 그를 채찍질했습니다.
In order to make him shed yet more tears.
그가 더욱 눈물을 흘리게 하기 위해서.
And every tear converted into a bright pearl.
그리고 모든 눈물은 밝은 진주로 변했습니다.
The merchant one day said to his servants;
어느 날 상인은 그의 하인들에게 이렇게 말했습니다.
"The fellow is making me rich by his weeping".
"그 녀석은 울음으로 나를 부자로 만들고 있어."

"Let us see what he gives me by laughing".
"그가 웃는 걸 보고 뭘 얻는지 보자."
Accordingly, he began to tickle his captive.
그래서 그는 포로를 간지럽히기 시작했습니다.
Upon being tickled Basanta began to laugh.
바산타는 간지럼을 맞자 웃기 시작했습니다.
Of course he was not laughing out of happiness.
물론 그는 행복해서 웃는 것이 아니었습니다.
But none the less maniks dropped from his mouth.
하지만 그럼에도 불구하고 그의 입에서 마닉이 떨어졌다.
After this Basanta was not just whipped anymore.
이후 바산타는 더 이상 채찍질을 당하지 않게 되었습니다.
Now he was alternately whipped and tickled.
이제 그는 번갈아가며 채찍질을 당하고 간지럽혀졌습니다.
All day and far into the night he was exploited.
그는 낮과 밤 내내 착취당했습니다.
The merchant's wealth increased day and night.
상인의 부는 밤낮으로 늘어났다.
Soon he became the wealthiest man in the land.
곧 그는 그 나라에서 가장 부유한 사람이 되었습니다.
But let us return to Basanta's subjugation later.
하지만 바산타의 정복에 대해서는 나중에 다시 살펴보도록
하자.
Now let us turn our attention to Swet's wife.
이제 스웨트의 아내에게 관심을 돌려보겠습니다.

Swet's abandoned wife was still in the forest.
스웨트의 버려진 아내는 여전히 숲 속에 있었습니다.
She had just given birth to her child.
그녀는 방금 아이를 낳았습니다.
But now she was alone in the forest.
하지만 이제 그녀는 숲 속에 혼자 남았습니다.
First her husband had abandoned her.
처음에는 그녀의 남편이 그녀를 버렸습니다.
And now her brother-in-law abandoned her too.
그리고 이제 그녀의 매형도 그녀를 버렸습니다.
Imagine how overwhelmed with grief she felt.
그녀가 얼마나 큰 슬픔에 휩싸였을지 상상해보세요.

Alone, and in a forest, far from civilization.
문명에서 멀리 떨어진 숲속에서 홀로.
Her case was indeed deserving of sympathy.
그녀의 사건은 실제로 동정을 받을 만한 일이었습니다.
She wept rivers of sad and lonely tears.
그녀는 슬프고 외로운 눈물을 강물처럼 흘렸습니다.
Excessive grief, however, brought her relief.
하지만 지나친 슬픔은 그녀에게 안도감을 가져다주었다.
She fell asleep with the new-born in her arms.
그녀는 갓 태어난 아기를 품에 안고 잠들었습니다.
While she was deep in sleep another tragedy took place.
그녀가 깊이 잠들어 있는 동안 또 다른 비극이 일어났습니다.
It so happened that the Kotwal was passing by.
마침 코트발이 지나가고 있었습니다.
He had recently suffered his own misfortune.
그는 최근에 불행을 겪었습니다.
But his misfortune was of a different nature.
하지만 그의 불행은 다른 성격의 것이었습니다.
The children his wife bore died shortly after birth.
그의 아내가 낳은 아이들은 태어난 지 얼마 안 되어
죽었습니다.
And he was now going to bury the last infant.
그리고 그는 이제 마지막 유아를 묻으러 가고 있었습니다.
He was heading to the banks of the river.
그는 강둑으로 향하고 있었습니다.
The place where the other infants were buried.
다른 유아들이 묻힌 장소.
But then he saw the woman sleeping in the forest.
그런데 그는 숲속에서 그 여자가 잠자고 있는 것을
보았습니다.
And in her arms he saw her holding a baby.
그리고 그는 그녀의 팔에 아기를 안고 있는 그녀를
보았습니다.
The infant was a lively and beautiful boy.
그 아기는 활기차고 아름다운 소년이었습니다.
His liveliness did not disturb his mother's sleep.
그의 활기찬 모습은 어머니의 잠을 방해하지 않았습니다.
The Kotwal wanted the lovely infant very much.

코트발은 그 사랑스러운 아기를 몹시 원했습니다.
He quietly took the child from his mother.
그는 조용히 그 아이를 어머니에게서 데려왔다.
And in her arms he placed his own dead child.
그리고 그는 그녀의 팔에 자신의 죽은 아이를 껴안았습니다.
Of course this is not what he could tell his wife.
물론 이것은 그가 아내에게 말할 수 있는 말이 아니었다.
"We both thought that our son had died".
"우리 둘 다 아들이 죽었다고 생각했어요."
"And I carried his body to the river bank".
"그리고 나는 그의 시체를 강둑으로 옮겼습니다."
"And that was when a miracle occurred".
"그리고 그때 기적이 일어났습니다."
"Once more our son opened his young eyes".
"우리 아들이 다시 어린 눈을 떴습니다."
"And now we have a beautiful and lively boy".
"그리고 이제 우리는 아름답고 활기찬 아들을 갖게 됐습니다."
But Swet's wife did not know the true events.
하지만 스웨트의 아내는 실제 사건을 알지 못했습니다.
When she woke she held the dead child in her arms.
그녀가 깨어났을 때 그녀는 죽은 아이를 팔에 안고
있었습니다.
And she thought it was her child that had died.
그리고 그녀는 죽은 사람이 자기 자식이라고 생각했습니다.
The distress of her mind may easily be imagined.
그녀의 마음이 얼마나 괴로웠는지는 쉽게 상상할 수 있다.
The whole world became dark to her.
그녀에게는 온 세상이 어두워졌습니다.
She was distracted by the loss of her child.
그녀는 아이를 잃은 슬픔에 잠겨 있었습니다.
And in her distraction she formed a resolution.
그리고 그녀는 어리둥절한 가운데 결심을 굳혔습니다.
She had resolved to take her own life.
그녀는 자신의 목숨을 끊기로 결심했습니다.
The river was not far from where she had slept.
강은 그녀가 잤던 곳에서 멀지 않은 곳에 있었습니다.
And she determined to drown herself in the river.

그리고 그녀는 강에 빠져 죽기로 결심했습니다.
She took in her hand the bundle of jewels.
그녀는 보석 꾸러미를 손에 쥐었다.
And then she proceeded to the river-side.
그리고 그녀는 강가로 향했습니다.
An old Brahman was at no great distance.
늙은 브라만이 그리 멀리 있지 않았습니다.
The Brahman was performing his morning ablutions.
브르·흐만은 아첨 세수를 하고 있었습니다.
He noticed the woman going into the water.
그는 그 여자가 물속으로 들어가는 것을 보았습니다.
Naturally he thought that she was going to bathe.
당연히 그는 그녀가 목욕을 할 것이라고 생각했습니다.
But then he saw her going into the deep waters.
그런데 그는 그녀가 깊은 바닷속으로 들어가는 것을
보았습니다.
Something akin to suspicion arose in his mind.
그의 마음속에 의심과 비슷한 감정이 일어났다.
The Brahman discontinued his devotions.
브라흐만은 그으 헌신을 중단했습니다.
He too waded out towards the river's depth.
그 역시 강 깊은 곳으로 나아갔다.
And he ordered the woman to come to him.
그리고 그는 그 여자에게 자기에게 오라고 명령했습니다.
Swet's wife heard the old man calling her.
스웨트의 아내는 노인이 자신을 부르는 소리를 들었습니다.
So she retraced her steps to the old man.
그래서 그녀는 느인에게로 돌아갔습니다.
"What were your intentions?" asked the Braham.
"당신의 의도는 무엇이었습니까?" 브라함이 물었습니다.
And the woman confirmed his suspicions.
그리고 그 여자는 그의 의심을 확인시켜 주었다.
"I was going to put an end to my life".
"나는 내 인생을 끝내려고 했어요."
And she thanked the Brahman for saving her.
그리고 그녀는 브라흐만에게 자신을 구해준 것에
감사했습니다.
"Accept these jewels as a sign of appreciation".

"이 보석을 감사의 표시로 받아주세요."

The Brahman accepted the sign of appreciation.
브라만은 감사의 표시를 받았습니다.

But he was more interested in her story.
하지만 그는 그녀의 이야기에 더 관심이 있었습니다.

And at his request she related her story.
그리고 그의 요청에 따라 그녀는 자신의 이야기를
들려주었습니다.

She had escaped from her stepmother in law.
그녀는 계모에게서 탈출했습니다.

In the forest she gave birth to a child.
그녀는 숲에서 아이를 낳았습니다.

First her husband went looking for fire.
먼저 그녀의 남편은 불을 찾아 나섰습니다.

But her husband never came back to her.
하지만 그녀의 남편은 다시는 그녀에게 돌아오지 않았습니다.

Then her brother-in-law looked for her husband.
그러자 그녀의 매제가 그녀의 남편을 찾았습니다.

But her brother-in-law did not return either.
하지만 그녀의 매형 역시 돌아오지 않았습니다.

Eventually she fell asleep with her child.
결국 그녀는 아이와 함께 잠들었습니다.

But when she woke her child was dead.
하지만 그녀가 깨어났을 때 그녀의 아이는 죽어 있었습니다.

And that's when she decided to drown herself.
그러자 그녀는 스스로 익사하기로 결심했습니다.

She felt the relieve of telling her fate.
그녀는 자신의 운명을 말하게 되어 안도감을 느꼈다.

The Brahman invited the woman to his house.
브라만은 그 여자를 자기 집으로 초대했습니다.

And the woman was accepted into his family.
그리고 그 여자는 그의 가족으로 받아들여졌습니다.

The Brahman's wife treated her like a daughter.
브라만의 아내는 그녀를 딸처럼 대했습니다.

And she spent years with her new family.
그리고 그녀는 새로운 가족과 함께 몇 년을 보냈습니다.

Swet spend those years in his kingdom.
스웨트는 그 해를 자신의 왕국에서 보냈다.

Basanta spent those years being tortured.
바산타는 그 몇 년 동안 고문을 당했습니다.
And the adopted son of the Kotwal grew up.
그리고 코트발의 입양아가 자랐습니다.
The Brahman's house was not far from the Kotwal's.
브라만의 집은 코트발의 집에서 멀지 않은 곳에 있었습니다.
So the Kotwal's son met the Brahman's adopted daughter.
그래서 코트발의 아들은 브라만의 양녀를 만났습니다.
And the lad thought he fell in love with her.
그리고 그 소년은 그녀에게 사랑에 빠졌다고 생각했습니다.
He spoke to his father about the woman.
그는 아버지에게 그 여자에 관해 이야기했습니다.
And the father spoke to the Brahman about the woman.
그리고 아버지는 브라만에게 그 여자에 관해 말했습니다.
The Brahman's rage knew no bounds.
브라만의 분노는 끝이 없었습니다.
"What is this insolence!" the Brahman protested.
"이게 무슨 무례한 짓이냐!" 브라만이 항의했다.
"Your son is the son of an infidel".
"당신의 아들은 이교도의 아들이에요."
"How can he aspire to the hand of a Brahman's daughter!?".
"어떻게 그가 브라만의 딸의 손을 노릴 수 있겠는가!?".
"A dwarf may as well aspire to catch hold of the moon!".
"난쟁이라도 달을 붙잡으려고 노력하는 게 낫지!"
But the Kotwal's son determined to have her by force.
하지만 코트발의 아들은 그녀를 강제로 차지하기로
결심했습니다.
One day he scaled the wall of the Brahman's house.
어느 날 그는 브라만의 집 담을 올랐습니다.
He got upon the thatched roof of the cow-house.
그는 소우리의 초가지붕 위로 올라갔다.
And from that lofty position he reconnoitered.
그리고 그 높은 위치에서 그는 정찰을 실시했습니다.
And he saw two young calves below him.
그리고 그는 그 아래에 두 마리의 어린 송아지가 있는 것을
보았습니다.
And he overheard the conversation of two young calves.

그리고 그는 두 마리 어린 송아지의 대화를 우연히
들었습니다.
"Men accuse us of brutish ignorance and immorality".
"사람들은 우리가 무지하고 부도덕하다고 비난합니다."
"But in my opinion men are fifty times worse".
"하지만 제 생각에는 남자들이 50배 더 나쁩니다."
"What makes you say so, brother?" the calf asked.
"왜 그렇게 말씀하시는 겁니까, 형님?" 송아지가 물었습니다.
"Have you witnessed instances of human depravity?".
"당신은 인간의 타락을 목격한 적이 있나요?"
"Who is a greater monster than the Kotwal's son?".
"코트발의 아들보다 더 큰 괴물은 누구일까?"
"The same lad standing on the thatched roof".
"초가지붕 위에 서 있는 그 젊은이"
"The roof of this hut above our heads".
"우리 머리 위에 있는 이 오두막의 지붕"
"I thought he was just the son of our Kotwal".
"저는 그가 단지 우리 코트발의 아들일 뿐이라고 생각했어요."
"I never heard that he was exceptionally vicious".
"그가 특별히 사악했다는 말은 들어본 적이 없습니다."
"You may have never heard of his wickedness".
"당신은 그의 사악함에 대해 들어본 적이 없을지도 몰라요."
"But now you will hear of his wickedness from me".
"그러나 이제 당신은 나에게서 그의 악함을 듣게 될 것입니다."
"This wicked lad is now making immoral plans".
"이 사악한 놈은 지금 부도덕한 계획을 세우고 있구나."
"He is trying get married to his own mother!".
"그는 자신의 어머니와 결혼하려고 노력하고 있어요!"
The First Calf then related the whole story.
그러자 첫째 송아지가 모든 이야기를 들려주었습니다.
And the inquisitive Second Calf listened.
호기심 많은 둘째 송아지도 귀를 기울였다.
And the calf told Swet's and Basanta's story.
그리고 송아지는 스웨트와 바산타의 이야기를
들려주었습니다.
"A merchant built a house for his son"
"상인이 아들을 위해 집을 지었다"

"In the garden of the house was a Toontooni bird"
"집 정원에는 툰투니 새가 있었습니다."
"In the nest of the Toontooni bird was an egg"
"툰투니 새의 둥지에는 알이 하나 있었습니다"
"The merchant's son put the egg in a almirah"
"상인의 아들은 계란을 알미라에 넣었습니다."
"Out of the egg came a beautiful girl"
"계란에서 아름다운 소녀가 나왔습니다"
"Eventually the merchant's son married this beautiful girl"
"결국 상인의 아들은 이 아름다운 소녀와 결혼했습니다."
"Together they had two children; Swet and Basanta"
"그들은 함께 두 자녀를 두었습니다. 스웨트와 바산타입니다."
"Some time later the grandfather of the children died"
"얼마 후에 아이들의 할아버지가 돌아가셨어요"
"Some time later again their grandmother died too"
"얼마 후에 그들의 할머니도 돌아가셨죠"
"At the right time, the oldest son, Swet, got married"
"때가 되어 장남 스웨트가 결혼했어요"
"His mother, the Toontooni woman, died sometime later"
"그의 어머니, 툰투니족 여성은 얼마 후에 사망했습니다."
"Soon after their father married a younger woman"
"그들의 아버지가 젊은 여자와 결혼한 직후"
"But their new stepmother hated her stepsons"
"하지만 그들의 서어머니는 그녀의 의붓아들을 미워했습니다"
"And she also hated her new stepdaughter-in-law"
"그리고 그녀는 또한 그녀의 새 의붓 며느리를 미워했습니다"
"One day a fisherman happened to visit the merchant"
"어느 날 어부가 우연히 상인을 방문했습니다."
"The Fisherman had sold the merchant a magical fish"
"어부는 상인에게 마법의 물고기를 팔았습니다"
"Whoever ate the fish would laugh maniks"
"생선을 먹는 사람은 웃을 거야 마닉"
"And whoever ate the fish would weep pearls"
"그리고 그 물고기를 먹은 사람은 진주를 울었다"
"The same day there was an argument over some pigeons"
"같은 날 비둘기 문제로 논쟁이 있었습니다."
"The stepmother was terribly vengeful to her stepsons"

"계모는 의붓아들에게 몹시 복수심이 강했습니다."
"And she swore revenge on her stepsons"
"그리고 그녀는 의붓아들에게 복수를 맹세했습니다 ."
"That day Swet, his wife, and Basanta escaped"
"그날 스웨트와 그의 아내, 그리고 바산타는 탈출했습니다."
"But before leaving they ate the magical fish"
"하지만 떠나기 전에 그들은 마법의 물고기를 먹었어요"
"On their journey Swet's wife gave birth to a baby boy"
"그들의 여행 중에 스웨트의 아내가 아기 소년을 낳았습니다."
"Swet went to look for wood to make a fire"
"스웨트는 불을 피울 나무를 찾으러 갔다"
"But he was carried away by an elephant"
"하지만 그는 코끼리에게 휩쓸려갔어요"
"He was taken to a Queen haunted by a snake"
"그는 뱀이 출몰하는 여왕에게 끌려갔다 "
"But he succeeded in killing the serpent"
"그러나 그는 뱀을 죽이는 데 성공했습니다."
"And so he became king of the land""Basanta went looking for his brother"
"그래서 그는 그 땅의 왕이 되었습니다." "바산타는 그의 형제를 찾아 나섰습니다."
"But he was captured by a merchant"
"하지만 그는 상인에게 잡혔어요"
"And now he's flogged and tickled daily"
"그리고 이제 그는 매일 채찍질을 당하고 간지럽혀집니다"
"And he cries pearls and laughs maniks"
"그리고 그는 진주를 외치고 마닉을 웃습니다."
"The Kotwal's son had died that night"
"코트왈의 아들은 그날 밤 죽었어요"
"So the Kotwal exchanged the two babies"
"그래서 코트발은 두 아기를 교환했습니다."
"The mother couldn't bear the loss of her child"
"어머니는 자식을 잃은 슬픔을 견딜 수 없었습니다."
"So she made the decision to drown herself"
"그래서 그녀는 자살하기로 결심했습니다."
"But there was a Brahman that saved her life"
"하지만 그녀의 목숨을 구한 브라만이 있었습니다."

"And this Brahman took her into his home"
"그리고 이 브라만은 그녀를 자기 집으로 데려갔습니다."
"The Kotwal's son grew up a hardy boy"
"코트왈의 아들은 강인한 소년으로 자랐습니다."
"And he fell in love with the woman"
"그리고 그는 그 여자와 사랑에 빠졌습니다"
"And now he stands on the roof"
"그리고 이제 그는 지붕 위에 서 있습니다"
"And he's intent on having the woman"
"그리고 그는 그 여자를 갖고 싶어해요"
All this the Kotwal's son heard.
이 모든 이야기를 코트발의 아들이 들었습니다.
And he was struck with horror.
그리고 그는 공포에 휩싸였습니다.
He forthwith got down from the thatch.
그는 즉시 초가집에서 내려왔다.
And he went home to his father.
그리고 그는 아버지 집으로 돌아갔습니다.
And he said he must speak with the king.
그리고 그는 왕과 이야기해야 한다고 말했습니다.
The father protested against the request.
아버지는 그 요청에 항의했다.
But he got an interview with the king.
하지만 그는 왕과 면담을 가졌습니다.
He told the king about the two calves.
그는 왕에게 두 마리의 송아지에 대해 이야기했습니다.
And he repeated the whole story.
그리고 그는 그 이야기를 전부 반복했습니다.
The king now remembered his poor wife.
왕은 이제 불쌍한 아내를 기억했습니다.
So a servant was sent to the Brahman.
그래서 하인이 브라만에게 보내졌습니다.
And the Brahman was richly rewarded.
그리고 브라만은 많은 보상을 받았습니다.
And his wife was brought back to the palace.
그리고 그의 아내는 궁전으로 돌아왔습니다.
His wife was put in her proper position.

그의 아내는 적절한 위치에 놓였습니다.
And she became queen of the kingdom.
그리고 그녀는 왕국의 여왕이 되었습니다.
The reputed son of the Kotwal was readopted.
코트발의 아들로 알려진 사람이 다시 입양되었습니다.
And he was proclaimed heir to the throne.
그리고 그는 왕위 계승자로 선포되었습니다.
Basanta was brought out of the dungeon.
바산타가 지하 감옥에서 끌려 나왔습니다.
And the wicked merchant was buried alive.
그리고 그 사악한 상인은 살아 있는 채로 묻혔습니다.
And thorns were put in his burying-place.
그리고 그의 무덤에는 가시나무가 심어졌습니다.
And all lived together happily for many years.
그리고 그들은 오랫동안 행복하게 살았습니다.
Swet, his wife and son, and Basantas.
스웨트와 그의 아내, 아들, 그리고 바산타스.

The Evil Eye of Sani
사니의 사악한 눈

Once upon a time Sani and Lakshmi fell out with each other.
옛날 옛적에 사니와 락슈미는 서로 사이가 나빴습니다.

Sani, also known as Saturn, is the God of bad luck.
사니(Sani)는 토성(Saturn)으로도 알려져 있으며, 불운의
신입니다.

And Lakshmi is the Goddess of good luck.
그리고 락슈미는 행운의 여신이에요.

And these two Gods fell out with each other in heaven.
그리고 이 두 신은 천국에서 서로 다투었습니다.

Sani said he was higher in rank than Lakshmi.
사니는 자신이 락슈미보다 지위가 높다고 말했습니다.

And Lakshmi said she was higher in rank than Sani.
그리고 락슈미는 자신이 사니보다 지위가 높다고 말했습니다.

But there were just as many Gods as there were Goddesses.
하지만 여신의 수만큼 신의 수도 많았습니다.

Therefore the dispute could not be settled in heaven.
그러므로 이 분쟁은 하늘에서 해결될 수 없었습니다.

The contending deities agreed to refer the matter to humans.
서로 다투던 신들은 이 문제를 인간에게 맡기기로
합의했습니다.

The humans had a name for wisdom and justice.
인간은 지혜와 정의라는 이름을 가지고 있었습니다.

There lived at that time upon earth a man named Sribatsa.
그 당시 지상에는 스리바차라는 사람이 살았습니다.

(Sri is another name of Lakshmi).
(스리는 락슈미의 도 다른 이름입니다.)

(And"batsa" is another word for child).
(그리고 "batsa"는 아이를 뜻하는 또 다른 단어입니다.)

(so Sribatsa literally means"the child of fortune").
(그래서 스리바차는 문자 그대로 "행운의 아이"를 뜻합니다.)

Sribatsa had as much wisdom as he had wealth.
스리바차는 재물만큼이나 지혜도 갖고 있었습니다.

And he was as fair as he was rich, too.
그는 부유한 만큼 얼굴도 아름다웠습니다.

He was therefore a good judge for the dispute.

그러므로 그는 이 분쟁에 대한 **훌륭한** 판단자였다.
And the God and Goddess agreed he could judge their case.
그리고 신과 여신은 그가 그들의 사건을 판단할 수 있다는 데
동의했습니다.
One day, accordingly, Sribatsa was contacted.
그러던 어느 날, 스리바차에게 연락이 왔습니다.
He was told that Sani and Lakshmi would come to him.
그는 사니와 락슈미가 자신에게 올 것이라는 말을 들었습니다.
And he was told they wished for him to settle their dispute.
그리고 그들은 그에게 분쟁을 해결해 달라고 요청했다고
말했습니다.
This put Sribatsa in a delicate situation.
이로 인해 스리바차는 위험한 상황에 처하게 되었습니다.
He could say Sani was higher in rank than Lakshmi.
그는 사니가 락슈미보다 지위가 높다고 말할 수 있었습니다.
But then she would be angry with him and forsake him.
하지만 그러면 그녀는 그에게 화가 나서 그를 버릴 것이다.
He could say Lakshmi was higher in rank than Sani.
그는 락슈미가 사니보다 지위가 높다고 말할 수 있었습니다.
But then Sani would cast his evil eye upon him.
하지만 사니는 그에게 사악한 눈을 던졌습니다.
He made up his mind not to say anything directly.
그는 아무 말도 직접 하지 않기로 마음먹었다.
The god and the goddess had to observe his actions.
신과 여신은 그의 행동을 관찰해야 했습니다.
And from his actions they could gather their opinions.
그리고 그의 행동을 통해 그들은 자신의 의견을 수집할 수
있었습니다.
Sribatsa ordered two chairs to be made.
스리바차는 의자 두 개를 만들라고 명령했습니다.
One of the chairs was made from gold.
의자 중 하나는 금으로 만들어졌습니다.
And the other chair was made from silver.
그리고 다른 의자는 은으로 만들어졌습니다.
And he placed the two chairs beside himself.
그리고 그는 두 개의 의자를 자기 옆에 놓았습니다.
The day came when Sani and Lakshmi visited Sribatsa.
사니와 락슈미가 스리바차를 방문한 날이 왔습니다.

He told Sani to sit upon the silver chair.
그는 사니에게 은색 의자에 앉으라고 말했습니다.
And he told Lakshmi to sit upon the gold chair.
그리고 그는 락슈미에게 금의자에 앉으라고 말했습니다.
Sani became mad with rage, and spoke angrily;
사니는 분노에 차서 화가 나서 말했다.
"You consider me lower in rank than Lakshmi"
"당신은 나를 락슈미보다 낮은 계급으로 여기시는군요."
"I will cast my eye on you for three years"
"나는 3년 동안 당신을 지켜보겠습니다"
"We shall see how you fare at the end of that period"
"그 기간이 끝나면 당신이 어떻게 될지 지켜보겠습니다."
The god then went away in great anger.
그러자 신은 크게 분노하여 떠났다.
Lakshmi, before she went away, said to Sribatsa;
락슈미는 떠나기 전에 스리바차에게 말했습니다.
"My child, do not fear. I'll befriend you"
"얘야, 두려워하지 마라. 내가 너와 친구가 될게."
The god and the goddess then went away.
그러자 신과 여신은 떠났다.
Sribatsa spoke to his wife, Chantamani;
스리바차는 그의 아내 찬타마니와 이야기를 나누었습니다.
"Dearest, the evil eye of Sani will be upon me"
"사랑하는 사람아, 사니의 사악한 눈이 나를 노릴 거야"
"I had better go away from the house"
"나는 집에서 떠나는 게 낫겠다"
"If I stay evil will befall you and me"
"내가 그대로 있으면 너와 나에게도 악이 닥칠 거야"
"But if I go, evil will overtake me only"
"내가 가면 재앙만 닥칠 뿐이요"
Chintamani said, "it cannot be that way"
친타마니는 "그럴 리가 없다"고 말했다.
"Wherever you go, I will go with you"
"네가 가는 곳마다 내가 너와 함께 갈 것이다"
"Your good luck shall be my good luck"
"당신의 행운은 나의 행운이 될 것입니다"
"And your bad luck shall be my bad luck"

"그리고 너의 불운은 나의 불운이 될 것이다"
The husband tried hard to persuade his wife to stay.
남편은 아내가 머물도록 설득하려고 애썼다.
But all his efforts were of no use.
하지만 그의 모든 노력은 소용이 없었습니다.
She refused to abandon her husband.
그녀는 남편을 버리기를 거부했습니다.
Sribatsa told his wife to make an opening in their mattress.
스리바차는 아내에게 매트리스에 구멍을 내라고 말했습니다.
And he told her to stow away all their money and jewels.
그리고 그는 그녀에게 모든 돈과 보석을 숨겨두라고
말했습니다.
**On the eve of leaving their house, Sribatsa invoked
Lakshmi.**
집을 떠나기 전날, 스리바차는 락슈미에게 기도를 올렸습니다.
Upon being invoked, Lakshmi forthwith appeared.
기도를 올리자 락슈미가 즉시 나타났다.
"Mother Lakshmi, the evil eye of Sani is upon us"
"락슈미 어머니, 사니의 사악한 눈이 우리를 노리고
있습니다."
"We are going away into exile"
"우리는 유배를 떠나고 있습니다"
"Please befriend us, and take care of our property"
"우리와 친구가 되어 주시고, 우리의 재산을 잘 관리해
주세요"
The goddess of good luck answered.
행운의 여신이 대답했습니다.
"Do not fear; I'll befriend you"
"두려워하지 마세요. 내가 당신과 친구가 될게요"
"In the end all will be right"
"결국 모든 것이 잘 될 거야"
They then set out on their journey.
그들은 여행을 시작했습니다.
Sribatsa rolled up the mattress and put it on his head.
스리바차는 매트리스를 말아서 그의 머리에 얹었다.
They had not gone many miles when they saw a river.
그들은 몇 마일을 가지 않아서 강을 보았습니다.

There was a canoe with a man sitting in it.
카누가 있었고 그 안에 남자가 앉아 있었습니다.
The travelers requested the ferryman to take them across.
여행자들은 나룻배 사공에게 그들을 건너가달라고
부탁했습니다.
The ferryman said he could only take one at a time.
사공은 한 번에 한 명만 태울 수 있다고 말했습니다.
"Tere are three of you," he objected.
"당신들은 셋이잖아요." 그는 반대했다.
"There is you, your wife, and your mattress"
"당신과 당신의 아내, 그리고 매트리스가 있습니다"
Sribatsa proposed in what order they should ferry over the
river.
스리바차는 어떤 순서로 강을 건너야 할지 제안했습니다.
"First my wife should be taken across the river"
"먼저 내 아내를 강 건너로 데려가야 합니다"
"After my wife, take the mattress across the river"
"아내를 따라 매트리스를 강 건너로 가져가세요"
"And then you can take me across the river"
"그리고 나서 당신은 나를 강 건너로 데려갈 수 있습니다"
But the ferryman would not hear of it.
하지만 사공은 그 말을 듣지 않았습니다.
"Only one at a time," he repeated.
"한 번에 하나씩만요." 그는 반복했다.
"First let me take across the mattress"
"먼저 매트리스를 가져가겠습니다"
Sribatsa saw no reason to object to the proposal.
스리바차는 이 제안에 반대할 이유가 없다고 생각했습니다.
The ferryman started taking the mattress across the river.
사공은 매트리스를 강 건너로 운반하기 시작했습니다.
He had reached halfway across the river.
그는 강을 반쯤 건넜습니다.
But then, from nowhere, a fierce gale arose.
그런데 갑자기 강한 바람이 불어닥쳤습니다.
The ferryman lost control of his canoe.
사공이 카누를 조종하지 못했습니다.
The mattress was blown into the river.

매트리스가 강으로 날아갔다.
The river carried everything away with it.
강은 모든 것을 휩쓸어 갔다.
And the ferrymen, canoe, and mattress were never seen again.
그리고 사공과 카누와 매트리스는 다시는 볼 수 없게 되었다.
But that was not even the strangest events.
하지만 그것은 가장 이상한 사건이 아니었습니다.
Because the river also disappeared into thin air.
강 역시 공기 속으로 사라져 버렸기 때문이다.
Where there was water there was now dry ground.
물이 있던 곳에는 이제 마른 땅이 생겼습니다.
Sribatsa knew the evil eye of Sani had been watching.
스리바차는 사니의 사악한 눈이 자신을 지켜보고 있다는 것을 알았습니다.

Sribatsa and his wife had not a pice in their pockets.
스리바차와 그의 아내는 주머니에 돈 한 푼도 없었습니다.
Together, impoverished, they went to a nearby village.
그들은 가난해져서 인근 마을로 갔습니다.
The village was dwelt in mostly by wood-cutters.
그 마을에는 주로 나무꾼들이 살고 있었습니다.
At sunrise the woodcutters went to cut wood.
해가 뜨자 나무꾼들은 나무를 베러 나갔다.
And the wood they cut they sold in a faraway town.
그리고 그들은 베어낸 나무를 먼 마을에 팔았습니다.
Sribatsa asked to work with the wood-cutters.
스리바차는 나무꾼들과 함께 일하게 해달라고 요청했습니다.
And the wood-cutters agreed to let him cut wood.
그리고 나무꾼들은 그가 나무를 자르도록 허락했습니다.
He could fell trees as well as the best of them.
그는 다른 사람들보다 나무를 잘 베었다.
But Sribatsa was different from the wood-cutters.
하지만 스리바차는 나무꾼들과 달랐습니다.
The wood-cutters cut any and every sort of wood.
나무꾼들은 모든 종류의 나무를 자릅니다.
But Sribatsa cut only the precious types of wood.
하지만 스리바차는 오직 귀중한 종류의 나무만 잘랐습니다.

His efforts were focused on cutting down sandal-wood.
그의 노력은 백단나무를 베는 데 집중되었습니다.
The wood-cutters brought to market large loads of common wood.
나무꾼들은 흔한 나무를 대량으로 시장에 가져왔습니다.
Sribatsa brought only a few pieces of sandal-wood to the market.
스리바차는 백단나무 조각 몇 개만 시장에 가져왔습니다.
He was paid a great deal more money than the others.
그는 다른 사람들보다 훨씬 더 많은 돈을 받았습니다.
Things went on this way for some days.
이런 일이 며칠 동안 계속되었습니다.
And the wood-cutters became jealous of Sribatsa.
그러자 나무꾼들은 스리바차를 질투하게 되었습니다.
In their jealousy they plotted against Sribatsa.
그들은 질투심에 사로잡혀 스리바차를 상대로 음모를 꾸몄습니다.
And finally they drove Sribatsa and his wife from the village.
마침내 그들은 스리바차와 그의 아내를 마을에서 몰아냈습니다.

Sribatsa and his wife made their way to another village.
스리바차와 그의 아내는 다른 마을로 향했습니다.
In this village there were many women that weaved.
이 마을에는 직조를 하는 여자들이 많이 있었습니다.
Here Chintamani made herself useful by spinning cotton.
여기서 친타마니는 면화를 뽑아서 유용하게 활용했습니다.
Chintamani was an intelligent and skillful woman.
친타마니는 지적이고 능숙한 여성이었습니다.
So she spun finer thread than the other women.
그래서 그녀는 다른 여자들보다 더 고운 실을 뽑았습니다.
And she got paid more money than the other women.
그리고 그녀는 다른 여성들보다 더 많은 돈을 받았습니다.
This roused the envy of the native women of the village.
이는 마을의 토착 여성들의 부러움을 불러일으켰습니다.
But the envy of the other women was not all.
하지만 다른 여성들의 부러움은 그뿐만이 아니었습니다.

Sribatsa wanted to gain the good grace of the weavers.
스리바차는 직공들의 호의를 얻고 싶어했습니다.
So he invited the women that spun cotton to a feast.
그래서 그는 면화를 뽑는 여성들을 잔치에 초대했습니다.
The dishes of the feat were all cooked by his wife.
이 위업을 이룬 요리는 모두 그의 아내가 요리했습니다.
Chintamani was a good weaver, and an excellent in cook.
친타마니는 직조에 능하고 요리에도 능숙했습니다.
She placed the delicacies before the women.
그녀는 여자들 앞에 맛있는 음식을 차려 놓았다.
And the barbarous weavers were quite charmed.
그리고 야만적인 직조공들은 매우 매료되었습니다.
The men went to their homes with their bellies full.
남자들은 배불리 먹고 집으로 돌아갔다.
But when they got home, they reproached their wives.
하지만 집에 돌아온 그들은 아내들을 비난했습니다.
"Why do you not cook like the wife of Sribatsa"
"왜 당신은 스리바차 부인처럼 요리하지 않습니까?"
And the men called their wives good-for-nothing women.
그리고 남자들은 자기 아내를 쓸모없는 여자라고 불렀습니다.
This made the women hate Chintamani the more.
이로 인해 여성들은 친타마니를 더욱 싫어하게 되었습니다.

One day Chintamani went to the river-side.
어느 날 친타마니는 강가로 갔습니다.
She wanted to bathe along with the other women of the
village.
그녀는 마을의 다른 여성들과 함께 목욕을 하고 싶어했습니다.
A boat had been lying on the bank, stranded on the sand.
배 한 척이 모래 위에 좌초되어 강둑에 누워 있었습니다.
The boat had been stranded there for many days.
그 배는 그곳에 여러 날 동안 좌초되어 있었습니다.
They had tried to move the boat, but in vain.
그들은 배를 옮기려고 노력했지만 소용이 없었습니다.
It so happened that Chintamani touched the boat.
친타마니가 배를 만지게 된 것은 우연이었습니다.
It was an accident, for she did not mean to touch the boat.

그것은 사고였습니다. 그녀는 배를 만지려고 한 것이
아니었습니다.
But whether she meant to or not, the boat moved.
하지만 그녀가 의도했든 아니든 배는 움직였다.
And soon the boat was heading off to the river.
그리고 곧 배는 강으로 향했습니다.
The boatmen were astonished by what they had seen.
뱃사공들은 자신들이 본 것에 놀랐다.
They thought that the woman had uncommon power.
그들은 그 여자가 비범한 힘을 가지고 있다고 생각했습니다.
And so they thought she might be useful in future.
그래서 그들은 그녀가 미래에 유용할 것이라고 생각했습니다.
They therefore caught hold of her, against her will.
그래서 그들은 그녀의 의지에 반하여 그녀를 붙잡았습니다.
And they put her in the boat, and rowed off.
그리고 그들은 그녀를 배에 태우고 노를 저어 떠났습니다.
The women of the village were present for this kidnapping.
이 납치 사건에는 마을의 여성들도 참여했습니다.
But they did not offer Chintamani any assistance.
하지만 그들은 친타마니에게 아무런 도움도 주지 않았습니다.
Because Chintamani had put them in a bad light.
친타마니가 그들을 나쁜 사람으로 만들었기 때문입니다.

Sribatsa heard how his wife had been carried away by boatmen.
스리바차는 그의 아내가 뱃사공들에게 끌려갔다는 소식을
들었습니다.
I will let you imagine how he became mad with grief.
그가 슬픔에 얼마ㄴ 화가 났는지 상상해 보시죠.
He left the village and went to the river-side.
그는 마을을 떠나 강가로 갔다.
And he resolved to follow the course of the stream.
그리고 그는 흐름으 흐름을 따라가기로 결심했습니다.
Along the stream he was sure to meet the kidnappers' boat.
그는 개울을 따라가다가 납치범의 배를 만날 것이 틀림없었다.
He travelled on and on, along the side of the river.
그는 강변을 따라 계속해서 여행했습니다.
And he travelled till it eventually became dark.

그리고 그는 마침내 어두워질 때까지 여행을 계속했습니다.
Where he was there were no huts to be seen.
그가 있던 곳에는 오두막집이 보이지 않았다.
So he climbed into a tree to sleep for the night.
그래서 그는 밤새 잠을 자기 위해 나무 위로 올라갔습니다.
In the next morning he got down from the tree.
다음날 아침 그는 나무에서 내려왔습니다.
At the foot of the tree he saw a Kapila-cow.
그는 나무 아래에서 카필라소를 보았습니다.
A Kapila-cow never has any calves of her own.
카필라소는 결코 송아지를 낳지 않습니다.
But she can be milked at all hours of the day.
하지만 그녀는 하루 중 언제든 젖을 짜낼 수 있습니다.
Sribatsa milked the cow without her objecting.
스리바차는 그녀의 반대 없이 소의 젖을 짜냈다.
And he drank the milk to his heart's content.
그리고 그는 마음껏 우유를 마셨습니다.
And then he noticed something else about the cow.
그리고 그는 소에 대해서 또 다른 점을 알아챘습니다.
The dung of the cow was of a bright yellow color.
소의 똥은 밝은 노란색이었습니다.
In fact, the dung of the cow was made of pure gold.
사실, 소의 똥은 순금으로 만들어졌습니다.
The golden cow dung was still in a soft state.
황금빛 소똥은 아직도 부드러운 상태였습니다.
So he was able to write his name in the golden dung.
그래서 그는 황금 똥에 자신의 이름을 쓸 수 있었습니다.
During the course of the day the dung hardened.
하루가 지나면서 배설물이 굳어졌습니다.
And finally the dung looked like a brick of gold.
그리고 마침내 그 똥은 금덩어리처럼 보였습니다.
The tree he had slept in grew on the river-side.
그가 잤던 나무가 강가에서 자랐습니다.
And the Kapila-cow supplied him with milk all day.
그리고 카필라소는 하루종일 그에게 우유를 공급해
주었습니다.
So Sribatsa decided to wait there for the boat.
그래서 스리바차는 배를 기다리기로 했습니다.

In the morning the cow deposited the precious article.
아침에 소는 귀중한 물건을 내려놓았습니다.
And at night the cow deposited the precious article.
그리고 밤이 되면 소는 귀중한 물건을 내려놓았습니다.
So the gold bricks increased every day.
그래서 금괴는 날마다 늘어났습니다.
And on each golden brick he had engraved his name.
그리고 그는 금벽돌마다 자신의 이름을 새겼습니다.
He stacked the bricks on top of each other.
그는 벽돌을 서로 위에 쌓았습니다.
From a distance it looked like a hillock of gold.
멀리서 보면 금덩어리처럼 보였습니다.

But now we must leave Sribatsa to stack his gold.
하지만 이제 우리는 스리바차가 금을 쌓도록 내버려 두어야
합니다.
And we must turn our attention to Chintamani.
그리고 우리는 친타마니에게 주의를 돌려야 합니다.
Chintamani was a graceful woman of great beauty.
친타마니는 매우 아름다운 우아한 여성이었습니다.
She had worried her beauty might be her ruin.
그녀는 자신의 아름다움이 자신을 파멸시킬까봐
걱정했습니다.
So she offered a prayer as she was being kidnapped.
그래서 그녀는 납치당하는 동안 기도를 드렸습니다.
"Lakshmi, O Mother Lakshmi! have pity upon me"
"락슈미, 오 락슈미 어머니여! 저를 불쌍히 여겨주세요."
"Thou hast made me beautiful, you have"
"당신은 나를 아름답게 만드셨습니다"
"But now my beauty will undoubtedly be my ruin"
"하지만 이제 내 아름다움은 의심할 여지 없이 내 파멸이 될
것이다"
"I am bound to loss my honor and my chastity"
"나는 명예와 순결을 잃을 운명이다"
"I therefore beseech thee, gracious Mother;"
"그러므로 자비로운 어머니여, 당신께 간청드립니다."
"Take my beauty from me, and make me ugly"

"내 아름다움을 빼앗아가고 나를 추하게 만들어라"
"Cover my body with some loathsome disease"
"내 몸을 혐오스러운 질병으로 덮어라"
"That way the boatmen might not touch me"
"그러면 뱃사공들이 나를 건드리지 못할 수도 있어요"
Chintamani was in the arms of the boatmen.
친타마니는 뱃사공들의 품에 안겨 있었습니다.
But the Goddess of good fortune heard her prayer.
하지만 행운의 여신이 그녀의 기도를 들어주셨습니다.
In the twinkling of an eye her form changed.
눈 깜짝할 새에 그녀의 모습이 바뀌었습니다.
Her naturally beautiful form faded away.
그녀의 본래 아름다운 모습이 사라졌습니다.
And she was turned into a vile carcass.
그리고 그녀는 사악한 시체로 변했습니다.
The boatmen were putting her down in the boat.
뱃사공들이 그녀를 배에 내리고 있었습니다.
They found her body was covered with loathsome sores.
그들은 그녀의 몸이 혐오스러운 상처로 뒤덮여 있는 것을 발견했습니다.
And the sores were giving out a disgusting stench.
그리고 그 상처에서는 역겨운 악취가 났다.
They therefore threw her into the hold of the boat.
그래서 그들은 그녀를 배의 화물칸에 던졌습니다.
And they left her amongst the cargo of the ship.
그들은 그녀를 배의 화물들 사이에 남겨 두었습니다.
Morning and evening they sent her some food.
그들은 아침과 저녁으로 그녀에게 음식을 보냈습니다.
A little boiled rice, and some water to drink.
삶은 쌀 조금과 마실 물 약간.
Chintamani was miserable in the hull of the ship.
친타마니는 선체 안에서 비참함을 느꼈습니다.
But she greatly preferred misery to the alternative.
하지만 그녀는 그 대안보다는 비참함을 훨씬 더 선호했습니다.
She would rather be miserable than loss her chastity.
그녀는 순결을 잃는 것보다는 불행한 삶을 택할 것입니다.

The boatmen had gone to some port to sell cargo.

뱃사공들은 화물을 팔기 위해 어떤 항구로 갔습니다.
While sailing back they caught sight something.
그들은 돌아오는 길에 뭔가를 발견했습니다.
By the river-side there seemed to be a hillock of gold.
강가에는 금덩어리가 있는 것 같았습니다.
Sribatsa had been keeping watch by the river.
스리바차는 강가에서 감시를 하고 있었습니다.
So he was delighted to see a boat approach him.
그래서 그는 배가 다가오는 것을 보고 기뻤습니다.
Because he fondly imagined his wife might be on board.
그는 아내가 동참할지도 모른다는 희망을 품고 있었습니다.
The boatmen went greedily to the hillock of gold.
뱃사공들은 탐욕스럽게 금덩어리를 향해 나아갔다.
Of course Sribatsa told them the gold was his.
물론 스리바차는 그 금이 자기 것이라고 그들에게 말했습니다.
But that didn't help Sribatsa very much.
하지만 그것은 스리바차에게는 별 도움이 되지 않았습니다.
The sailors took him prisoner on the boat.
선원들은 그를 배에 태워 포로로 잡았다.
And they loaded the gold onto their vessel.
그리고 그들은 금을 배에 실습니다.
They happened to imprison him close to the ugly woman.
그들은 그를 그 못생긴 여자 옆에 가두게 되었습니다.
Of course the husband and wife recognized each other.
물론 남편과 아내는 서로를 알아보았습니다.
In spite of the change Chintamani had undergone.
친타마니가 겪은 변화에도 불구하고.
And despite their excitement they kept their composure.
그리고 그들은 흥분했음에도 불구하고 평정심을
유지했습니다.
And they thought it prudent not to speak to each other.
그리고 그들은 서로 말을 하지 않는 것이 현명하다고
생각했습니다.
Instead they communicated their ideas through gestures.
그 대신 그들은 몸짓을 통해 자신의 생각을 전달했습니다.
There is something you should know about the boatmen.
뱃사공에 대해 알아야 할 것이 있습니다.
These boatmen were very fond of playing at dice.

이 뱃사공들은 주사위 놀이를 매우 좋아했습니다.

Sribatsa appeared to them to be a respectable man.
그들에게 스리바차는 존경받는 사람으로 보였습니다.

So they always asked him to join in the game.
그래서 그들은 항상 그에게 게임에 참여하라고 요청했습니다.

Sribatsa happened to be an expert dice player.
스리바차는 주사위 놀이의 전문가였습니다.

Despite their efforts he won almost every game.
그들의 노력에도 불구하고 그는 거의 모든 경기에서
승리했습니다.

You can imagine how the sailors felt about losing.
선원들이 패배를 어떻게 느꼈을지 상상해 보세요.

And in jealousy the boatmen threw him overboard.
그리고 질투심에 사로잡힌 뱃사공들은 그를 배 밖으로
던졌습니다.

Chintamani saw the men throw her husband overboard.
친타마니는 남자들이 그녀의 남편을 배 밖으로 던지는 것을
보았습니다.

**Fortunately for Sribatsa, his wife had great presence of
mind.**
다행히도 스리바차의 아내는 매우 현명했습니다.

The boatmen had allowed her a pillow to rest her head.
뱃사공들은 그녀에게 머리를 기대도록 베개를 제공해 주었다.

And she simultaneously threw this pillow into the water.
그리고 그녀는 동시에 베개를 물속에 던졌습니다.

Sribatsa was able to grab hold of the pillow.
스리바차는 베개를 붙잡을 수 있었습니다.

And the pillow helped him float down the stream.
그리고 베개는 그가 개울을 따라 떠내려가는 데 도움이
되었습니다.

Up until nightfall the river carried him downstream.
밤이 될 때까지 강물은 그를 하류로 흘려보냈다.

At nightfall he arrived at what seemed to be a garden.
밤이 되자 그는 정원인 듯한 곳에 도착했습니다.

Because it was dark there was nothing he could do.
어두웠기 때문에 그가 할 수 있는 일은 아무것도 없었습니다.

So all night he stayed in the garden, cold and wet.

그래서 그는 밤새도록 정원에서 추위와 비를 맞으며
지냈습니다.
I should tell you who this garden belonged to.
이 정원이 누구의 것인지 말씀드려야겠습니다.
This was the garden of an old widowed woman.
이곳은 늙은 과부의 정원이었습니다.
This woman used to supply flowers for the king.
이 여자는 왕에게 꽃을 공급하곤 했습니다.
But one day some blight had come over her garden.
하지만 어느 날 그녀의 정원에 재앙이 닥쳤습니다.
Almost all the trees and plants ceased flowering.
거의 모든 나무와 식물이 꽃을 피우지 않았습니다.
She had therefore given up the business she had.
그래서 그녀는 자신이 하던 사업을 포기했습니다.
And she was no longer the royal flower supplier.
그녀는 더 이상 왕실의 꽃 공급자가 아니었습니다.
However, Sribatsa's arrival had rejuvenated her garden.
하지만 스리바차의 도착으로 그녀의 정원은 다시 활기를 띠게
되었습니다.
She could scarcely believe her eyes in the morning.
그녀는 아침에 눈을 믿을 수 없었다.
The whole garden was ablaze with flowers again.
정원 전체가 다시 꽃으로 불타올랐습니다.
There was no plant that was not in bloom.
꽃이 피지 않은 식물이 하나도 없었습니다.
And every tree she had was begemmed with flowers.
그리고 그녀가 키우는 모든 나무에는 꽃이 가득했습니다.
She had no way of knowing the cause of the miracle.
그녀는 기적의 원인을 알 방법이 없었습니다.
And so she took a walk through the garden.
그래서 그녀는 정원을 산책했습니다.
But she soon found the cause of all the flowers.
하지만 그녀는 곧 모든 꽃의 원인을 찾아냈습니다.
At the edge of her garden was a cold, wet man.
그녀의 정원 끝에는 차갑고 젖은 남자가 있었습니다.
He was shivering and almost dead from hypothermia.
그는 떨고 있었고 저체온증으로 거의 죽을 지경이었습니다.
She immediately brought the man into to her cottage.

그녀는 즉시 그 남자를 자신의 별장으로 데려왔습니다.
And she lighted a fire to give him some warmth.
그리고 그녀는 그에게 따뜻함을 주기 위해 불을 피웠습니다.
She nursed him and showed him every attention.
그녀는 그를 간호하고 그에게 모든 관심을 기울였습니다.
And she ascribed the miracle to his presence.
그리고 그녀는 그 기적이 그의 존재 덕분이라고 생각했습니다.
She made him as comfortable as she could.
그녀는 그를 최대한 편안하게 해주었습니다.
And then she ran to the king's palace.
그리고 그녀는 왕의 궁전으로 달려갔습니다.
She asked to speak to the king's chief servant.
그녀는 왕의 수석 신하와 통화하고 싶다고 요청했습니다.
And she told him the good fortune she had had.
그리고 그녀는 그에게 자신이 누린 행운에 대해 이야기해
주었습니다.
"I can again supply the palace with flowers"
"궁전에 다시 꽃을 공급할 수 있게 됐어요"
Her flowers had been very much missed at the palace.
그녀의 꽃은 궁전에서 매우 그리워졌습니다.
So she was immediately restored to her former position.
그래서 그녀는 즉시 이전 위치로 복귀했습니다.
She was again the flower-woman of the royal household.
그녀는 다시 왕실의 꽃 여인이 되었습니다.

Sribatsa spent a few more days recovering his health.
스리바차는 건강을 회복하는 데 며칠 더 걸렸습니다.
And eventually he had all his vitality back.
그리고 마침내 그는 활력을 모두 되찾았습니다.
He asked the woman if he could speak with a minister.
그는 그 여자에게 목사님과 통화할 수 있는지 물었습니다.
So the woman took him to the palace with her.
그래서 그 여자는 그를 자기와 함께 궁전으로 데려갔습니다.
One of the king's ministers gave him an appointment.
왕의 대신 중 한 명이 그에게 임명장을 내렸습니다.
And he was at once found to be a man of intelligence.
그리고 그는 즉시 지적인 사람으로 밝혀졌습니다.
So was offered a position in the king's service.

그래서 왕을 섬기는 직책을 제안받았습니다.

In fact, he was allowed to choose what job he wanted.
사실, 그는 원하는 직업을 선택할 수 있었습니다.

He asked to be collector of tolls on the river.
그는 강에서 통행료를 징수하는 사람이 되어 달라고
요청했습니다.

The minister was happy to give Sribatsa the job.
장관은 기꺼이 스리바차에게 그 일자리를 맡겼습니다.

The kingdom needed someone to collect river-tolls.
왕국에는 강 통행세를 징수할 사람이 필요했습니다.

And Sribatsa immediately started his new job.
그리고 스리바차는 즉시 새로운 일을 시작했습니다.

It wasn't long before his plan came to fruition.
그의 계획이 실현되기까지는 오랜 시간이 걸리지 않았습니다.

The boat his wife was on was coming down the river.
그의 아내가 타고 있던 배가 강을 따라 내려오고 있었습니다.

Under the king's authority he detained the boat.
그는 왕의 권한으로 배를 억류했다.

And he charged the boatmen with the theft of gold-bricks.
그리고 그는 배를 몰던 사람들에게 금벽돌을 훔쳤다는 혐의를
적용했습니다.

The king liked the sound of a boat full of gold.
왕은 금으로 가득 찬 배의 소리를 좋아했습니다.

So the king himself came to the river-side.
그래서 왕이 직접 강가로 왔습니다.

Even he was amazed by the quantity of gold they had.
그도 그들이 가지고 있는 금의 양에 놀랐다.

And every gold brick had Sribatsa's inscription.
그리고 모든 금벽돌에는 스리바차의 비문이 새겨져
있었습니다.

At the same time he rescued his wife from the boatmen.
동시에 그는 뱃사공으로부터 아내를 구해냈다.

Back on dry land she returned to her previous beauty.
다시 육지로 돌아온 그녀는 예전의 아름다움을 되찾았습니다.

He told the king the story of their misfortune.
그는 왕에게 그들의 불행한 이야기를 들려주었습니다.

And the king had them as a guest in his palace.
그리고 왕은 그들을 궁전에 손님으로 초대했습니다.

The king gave them presents of horses and elephants.

왕은 그들에게 말과 코끼리를 선물로 주었습니다.

And on the horses and elephants they rode to their country.

그리고 그들은 말과 코끼리를 타고 그들의 나라로
돌아갔습니다.

The evil eye of Sani was now turned away from Sribatsa.

이제 사니의 사악한 눈은 스리바차에게서 돌아섰습니다.

And he again became what he formerly was.

그리고 그는 다시 예전의 그 모습으로 돌아갔습니다.

He was again Sribatsa; the Child of Fortune.

그는 다시 스리바차, 즉 행운의 아이가 되었습니다.

The Boy whom Seven Mothers Suckled
일곱 엄마가 젖을 먹인 소년

Once on a time there reigned a king who had seven queens.
옛날 옛적에 일곱 명의 여왕을 거느린 왕이 있었습니다.

He was very sad, for the seven queens were all barren.
그는 매우 슬펐습니다. 일곱 여왕이 모두 아이를 낳지 못했기 때문입니다.

One day, however, he met a holy mendicant.
그러던 어느 날, 그는 성스러운 수행자를 만났습니다.

The holy mendicant told the king about a certain forest.
성스러운 수행자는 왕에게 어떤 숲에 대해 이야기했습니다.

In this forest there grew a special kind of tree.
이 숲에는 특별한 종류의 나무가 자랐습니다.

On a branch of this tree hung seven mangoes.
이 나무의 가지에는 망고 일곱 개가 달려 있었습니다.

These mangos could restore the fertilities of his queens.
이 망고는 여왕벌의 번식력을 회복시킬 수 있었습니다.

But the king had to pluck the mangoes himself.
하지만 왕은 직접 당고를 따야 했습니다.

The king followed the advice of the mendicant.
왕은 거지의 조언을 따랐다.

And he set off to go to the forest with the mango tree.
그리고 그는 망고나무가 있는 숲으로 향했습니다.

Soon he had found the tree the mendicant spoke of.
곧 그는 거지들이 말한 나무를 발견했습니다.

And he plucked the seven mangoes that grew upon one branch.
그리고 그는 한 가지에 자란 망고 일곱 개를 따냈습니다.

He gave a mango to each of the queens to eat.
그는 여왕들에게 모두 망고를 하나씩 주어 먹게 했습니다.

In a short time the king's heart was filled with joy.
얼마 지나지 않아 왕의 마음은 기쁨으로 가득 찼습니다.

He was told that the seven queens were all with child.
그는 일곱 여왕이 모두 아이를 가졌다는 말을 들었습니다.

One day the king was out hunting.
어느 날 왕은 사냥을 나갔습니다.

On his path he saw a young lady of peerless beauty.
그는 길을 가다가 비할 데 없이 아름다운 젊은 여인을
보았습니다.
He instantly fell in love with the beautiful woman.
그는 그 아름다운 여자에게 즉시 반해버렸다.
And he brought her to his palace, and married her.
그리고 그는 그녀를 자신의 궁전으로 데려와서 결혼했습니다.
This lady was, however, not a human being.
하지만 이 여인은 인간이 아니었습니다.
But what this woman was was a Rakshasi.
하지만 이 여자는 락샤시였습니다.
But the king of course did not know this.
하지만 왕은 당연히 이 사실을 몰랐습니다.
The king became dotingly fond of her.
왕은 그녀를 몹시 사랑하게 되었다.
And he did whatever she told him to do.
그리고 그는 그녀가 시키는 대로 다 했습니다.
One day she made a very particular request of the king.
어느 날 그녀는 왕에게 매우 특별한 요청을 했습니다.
"You say that you love me more than anyone else"
"넌 누구보다 나를 사랑한다고 말하잖아"
"Let me see whether you really love me as much as you say"
"당신이 말하는 만큼 정말 나를 사랑하는지 보자"
"If you love me, make your seven other queens blind"
"네가 나를 사랑한다면 네 나머지 일곱 여왕을 눈멀게 하라"
"And once they are blind, let them be killed"
"그리고 그들이 눈이 멀게 되면, 그들을 죽여라"
The king became very sad at the terrible request.
왕은 그 끔찍한 요청에 매우 슬퍼했습니다.
He was especially sad because the queens were all pregnant.
그는 특히 여왕들이 모두 임신을 했기 때문에 슬펐습니다.
But he had no choice but to comply with her request.
하지만 그는 그녀의 요청을 따르는 것 외에는 선택의 여지가
없었다.

The eyes of the queens were plucked out of their sockets.
여왕의 눈은 눈구멍에서 뽑혔습니다.

And the queens were delivered up to the chief minister.
그리고 여왕들은 수석 장관에게 넘겨졌습니다.
It was up to the chief minister to destroy the queens.
여왕을 파괴하는 것은 수석 장관의 몫이었습니다.
But the chief minister was a merciful man.
하지만 주지사는 자비로운 사람이었습니다.
In the side of the hill there was secret a cave.
언덕 옆에는 비밀 동굴이 있었습니다.
Instead of killing the queens, the minister hid them.
장관은 여왕을 죽이는 대신 그들을 숨겼습니다.
In course of time the eldest of the seven queens gave birth.
시간이 지나 일곱 여왕 중 가장 나이 많은 여왕이 아이를
낳았습니다.
"What shall I do with the child," said she.
"아이를 어떻게 해야 할까요?" 그녀가 말했다.
"we are blind and are dying for want of food?"
"우리는 눈이 멀고 음식이 없어 죽어가고 있는 거야?"
"Let me kill the child," she proposed.
"아이를 죽여버리겠어요." 그녀가 제안했다.
"let us all eat of the child's flesh" she added.
"우리 모두 아이의 살을 먹읍시다"라고 그녀는 덧붙였다.
Just as she said she would, she killed the infant.
그녀가 말한 대로, 그녀는 그 유아를 죽였습니다.
She gave to each of her sister-queens a part of the child.
그녀는 그녀의 자매 여왕들에게 아이의 일부를 각각 하나씩
주었습니다.
And the sister queens ate their part of the child.
그리고 자매 여왕들은 그 아이의 일부를 먹었습니다.
But the youngest queen did not eat her share.
하지만 가장 어린 여왕은 자기 몫을 먹지 않았습니다.
Instead, she laid her part of the child beside her.
그 대신 그녀는 아이의 일부를 그녀 옆에 놓았습니다.
In a few days the second queen also was delivered of a child.
며칠 후 두 번째 여왕도 아이를 낳았습니다.
She did with her child as her eldest sister had done with
hers.

그녀는 그녀의 언니가 그녀의 아이에게 한 것과 똑같은
방식으로 그녀의 아이를 대했습니다.
So did the third, the fourth, the fifth, and the sixth queen.
세 번째, 네 번째, 다섯 번째, 여섯 번째 여왕도
마찬가지였습니다.
Eventually the seventh queen gave birth to a son.
마침내 일곱 번째 여왕이 아들을 낳았습니다.
But she did not follow the example of her sister-queens.
하지만 그녀는 자매 여왕들의 예를 따르지 않았습니다.
Instead, she resolved to raise the child.
그 대신 그녀는 아이를 키우기로 결심했습니다.
The other queens demanded their portions of the newly-born.
다른 여왕들은 새로 태어난 아기의 자기 몫을 요구했습니다.
But she still had the portions she had not eaten.
하지만 그녀는 아직 먹지 않은 음식을 가지고 있었습니다.
And she gave her sister-queens back their children's parts.
그리고 그녀는 자매 여왕들에게 그들의 아이들의 신체 일부를
돌려주었습니다.
The other queens at once perceived that their portions were dry.
다른 여왕들은 자기들의 음식이 말라버렸다는 것을 즉시
알아챘다.
Therefore the parts could not be of the newly born child.
그러므로 그 신체 부위는 새로 태어난 아이의 것이 될 수
없습니다.
"I have decided not to kill me child," she explained.
"나는 내 아이를 죽이지 않기로 결심했어요."라고 그녀는
설명했다.
"I will not eat him, but try to raise him instead"
"먹지 않고 키우려고 노력할게"
The others were glad to hear this news.
다른 사람들은 이 소식을 듣고 기뻤습니다.
They all said that they would help her in nursing the child.
그들은 모두 그녀가 아이를 키우는 것을 돕겠다고 말했습니다.
And so the child was suckled by seven mothers.
그래서 그 아이는 일곱 명의 엄마에게서 젖을 먹었습니다.

And the child became the hardiest and strongest boy that ever lived.
그리고 그 아이는 역사상 가장 강하고 튼튼한 소년이 되었습니다.

In the meantime the Rakshasi-queen was doing infinite mischief.
그 사이에 락샤시 여왕은 끝없는 장난을 치고 있었습니다.
And she got the royal household into all sorts of trouble.
그녀는 왕실을 온갖 문제에 휘말리게 했습니다.
What she ate at the royal table did not fill her capacious stomach.
그녀가 왕실 식탁에서 먹은 음식은 그녀의 넉넉한 배를 채우지 못했습니다.
She therefore, in the darkness of night, went hunting.
그래서 그녀는 어두운 밤에 사냥을 떠났습니다.
Gradually she ate up all the members of the royal family.
그녀는 점차 왕족을 모두 먹어치웠습니다.
She ate all the king's servants, and his attendants.
그녀는 왕의 신하들과 수행원들을 모두 먹어치웠습니다.
She ate all his horses, elephants, and cattle.
그녀는 그의 말, 코끼리, 소를 모두 먹어치웠습니다.
And eventually only her royal consort and the king were left.
결국 그녀의 왕비와 왕만 남게 되었습니다.
After that she used to go out in the evenings into the city.
그 후로 그녀는 저녁에 도시로 나가곤 했습니다.
And she ate up stray human beings wherever she found any.
그리고 그녀는 길 잃은 인간을 발견하는 곳마다 잡아먹었습니다.
The king was left without any servants.
왕은 하인을 하나도 잃게 되었다.
There was no person left to cook for him.
그를 위해 요리할 사람이 아무도 없었습니다.
Because no one would accept this job.
아무도 이 일을 받아들이지 않을 테니까요.
But at last someone volunteered their services.
하지만 마침내 누군가가 자원해서 봉사했습니다.

The boy who had been suckled by seven mothers.
일곱 명의 어머니에게서 젖을 먹은 소년.
He had now grown up to be a stalwart youth.
그는 이제 용감한 청년으로 성장했습니다.
He attended on the king and prepared his food.
그는 왕을 모시고 음식을 준비했습니다.
But he took every care while with the queen.
하지만 그는 여왕과 함께 있는 동안 모든 주의를
기울였습니다.
And he made sure that she did not swallow him up.
그리고 그는 그녀가 자신을 삼키지 못하도록 조심했습니다.
The Rakshasi-queen seized her victims only at night.
락샤시 여왕은 밤에만 희생자들을 납치했습니다.
So the boy he went home long before nightfall.
그래서 그 소년은 어두워지기 훨씬 전에 집으로 돌아갔습니다.
So she had to find another way to get rid of the boy.
그래서 그녀는 그 소년을 없앨 다른 방법을 찾아야 했습니다.

The boy always boasted that he could do any work.
그 소년은 항상 자신이 어떤 일이든 할 수 있다고
자랑했습니다.
So the queen invented a disease for herself.
그래서 여왕은 스스로 질병을 만들어냈습니다.
She said that there was a cure for her disease.
그녀는 자신의 질병을 치료할 수 있는 방법이 있다고 말했다.
But she said the cure was not easy to get.
하지만 그녀는 치료법을 얻는 것이 쉽지 않다고 말했다.
This made the boy even more interested in the task.
이로 인해 소년은 그 일에 더욱 관심을 갖게 되었다.
She said there was a melon which cured her disease.
그녀는 자신의 병을 치료할 수 있는 멜론이 있다고
말했습니다.
The melon was twelve cubits in length.
멜론의 길이는 12큐빗이었습니다.
But the stone of the lemon was thirteen cubits long.
하지만 레몬 씨의 길이는 13큐빗이었습니다.
The fruit could only be gotten from her mother.
그 과일은 그녀의 어머니에게서만 얻을 수 있었습니다.

And her mother lived on the other side of the ocean.
그리고 그녀의 어머니는 바다 건너편에 살았습니다.
She gave him a letter of introduction to her mother.
그녀는 그에게 어머니에게 보내는 소개장을 건넸다.
But actually the note told her to eat the boy.
하지만 실제로 그 편지에는 그 소년을 먹으라고 적혀
있었습니다.
The boy had suspected there was some foul play.
그 소년은 뭔가 음모가 있을 거라고 의심했습니다.
So he tore up the letter and proceeded on his journey.
그래서 그는 편지를 찢어버리고 여행을 계속했습니다.
The dauntless youth passed through many lands.
그 불굴의 청년은 많은 땅을 여행했습니다.
After much travel he stood on the shore of the ocean.
오랜 여행을 한 후 그는 바닷가에 섰습니다.
On the other side of the ocean was the country of the
Rakshasis.
바다 건너편에는 락샤시족의 나라가 있었습니다.
He then bawled as loud as he could, and said;
그러자 그는 최대한 큰 소리로 울부짖으며 말했습니다.
"Granny! granny! come and save your daughter"
할머니! 할머니! 와서 따님을 구해주세요.
"Your daughter, my mother, is dangerously ill"
"당신의 딸, 나의 어머니가 위험할 정도로 아프다"
On the other side of the ocean an old Rakshasi heard him.
바다 건너편에서 늙은 락샤시가 그 소리를 들었습니다.
The old Rakshasi crossed the ocean to the boy.
늙은 락샤시는 바다를 건너 소년에게 다가갔다.
The boy told her the message of the queen.
그 소년은 여왕의 메시지를 그녀에게 전했습니다.
And the Rakshasi took the boy on her back.
그리고 락샤시는 그 소년을 등에 업었습니다.
She re-crossed the ocean to the land of the Rakshasi.
그녀는 다시 바다를 건너 락샤시의 땅으로 갔습니다.
And the boy was at once given the medicinal melon.
그리고 그 소년에게는 즉시 약용 멜론이 주어졌습니다.
The Rakshasi told him to hurry back to her daughter.
락샤시는 그에게 서둘러 딸에게 돌아가라고 말했습니다.

But the boy said he was too tired to keep travelling.
하지만 그 소년은 너무 피곤해서 여행을 계속할 수 없다고
말했습니다.
And he begged to be allowed to rest one day.
그리고 그는 어느 날 휴식을 취할 수 있게 해 달라고
간청했습니다.
The old Rakshasi consented to her grandson's wishes.
늙은 락샤시는 손자의 소원을 들어주었습니다.

The boy noticed interesting things in the Rakshasi's room.
소년은 락샤시의 방에서 흥미로운 것을 발견했습니다.
There was a stout club and a rope hanging in the room.
방 안에는 튼튼한 곤봉과 밧줄이 걸려 있었습니다.
The boy inquired what the stout club and rope were for.
소년은 튼튼한 곤봉과 밧줄이 무슨 용도인지 물었다.
"Child, with that club and rope I cross the ocean"
"얘야, 나는 그 곤봉과 밧줄로 바다를 건넌다"
"One just has to take the club and the rope in his hands"
"그냥 클럽과 로프를 손에 쥐고 있으면 됩니다."
"And then you have to say the following magical words:"
"그리고 나서 당신은 다음의 마법의 말을 해야 합니다."
"O stout club! O strong rope!"
"오, 튼튼한 곤봉이여! 오, 튼튼한 밧줄이여!"
"Take me at once to the other side"
"나를 즉시 반대편으로 데려가줘"
"Then they will take him to the other side of the ocean"
"그러면 그들은 그를 바다 건너편으로 데려갈 것입니다."
The boy noticed another interesting thing in the room.
소년은 방에서 또 다른 흥미로운 것을 발견했습니다.
There was a bird in a cage in the corner of the room.
방 구석에 새장 속의 새 한 마리가 있었습니다.
The boy also wanted to know what this bird was for.
그 소년은 또한 이 새가 무슨 용도인지 알고 싶어했습니다.
"The bird contains a secret, my child"
"새는 비밀을 품고 있단다, 내 아이야"
"But that secret must not be disclosed to mortals"
"그러나 그 비밀은 인간에게 공개되어서는 안 됩니다"

"But how can I hide this secret from my own grandchild?"
"하지만 이 비밀을 내 손주에게 어떻게 숨길 수 있을까?"
"That bird, child, contains the life of your mother.
"그 새는, 얘야, 네 어머니의 생명을 담고 있단다.
"If the bird is killed, your mother will at once die"
"새가 죽으면 네 어머니도 곧 죽을 거야"
Armed with these secrets, the boy went to bed that night.
이러한 비밀을 알고서, 소년은 그날 밤 잠자리에 들었습니다.

Next morning the old Rakshasi went to distant countries.
다음날 아침 늙은 락샤시는 먼 나라로 갔습니다.
Together with all the other Rakshasis, she went to forage.
그녀는 다른 모든 락샤시들과 함께 채집을 하러 갔습니다.
The boy took down the bird-cage from the ceiling.
소년은 천장에서 새장을 내렸다.
And the boy took the club and the rope.
그리고 그 소년은 곤봉과 밧줄을 가져갔습니다.
And then he spoke the magic words to the club and rope.
그리고 그는 곤봉과 밧줄에 마법의 말을 외쳤습니다.
"O stout club! O strong rope!"
"오, 튼튼한 곤봉이여! 오, 튼튼한 밧줄이여!"
"Take me at once to the other side"
"나를 즉시 반대편으로 데려가줘"
In the twinkling of an eye the boy was put on this side of the ocean.
눈 깜짝할 새에 소년은 바다 건너편으로 가게 되었습니다.
He then retraced his steps, back to the queen.
그런 다음 그는 발걸음을 돌려 여왕에게 돌아갔다.
To her astonishment he really had the medicinal lemon.
그녀는 놀랍게도 그가 정말로 약용 레몬을 가지고 있다는 것을 알게 되었다.
But the bird in the cage he kept carefully concealed.
하지만 그는 새장 속의 새를 조심스럽게 숨겨 두었습니다.

In the course of time the people of the city came to the king.
시간이 흐르면서 그 도시의 사람들이 왕에게 찾아왔습니다.
And they told the king of their troubles.

그리고 그들은 왕에게 자기들의 고민을 말했습니다.
"A monstrous bird comes from the palace every evening"
"매일 저녁 궁전에서 괴물 새가 온다"
"The bird seizes the people in the streets"
"새가 거리의 사람들을 사로잡는다"
"And the bird swallows the people up whole"
"그리고 새는 사람들을 통째로 삼켜 버린다"
"This has been going on for a long time"
"이런 일은 오래전부터 일어났어요"
"And now the city has become almost desolate"
"그리고 이제 그 도시는 거의 황폐해졌습니다"
The king did not know what this monstrous bird was.
왕은 이 괴물 새가 무엇인지 몰랐습니다.
But the king's servant, the boy, said he knew.
하지만 왕의 하인인 소년은 알고 있다고 말했습니다.
"I will kill the monstrous bird," he offered.
"나는 그 괴물 새를 죽일 거야." 그는 제안했다.
"But the queen has to stand beside us," he added.
"하지만 여왕은 우리 옆에 서셔야 합니다."라고 그는 덧붙였다.
The king saw no reason to object to the proposal.
왕은 그 제안에 반대할 이유가 없다고 생각했습니다.
And so the queen was made to stand beside the king.
그래서 여왕은 왕 옆에 서게 되었습니다.
The boy then took the bird out from its cage.
그러자 소년은 새를 새장에서 꺼냈다.
On seeing the bird she fell into a fainting fit.
그녀는 새를 보자 기절하고 말았다.
Then the boy turned to the king, and spoke.
그러자 소년이 왕에게 돌아서서 말했습니다.
"King, you will soon perceive who the monstrous bird is"
"왕이시여, 당신은 곧 그 괴물 새가 누구인지 알게 될
것입니다."
"You will see what devours your people every evening"
"너는 매일 저녁 네 백성을 삼키는 것이 무엇인지 보게 될
것이다"
"I tear off each limb of this bird"
"나는 이 새의 팔다리를 하나하나 뜯어낸다"

"The corresponding limb of the man-eater will fall off"
"사람을 잡아먹는 자의 팔다리가 떨어져 나갈 것이다"
The boy then tore off one leg of the bird in his hand.
그러자 소년은 손에 들고 있던 새의 한쪽 다리를 뜯어냈다.
All assembled were astonished at what happened next.
모은 사람들은 모두 다음에 일어난 일에 놀랐다.
One of the legs of the queen fell off.
여왕의 다리 하나가 떨어졌습니다.
Then the boy squeezed the throat of the bird.
그러자 소년은 새의 목을 꽉 쥐었다.
And as he squeezed the bird, the queen gave up the ghost.
그리고 그가 새를 꽉 쥐자마자 여왕은 숨을 거두었습니다.
The boy then retold his history to the king.
그러자 소년은 왕에게 자신의 역사를 다시 이야기했습니다.
"You used to have seven barren wives"
"너는 일곱 명의 불임 아내를 두었었지"
"To treat their barrenness, you gave them each a mango"
"그들의 불임을 치료하기 위해 당신은 그들에게 망고를
하나씩 주었습니다."
"And each of your wives fell pregnant with a child"
"그리고 너희 아내들 각자가 아이를 임신하였느니라"
"However, you then married an eighth wife"
"그런데 당신은 여덟 번째 아내와 결혼했습니다"
"This wife ordered you to blind your other wives"
"이 아내가 당신에게 다른 아내들의 눈을 멀게 하라고
명령했어요"
"And she ordered you to have your other wives killed"
"그리고 그녀는 당신에게 다른 아내들을 죽이라고
명령했습니다"
"Your minister blinded your seven wives"
"당신의 목사가 당신의 아내 일곱 명을 눈멀게 했습니다"
"But he was too good hearted to kill your wives"
"하지만 그는 당신의 아내들을 죽이기에는 너무 마음이
착했어요"
"Your seven wives were taken to a hiding place"
"당신의 일곱 아내는 은신처로 끌려갔습니다"
"And in this hiding place they each gave birth"

"그리고 이 은신처에서 그들은 각자 아이를 낳았습니다"
"But they were forced to eat their newly born children"
"하지만 그들은 새로 태어난 아이들을 먹어야만 했어요"
"Only my mother did not let me be eaten"
"나를 잡아먹히지 않게 해준 건 오직 어머니뿐이었다"
"Instead, I was suckled by seven mothers"
"그 대신 나는 일곱 어머니에게 젖을 먹었습니다."
"And I grew up strong and capable"
"그리고 나는 강하고 유능하게 자랐습니다."
"Eventually I came to work in your palace"
"결국 나는 당신의 궁전에서 일하게 되었습니다"
"Your wife, my stepmother, sent me on a mission"
"당신의 아내, 나의 계모가 나를 사명에 보냈습니다."
"She sent me to her mother for a medicine"
"그녀는 나를 그녀 어머니에게 약을 사오라고 보냈어요"
"However, her mother was a Rakshasi"
"하지만 그녀의 어머니는 락샤시였습니다."
"From her I found the secret of your wife's life"
"그녀에게서 당신 아내의 삶의 비밀을 발견했습니다."
"And so I brought the bird that held your wife's life"
"그래서 나는 당신 아내의 생명을 싣고 온 새를 가져왔습니다."
The king had listened to the story his son told him.
왕은 아들이 들려주는 이야기를 들었습니다.
The seven queens were brought back to the palace.
일곱 명의 여왕은 궁전으로 돌아왔습니다.
And their eyes were miraculously restored.
그리고 그들의 눈은 기적적으로 회복되었습니다.
The boy that was suckled by seven mothers was crowned.
일곱 명의 어머니에게서 젖을 먹인 소년이 왕관을 썼습니다.
And he was recognized by the king as his rightful heir.
그리고 그는 왕으로부터 정당한 상속인으로 인정을
받았습니다.
And they lived together happily.
그리고 그들은 행복하게 살았습니다.

The Story of Prince Sobur
소부르 왕자의 이야기

Once upon a time there lived a merchant.
옛날 옛적에 한 상인이 살았습니다.
This merchant had seven daughters.
이 상인에게는 딸0 일곱 명 있었습니다.
One day the merchant asked them a question.
어느 날 상인이 그들에게 질문을 했습니다.
"From whose fortune do you live?"
"당신은 누구의 재산으로 살고 있나요?"
The eldest daughter answered first.
큰딸이 먼저 대답했습니다.
"Papa, I live from your fortune"
"아빠, 저는 아빠의 재산으로 살아요"
The second daughter gave the same answer.
둘째 딸도 같은 대답을 했습니다.
The same answer was given by the third daughter.
셋째 딸도 같은 대답을 했습니다.
His fourth daughter also lived from his fortune.
그의 넷째 딸 역시 그의 재산으로 생계를 유지했습니다.
His fifth daughter was no different.
그의 다섯 번째 딸도 다르지 않았습니다.
And his sixth daughter was like the rest.
그리고 그의 여섯 번째 딸도 다른 딸들과 마찬가지였습니다.
But his youngest daughter surprised him.
하지만 그의 막내딸이 그를 놀라게 했습니다.
She had a very different answer.
그녀의 대답은 매우 달랐습니다.
"I live from my own fortune"
"나는 내 재산으로 살아요"
He did not like this answer.
그는 이 대답을 좋아하지 않았다.
Her answer made the merchant very angry.
그녀의 대답은 상인을 매우 화나게 했다.
"You are very ungrateful," he told her.
"당신은 정말 배은망덕하군요." 그는 그녀에게 말했다.

"See how well you do on your own"
"당신이 얼마나 잘하는지 직접 확인해 보세요"
"I am kicking you out of my house"
"나는 너를 내 집에서 쫓아낼 거야"
"You will not have a rupee in your pocket"
"당신의 주머니에는 루피 한 푼도 없을 것입니다"
He called his palanquins to come.
그는 가마를 불러 모았다.
And he ordered them to take the girl away.
그리고 그는 그들에게 소녀를 데려가라고 명령했습니다.
"Leave her in the midst of a forest"
"그녀를 숲 한가운데에 두세요"
The girl begged to be allowed one thing.
그 소녀는 한 가지 허락을 구했습니다.
"Please let me take my work-box"
"제 작업상자를 가져가게 해주세요"
"In the box are my needles and threads"
"상자 안에는 내 바늘과 실이 있어요"
Her father allowed her to take her box.
그녀의 아버지는 그녀가 상자를 가져가는 것을 허락했다.
She got into the seat of the palanquins.
그녀는 가마 좌석에 앉았다.
And the bearers lifted her up.
그리고 운반자들이 그녀를 들어올렸습니다.
And they put her onto their shoulders.
그리고 그들은 그녀를 어깨에 메었습니다.
As the bearers ran they chanted.
운반자들은 달리면서 구호를 외쳤다.
"hoon! hoon! hoon! hoon! hoon!"
"훈! 훈! 훈! 훈! 훈!"
But they didn't get very far.
하지만 그들은 별로 멀리 가지 못했습니다.
An old woman stood in their way.
한 늙은 여자가 그들의 길을 가로막고 서 있었습니다.
She came up to the carriage.
그녀는 마차로 다가갔다.
"Where are you taking my daughter?"

"내 딸을 어디로 데려가시는 거예요?"
She was the maid of the child.
그녀는 그 아이의 하녀였습니다.
"We have been given orders by the merchant"
"우리는 상인으로부터 명령을 받았습니다"
"He told us to take her away"
"그는 우리에게 그녀를 데려가라고 했어요"
"We will leave her in a forest"
"우리는 그녀를 숲에 남겨 둘 것이다"
"We are going to do his bidding"
"우리는 그의 명령에 따를 것입니다"
"I must go with her," said the old woman.
"저도 그녀와 함께 가야겠어요."노인이 말했다.
But the bearers were not sure.
하지만 운반자들은 확신하지 못했습니다.
Bearers run when they carry a sedan chair.
가마꾼은 가마를 메고 달린다.
"How will you be able to keep pace with us?"
"우리와 어떻게 보조를 맞출 수 있겠나?"
The old woman was not deterred.
그 노부인은 굴하지 않았다.
"It does not matter how I do it"
"내가 어떻게 하든 상관없어"
"I must go where my daughter goes"
"내 딸이 가는 곳이면 나도 가야지 "
The youngest daughter begged the bearers.
막내딸이 운반자들에게 간청했습니다.
"Please carry my mother with me"
"제 어머니를 저와 함께 데려가 주세요"
And the bearers gracefully agreed.
그리고 운반자들은 기꺼이 동의했습니다.
They carried mother and child to the forest.
그들은 어머니와 아이를 숲으로 데려갔다.
"hoon! hoon! hoon! hoon! hoon!"
"훈! 훈! 훈! 훈! 훈!"
In the afternoon they reached a dense forest.
오후에 그들은 울창한 숲에 도착했습니다.

They went deeper and deeper into the forest.
그들은 숲속으로 점점 더 깊이 들어갔다.
Towards sunset they reached their goal.
해가 질 무렵 그들은 목적지에 도착했습니다.
They stopped at the foot of an old tree.
그들은 오래된 나무 아래에 멈춰 섰습니다.
They lowered the girl and the old woman.
그들은 소녀와 노부인을 내려주었다.
And they left them in the forest.
그리고 그들은 그들을 숲에 남겨 두었습니다.
Then they retraced their steps home.
그런 다음 그들은 다시 집으로 돌아갔습니다.

The merchant's youngest daughter looked around.
상인의 막내딸이 주위를 둘러보았다.
You would not have wanted to be in her shoes.
당신은 그녀의 입장이 되고 싶지 않았을 겁니다.
Her situation was truly pitiable.
그녀의 상황은 정말 비참했습니다.
She was hardly fourteen years old.
그녀는 겨우 열네 살이었습니다.
She had grown up in luxury.
그녀는 호사스러운 환경에서 자랐습니다.
But now there was no luxury for her.
하지만 이제 그녀에게는 사치할 것이 없었다.
She was in the heart of a dark forest.
그녀는 어두운 숲 한가운데에 있었습니다.
She had not a rupee in her pocket.
그녀의 주머니에는 루피 한 푼도 없었습니다.
And she had nothing for protection.
그리고 그녀는 보호받을 수 있는 것이 아무것도 없었습니다.
Nothing except an old, decrepit, woman.
늙고 허약한 여자 외에는 아무것도 없습니다.
Even the trees of the forest pitied her.
심지어 숲의 나무들조차 그녀를 불쌍히 여겼다.
The young girl and old woman sat together.
젊은 소녀와 늙은 여자가 함께 앉았습니다.
They were at the foot of an old tree.

그들은 오래된 나무 아래에 있었습니다.
And together they cried over their situation.
그 리 고 그들은 자신들의 상황 때문에 함께 울었습니다.
I should say this all happened long ago.
이 모든 일이 오래전에 일어났다고 말해야겠습니다.
In these times the trees could talk.
그 당시에는 나무들이 말을 할 수 있었습니다.
And the old tree spoke to the girl.
그 리 고 늙은 나무가 소녀에게 말을 걸었습니다.
"Unhappy women, I much pity you"
"불행한 여성들이여, 나는 당신을 매우 불쌍히 여깁니다"
"There are wild beasts in this forest"
"이 숲에는 야생 동물들이 있습니다"
"Soon they will come out of their lairs"
"그들은 곧 그들의 굴에서 나올 것이다"
"They will roam about for prey"
"그들은 먹이를 찾아 돌아다닐 것이다"
"And they are sure to devour you two"
"그리고 그들은 너희 둘을 꼭 잡아먹을 거야"
"But I can help you, if you want"
"하지만 원하시면 도와드릴 수 있어요"
"I will make an opening for you"
"내가 너를 위해 문을 열어줄게"
"When you see the opening, go into it"
"열린 곳이 보이면 그 안으로 들어가라"
"And then I will close the opening up"
"그리고 나서 나는 그 문을 닫을 것이다"
"As long as you are in me you'll be safe"
"네가 내 안에 있는 한 안전할 거야"
"This way the wild beasts can't touch you"
"이렇게 하면 야생 동물이 당신을 만질 수 없습니다"
And then the tree split itself in two.
그러자 나무가 둘로 갈라졌어요.
The two women went inside the tree.
두 여자는 나무 안으로 들어갔다.
And the old tree resumed its natural shape.
그리고 오래된 나무는 다시 자연스러운 모습을 되찾았습니다.

The shade of night darkened the forest.
밤의 그림자가 숲을 어둡게 만들었다.
Everything the tree had said was true.
나무가 말한 것은 모두 사실이었습니다.
The wild beasts came out of their lairs.
야생 짐승들이 굴에서 나왔습니다.
The fierce tiger came out at night.
사나운 호랑이는 밤에 나왔다.
The wild bear left his lair.
야생곰이 굴을 떠났다.
The rhinoceros roamed the forest.
코뿔소가 숲을 돌아다녔습니다.
The bushy bear was there that night.
털이 많은 곰은 그날 밤 거기에 있었습니다.
The great elephant could be heard.
거대한 코끼리의 소리가 들렸다.
And there was the horned buffalo.
그리고 뿔이 있는 들소도 있었습니다.
They all growled as they circled the tree.
그들은 모두 나무 주위를 돌면서 으르렁거렸다.
They had gotten the scent of human blood.
그들은 인간의 피 냄새를 맡았습니다.
They could hear the growls of the beasts.
그들은 짐승의 으르렁거리는 소리를 들을 수 있었습니다.
The beasts came dashing against the tree.
짐승들이 나무에 달려들었다.
They broke the old tree's branches.
그들은 오래된 나무의 가지를 부러뜨렸습니다.
Their horns pierced the tree's trunk.
그들의 뿔은 나무줄기를 뚫고 들어갔습니다.
They scratched its bark with their claws.
그들은 발톱으로 나무껍질을 긁었다.
But all their efforts were in vain.
하지만 그들의 모든 노력은 허사로 돌아갔습니다.
The girl and woman were safe in the tree.
그 소녀와 여자는 나무 안에서 안전했습니다.
Towards dawn the wild beasts went away.

새벽이 되자 야생 동물들은 사라졌습니다.
After sunrise the good tree spoke again.
해가 뜨고 난 후, 그 좋은 나무는 다시 말했습니다.
"The wild beasts have gone back"
"야생동물들이 돌아갔다"
"They are in their lairs again"
"그들은 다시 자기들의 소굴로 돌아갔어요"
"But they did their best to torment me"
"하지만 그들은 나를 괴롭히기 위해 최선을 다했습니다"
"The sun has risen up again"
"해가 다시 떴다"
"So you can come out now"
"그러니까 지금 나와도 돼요"
The tree split itself into two again.
나무는 다시 두 개로 갈라졌습니다.
The girl and the old woman came out.
소녀와 늙은 여자가 나왔습니다.
They saw the extent of the damage.
그들은 피해의 정도를 보았습니다.
The tree's branches had been broken off.
나무의 가지가 부러져 있었습니다.
The tree's trunk had been pierced.
나무 줄기가 뚫려 있었습니다.
The bark had been stripped off.
나무껍질이 벗겨져 있었습니다.
"Good mother, we thank you"
"좋은 어머니, 감사합니다"
"You have been very kind to us"
"당신은 우리에게 매우 친절했습니다"
"You gave us shelter from the beasts"
"당신은 우리에게 짐승으로부터 보호해 주셨습니다"
"But it was at a great cost to yourself"
"하지만 그것은 당신 자신에게 큰 비용이 들었습니다."
"You have many wounds from the wilds beasts"
"너는 야생 짐승에게 많은 상처를 입었구나"
"You must be in great pain?"
"엄청나게 고통스러우시겠어요?"

Close by there was a flowing river.
근처에는 강이 흐르고 있었습니다.
The young girl went to the river bank.
어린 소녀는 강둑으로 갔다.
At the bank of the river she found mud.
그녀는 강둑에서 진흙을 발견했습니다.
She covered the tree with the mud.
그녀는 나무를 진흙으로 덮었다.
She especially covered the damaged parts.
그녀는 특히 손상된 부분을 덮었습니다.
The tree thanked her for the treatment.
나무는 그녀의 치료에 감사했다.
"My good girl, I thank you"
"나의 착한 소녀, 고맙습니다"
"I am greatly relieved of my pain"
"나는 고통에서 크게 해방되었습니다"
"I am, however, more concerned for you"
"하지만 나는 당신이 더 걱정돼요"
"You must be hungry"
"배가 고프시겠어요"
"You have not eaten since yesterday"
"어제부터 아무것도 먹지 않았잖아"
"But what can I give you?"
"하지만 제가 뭘 드릴까요?"
"I have no fruit of my own"
"나에게는 열매가 없습니다"
"But I do have some advice"
"하지만 몇 가지 조언이 있어요"
"Give the old woman whatever money you have"
"할머니께 당신이 가지고 있는 돈을 다 주세요"
"Let her go into the city"
"그녀를 도시로 보내라"
"In the city she can buy some food"
"그녀는 도시에서 음식을 살 수 있어요"
They explained their situation to the tree.
그들은 나무에게 자신의 상황을 설명했습니다.
"We have been sent out with no money"

"우리는 돈 없이 보내졌어요"
But she searched through her work-box anyway.
하지만 그녀는 어쨌든 자신의 작업 상자를 뒤졌습니다.
And in the box she found five cowries.
그리고 상자 안에서 그녀는 소라 다섯 마리를 발견했습니다.
The tree continued to give its advice.
나무는 계속해서 조언을 해주었습니다.
"Go with your cowries to the city"
"소라와 함께 도시로 가세요"
"Use the cowries to buy some fried rice"
"소라를 이용해 볶음밥을 사세요"
So the old woman went to the city.
그래서 그 늙은 여자는 도시로 갔습니다.
Fortunately the city was not far away.
다행히도 도시는 멀지 않았습니다.
She went to the first shopkeeper she found.
그녀는 자신이 찾은 첫 번째 가게 주인에게 갔다.
"Please give me five cowries worth of rice"
"밥은 소라 다섯 마리만큼 주세요"
The shopkeeper laughed at her.
가게 주인은 그녀를 비웃었다.
"Where can rice be had for five cowries?"
"소라 5마리로 밥을 살 수 있는 곳은 어디인가요?"
"Be off, you old hag," he told her.
"꺼져라, 늙은 마녀야." 그는 그녀에게 말했다.
So she tried to barter at another shop.
그래서 그녀는 다른 가게에서 물물교환을 시도했습니다.
This shopkeeper could see her distress.
그 가게 주인은 그녀의 고민을 알 수 있었습니다.
And the shopkeeper took pity on her.
그러자 가게 주인은 그녀를 불쌍히 여겼다.
She gave her a large quantity of rice.
그녀는 그녀에게 많은 양의 쌀을 주었다.
The old woman returned with the rice.
늙은 여인이 쌀을 가지고 돌아왔다.
And the tree gave further instructions.
그리고 나무는 더 많은 지시를 내렸습니다.

"Eat less than half of the rice"
"밥은 절반 이하로 먹어요"
"Go to the embankments of the river bank"
"강둑의 제방으로 가세요"
"Cast the remaining rice on the river bank"
"남은 쌀을 강둑에 던져라"
They did not understand the sense of it.
그들은 그 의미를 이해하지 못했습니다.
"Why sow the riverbank with rice?"
"왜 강둑에 쌀을 뿌리는가?"
But they did as they were advised.
하지만 그들은 조언받은 대로 행동했습니다.
And they threw their rice onto the ground.
그리고 그들은 쌀을 땅에 던졌습니다.

They spent the day lamenting their fate.
그들은 하루 종일 자신들의 운명을 한탄했습니다.
Just as before the beasts came out at night.
예전처럼 짐승들이 밤에 나왔습니다.
The tree housed them inside of its trunk again.
나무는 그들을 다시 나무 줄기 안에 가두었습니다.
Again they mutilated and tortured the tree.
그들은 다시 그 나무를 훼손하고 고문했습니다.
But that night something else happened.
하지만 그날 밤 다른 일이 일어났습니다.
The women only saw it the next day.
그 여성들은 다음 날에야 그것을 보았습니다.
The rice had attracted hundreds of peacocks.
쌀은 수백 마리의 공작을 끌어들였습니다.
The peacocks competed for the rice.
공작들은 쌀을 놓고 경쟁했다.
And their feathers fell on the floor.
그리고 그들의 깃털이 바닥에 떨어졌습니다.
The tree had known what would happen.
나무는 무슨 일이 일어날지 알고 있었습니다.
And the tree advised them what to do next.

그리고 나무는 그들에게 다음에 무엇을 해야 할지
알려 주었습니다.
"Go back to the bank of the river"
"강둑으로 돌아가라"
"Go to where you cast the rice"
"쌀을 던지는 곳으로 가세요"
"There you will see many feathers"
"거기서 당신은 많은 깃털을 볼 수 있을 것입니다"
"Collect all the feathers you can find"
"찾을 수 있는 모든 깃털을 모아라"
"Use the feathers to make a beautiful fan"
"깃털을 이용해 아름다운 부채를 만들어 보세요"
"And take the feather-fan to the city"
"깃털 부채를 도시로 가져가세요"
The two women did as they were advised.
두 여자는 조언받은 대로 행동했습니다.
It was good the girl had taken her work-box.
그 스녀가 작업 상자를 가져간 것은 다행이었다.
In her work-box was some string.
그녀의 작업 상자 안에는 끈이 들어 있었습니다.
The tied the feathers together.
깃털을 함께 묶었습니다.
And she had made a fan from the feathers.
그리고 그녀는 깃털로 부채를 만들었습니다.
She took the feather fan to the city.
그녀는 깃털 부채를 도시로 가져갔다.
The son of the king happened to be there.
우연히 왕의 아들이 거기에 있었습니다.
He admired the feathers greatly.
그는 깃털을 매우 좋아했습니다.
He paid a large sum of money for the feathers.
그는 깃털을 사기 위해 많은 돈을 지불했습니다.
Each morning a quantity of feathers was collected.
매일 아침 일정량의 깃털을 모았습니다.
And each day a feather fan was made and sold.
그리고 매일 깃털 부채가 만들어져 팔렸습니다.
Within a short time the two women got rich.

얼마 지나지 않아 두 여자는 부자가 되었습니다.
The tree then advised them to build a house.
그러자 나무는 그들에게 집을 지으라고 조언했습니다.
"Employ men to burn bricks for you"
"너희를 위해 벽돌을 굽는 사람을 고용하라"
"Get them to cut beams and rafters"
"그들에게 들보와 서까래를 자르라고 하세요"
"Make them plaster the walls with lime"
"벽에 석회를 바르게 하세요"
In a few months a stately house was built.
몇 달 만에 웅장한 저택이 지어졌습니다.
The tree was pleased for the women.
나무는 여자들을 기쁘게 해주었습니다.
"You should add a garden to your house"
"당신은 당신의 집에 정원을 추가해야 합니다"
"And you want to be able to store water"
"그리고 물을 저장할 수 있어야 합니다"
"Dig a water tank in your garden"
"정원에 물탱크를 파세요"

The girl had not had much time.
그 소녀는 시간이 많지 않았습니다.
So she didn't think of her family.
그래서 그녀는 가족에 대해 생각하지 않았습니다.
The merchant's luck had taken a turn.
상인의 행운이 바뀌었습니다.
The goddess of wealth frowned upon him.
부의 여신은 그를 몹시 싫어했다.
He was struck by a sudden misfortune.
그는 갑작스러운 불행을 겪었다.
All at once he lost all of his money.
그는 갑자기 모든 돈을 잃었다.
He was forced to sell his house.
그는 집을 팔아야 했습니다.
But he made a great loss on the property.
하지만 그는 그 재산으로 인해 큰 손실을 입었습니다.
He and his family were left penniless.

그와 그의 가족은 빈털터리가 되었다.
So they were forced to live elsewhere.
그래서 그들은 다른 곳에서 살아야 했습니다.
They happened to move to a nearby village.
그들은 우연히 인근 마을로 이사하게 되었습니다.
The palace was not far from their new house.
궁전은 그들의 새 집에서 멀지 않은 곳에 있었습니다.
But the merchant was not rich anymore.
하지만 상인은 더 이상 부자가 아니었습니다.
And he still had to support his family.
그리고 그는 여전히 가족을 부양해야 했습니다.
He had been reduced to doing manual labour.
그는 육체노동을 하게 되었습니다.
He applied for the job at the palace.
그는 궁전의 일자리를 지원했습니다.
He was going to dig the hole for the water.
그는 물을 얻기 위해 구멍을 파려고 했습니다.
His wife also offered to work with him.
그의 아내도 그와 함께 일하겠다고 제안했습니다.
But they got there too late to work.
하지만 그들은 일하기에는 너무 늦게 도착했습니다.
The water tank had already been finished.
물탱크는 이미 완성되었습니다.
And they did not know whose house it was.
그리고 그들은 그 집이 누구의 집인지 알지 못했습니다.
The merchant's daughter was looking out the window.
상인의 딸이 창밖을 내다보고 있었습니다.
She happened to see her parents in the garden.
그녀는 우연히 정원에서 부모님을 만났습니다.
She could see the rags they were wearing.
그녀는 그들이 입고 있는 누더기를 볼 수 있었습니다.
Her eyes filled with tears at the sight.
그녀는 그 광경을 보고 눈물을 글썽였다.
She could not believe what she saw.
그녀는 자기가 본 것을 믿을 수 없었다.
Her parents had come to her for work.
그녀의 부모님은 일 때문에 그녀에게 왔습니다.
She immediately called her servants.

그녀는 즉시 하인들을 불렀습니다.
"Outside in the garden are my parents"
"정원 밖에는 부모님이 계셔요"
"Please offer them these fine clothes"
"그들에게 이 좋은 옷을 주세요"
"And ask them to come into the palace"
"그리고 그들에게 궁전으로 들어오라고 요청하세요"
Her servants did as they were told.
그녀의 하인들은 시키는 대로 했습니다.
But her parents were frightened beyond measure.
하지만 그녀의 부모는 몹시 두려워했습니다.
They had seen that the tank was finished.
그들은 탱크가 완성된 것을 보았습니다.
There used to be a strange tradition.
이상한 전통이 있었습니다.
In those days human sacrifices were offered.
그 당시에는 인간 희생이 바쳐졌습니다.
One of those occasions was after digging a pool.
그런 경우 중 하나는 수영장을 파고 난 후였습니다.
You can imagine her parents' fear.
그녀 부모님의 두려움이 어떨지 상상이 되시나요?
They had come to dig the water tank.
그들은 물탱크를 파러 왔습니다.
But now servants were calling them.
하지만 이제는 하인들이 그들을 불렀습니다.
They thought they going to be sacrificed.
그들은 자신들이 희생될 것이라고 생각했습니다.
"Throw away your rags" they said.
"누더기를 버리세요"라고 그들은 말했습니다.
"Here, wear these fine clothes"
"이런 좋은 옷을 입으세요"
And their fears increased even more.
그리고 그들의 두려움은 더욱 커졌습니다.
But they did not have to fear for long.
하지만 그들은 오래 두려워할 필요가 없었습니다.
Their rich daughter came out to meet them.
그들의 부유한 딸이 그들을 맞으러 나왔습니다.

She hugged and kissed her parents.
그녀는 부모님을 껴안고 키스했습니다.
And she told them everything that had happened.
그리고 그녀는 그들에게 일어난 모든 일을 말했습니다.
The father felt that she had been right.
아버지는 그녀가 옳다고 생각했습니다.
"You do live from your own fortune"
"당신은 당신의 재산으로 살아갑니다"
The daughter did not blame her father.
딸은 아버지를 비난하지 않았습니다.
And she gave him a large fortune.
그리고 그녀는 그에게 많은 재산을 주었습니다.
With the money he moved back to the city.
그는 그 돈을 가지고 도시로 돌아갔다.
Soon he became a merchant again.
곧 그는 다시 상인이 되었다.
And he went to distant countries for trade.
그리고 그는 무역을 위해 먼 나라로 갔습니다.

One day he got ready for another business venture.
어느 날 그는 또 다른 사업을 시작할 준비를 했습니다.
But that day something strange happened.
하지만 그날 이상한 일이 일어났습니다.
The ship was ready to leave the port.
배는 항구를 떠날 준비가 되었습니다.
But for some reason the ship did not move.
하지만 어떤 이유에서인지 배는 움직이지 않았습니다.
No one could explain what was happening.
아무도 무슨 일이 일어나고 있는지 설명할 수 없었습니다.
But the merchant had an idea.
하지만 상인에게는 좋은 생각이 있었습니다.
"Perhaps my daughters would like presents"
"아마도 내 딸들은 선물을 좋아할 거야"
"I need to ask them what they would like"
"그들에게 무엇을 원하는지 물어봐야 해요"
He went to see his daughters.
그는 딸들을 보러갔다.

He asked them what they would like.
그는 그들에게 무엇을 원하는지 물었습니다.
And he promised to bring them presents.
그리고 그는 그들에게 선물을 가져다 주겠다고 약속했습니다.
But the ship would still not move.
하지만 배는 여전히 움직이지 않았습니다.
He had not asked all his daughters.
그는 딸들 모두에게 묻지 않았다.
His youngest daughter was not there.
그의 막내딸은 그 자리에 없었습니다.
She was living in a different city.
그녀는 다른 도시에 살고 있었습니다.
So he ordered his servants go to her palace.
그래서 그는 하인들에게 그녀의 궁전으로 가라고
명령했습니다.
The messenger came at the wrong time.
메신저가 잘못된 시간에 왔습니다.
The young girl was engaged in devotions.
그 젊은 소녀는 신앙심에 푹 빠져 있었습니다.
But the messenger asked her anyway.
하지만 사자는 그녀에게 물었습니다.
She just told him"sobur"
그녀는 그에게 "sobur"라고만 말했습니다.
The meaning of this was"wait"
이 말의 의미는 "기다려"였습니다.
But the messenger didn't know this.
하지만 사자는 이 사실을 몰랐습니다.
He thought she wanted something called"sobur"
그는 그녀가 "소부르"라고 불리는 것을 원한다고
생각했습니다.
So he went back to the city of the merchant.
그래서 그는 상인의 도시로 돌아갔습니다.
And he delivered the message he received.
그리고 그는 자신이 받은 메시지를 전달했습니다.
"Your daughter wants something called 'sobur'"
"당신 딸이 '소부르'라는 걸 원해요."
This time the ship could move again.
이번에는 배가 다시 움직일 수 있었습니다.

So the merchant started on his travels.
그래서 상인은 여행을 시작했습니다.
He visited many ports on his journey.
그는 여행 중에 많은 항구를 방문했습니다.
And he made good profits from his trades.
그는 자신의 거래에서 좋은 수익을 냈습니다.
Finding the presents was not difficult.
선물을 찾는 것은 어렵지 않았습니다.
He found everything his oldest daughters wanted.
그는 큰딸들이 원하는 모든 것을 찾아냈습니다.
But his youngest daughter's wish was difficult.
하지만 막내딸의 소원은 어려웠습니다.
He could not find the thing called"sobur"
그는 "소부르"라는 것을 찾을 수 없었습니다.
He asked at every port he came to.
그는 자신이 도착하는 모든 항구에서 물었습니다.
"Do you have something called 'sobur'?"
"소부르라는 게 있나요?"
But the merchants all shook their heads.
하지만 상인들은 모두 고개를 저었다.
"We've never heard of 'sobur'"
"우리는 '소부르'라는 말을 들어본 적이 없습니다."
His voyage had almost come to its end.
그의 항해는 거의 끝나가고 있었습니다.
He was soon going to head back home.
그는 곧 집으로 돌아갈 예정이었습니다.
But he wanted"sobur" for his daughter.
하지만 그는 딸에게 '소부르'를 원했습니다.
So he went calling through the streets.
그래서 그는 거리로 나가서 외쳤습니다.
"Sobur, does anyone have sobur?!"
"소부르, 소부르 먹는 사람 있어요?!"
The son of the King was in his castle.
왕의 아들은 그의 성에 있었습니다.
He happened to be looking out the window.
그는 우연히 창밖을 바라보고 있었습니다.
And the calls attracted his attention.

그리고 그 전화는 그의 관심을 끌었다.
Because his name happened to be Sobur.
그의 이름이 소부르였거든요.
He came to the merchant to speak with him.
그는 상인과 이야기하기 위해 그를 찾아갔다.
"I have the Sobur that you want"
"당신이 원하는 소부르가 있어요"
"Take this box, but be careful with it"
"이 상자를 가져가세요. 하지만 조심해서 다루세요"
"In the box is a magical feather fan and mirror"
"상자 안에는 마법의 깃털 부채와 거울이 들어 있어요"
"This is the Sobur your daughter wishes for"
"이게 바로 당신 딸이 바라는 소부르예요"
The merchant thanked the prince for the box.
상인은 상자를 준 왕자에게 감사를 표했다.
And he returned back to his country.
그리고 그는 자신의 나라로 돌아갔습니다.

He gave the box to his daughter.
그는 그 상자를 딸에게 주었다.
But the daughter didn't think about it.
하지만 딸은 그것에 대해 생각하지 않았습니다.
She thought it was just a common box.
그녀는 그것이 그저 평범한 상자일 거라고 생각했습니다.
She had forgotten about the messenger.
그녀는 메신저를 잊어버렸다.
But one day she decided to open the box.
하지만 어느 날 그녀는 상자를 열어보기로 결심했습니다.
Inside the box she found a beautiful fan.
그녀는 상자 안에서 아름다운 부채를 발견했습니다.
In the feather fan there was a beautiful mirror.
깃털 부채 안에는 아름다운 거울이 있었습니다.
She waved the feather fan to cool herself.
그녀는 깃털 부채를 흔들어 몸을 식혔다.
And Prince Sobur appeared before her.
그리고 그녀 앞에 소부르 왕자가 나타났습니다.
"You called me, so here I am," he said.

"당신이 나를 불렀으니, 내가 여기 있습니다."라고 그는
말했습니다.
"What is it you wish for?" he asked.
"당신은 무엇을 바라십니까?" 그는 물었다.
She was astonished at what she saw.
그녀는 자신이 본 것에 놀랐다.
A handsome prince had suddenly appeared!
잘생긴 왕자가 갑자기 나타났어요!
"Who are you?" she asked the prince.
"당신은 누구세요?" 그녀가 왕자에게 물었습니다.
"And how did you suddenly appear?"
"그럼 당신은 어떻게 갑자기 나타났나요?"
The Prince explained what had happened.
왕자는 무슨 일이 일어났는지 설명했습니다.
"Your father was looking for 'sobur'"
"당신의 아버지는 '소부르'를 찾고 있었어요"
"I am prince Sobur," he explained.
"저는 소부르 왕자입니다."라고 그는 설명했다.
"I gave your father a box"
"나는 당신의 아버지에게 상자를 주었습니다"
"In this box there is a feather fan and mirror"
"이 상자 안에는 깃털 부채와 거울이 들어 있어요"
"When you shake the feather fan I will appear"
"깃털 부채를 흔들면 내가 나타날 거야"
She asked the prince to stay as a guest.
그녀는 왕자에게 손님으로 머물러 달라고 부탁했습니다.
And for two days the prince stayed with her.
그리고 왕자는 이틀 동안 그녀와 함께 지냈습니다.
And she entertained him in her palace.
그리고 그녀는 그를 궁전에서 대접했습니다.
During that time the two fell in love.
그 당시 두 사람은 사랑에 빠졌습니다.
They made their vows to each.
그들은 서로에게 서약을 했습니다.
And they became husband and wife.
그리고 그들은 남편과 아내가 되었습니다.
After this the prince returned to his father.

그 후 왕자는 그의 아버지에게 돌아갔다.
He told him that he had selected a wife.
그는 그에게 아내를 선택했다고 말했다.
The day for the wedding was decided.
결혼식 날짜가 결정되었습니다.
All the family was invited.
가족 모두가 초대되었습니다.
And they had a beautiful wedding.
그들은 아름다운 결혼식을 올렸습니다.

But there was a death in the marriage bed.
하지만 결혼 생활에서 죽음이 일어났습니다.
The six daughters of the merchant were envious.
상인의 여섯 딸들은 질투했습니다.
They were jealous of their sister's success.
그들은 자매의 성공을 질투했습니다.
So they decided to destroy her happiness.
그래서 그들은 그녀의 행복을 파괴하기로 결정했습니다.
They broke several glass bottles.
그들은 여러 개의 유리병을 깨뜨렸습니다.
And they ground the glass into fine powder.
그리고 그들은 유리를 갈아서 가루로 만들었습니다.
Then they scattered the powder on the bed.
그리고 그들은 가루를 침대에 뿌렸습니다.
The prince suspected no danger.
왕자는 아무런 위험도 의심하지 않았다.
He laid himself down in the bed.
그는 침대에 누웠다.
Soon he felt an acute pain.
곧 그는 극심한 통증을 느꼈다.
All of his whole body ached.
그의 온몸이 아팠다.
The powder had gone through his skin.
가루가 그의 피부를 뚫고 나갔다.
The prince became restless through pain.
왕자는 고통으로 인해 불안해졌습니다.
And he started to kick and scream.
그리고 그는 발버둥 치며 비명을 지르기 시작했습니다.

He was taken away to his own country.
그는 자신의 나라로 끌려갔습니다.
The king and queen were very worried.
왕과 왕비는 매우 걱정했습니다.
They consulted all the kingdom's physicians.
그들은 왕국의 모든 의사와 상의했습니다.
But their efforts were in vain.
하지만 그들의 노력은 헛수고였다.
Day and night the young prince was screaming.
젊은 왕자는 낮과 밤으로 비명을 질렀습니다.
No one could ascertain the disease.
아무도 그 질병을 확인할 수 없었다.
So they had no way of knowing the remedy.
그래서 그들은 치료법을 알 방법이 없었습니다.
You can imagine the grief of his wife.
그의 아내의 슬픔이 어떨지 상상해 보세요.
The marriage knot had only just been tied.
결혼은 이제 막 끝난 상태였습니다.
She thought a terrible disease had attacked him.
그녀는 끔찍한 질병이 그를 덮쳤다고 생각했습니다.
Then he was carried hundreds of miles away.
그런 다음 그는 수백 마일 떨어진 곳으로 옮겨졌습니다.
She had never been to his country.
그녀는 그의 나라에 가본 적이 없었습니다.
But she was determined to go there.
하지만 그녀는 그곳에 가기로 결심했습니다.
And she was determined to nurse him better.
그리고 그녀는 그를 더 잘 간호하기로 결심했습니다.
She put on the garb of a Sannyasi.
그녀는 산냐시의 복장을 입었습니다.
And she carried a dagger in her hand.
그리고 그녀는 손에 단검을 들고 있었습니다.
And then she set out on her journey.
그리고 그녀는 여행을 시작했습니다.

The princess was still relatively young.
공주는 아직 비교적 어렸다.
She was unaccustomed to long journeys.

그녀는 긴 여행에 익숙하지 않았습니다.
And she wasn't used to walking so far.
그녀는 그렇게 멀리 걷는 데 익숙하지 않았습니다.
She soon got weary of walking.
그녀는 곧 걷는 데 지쳐버렸다.
So she sat under a tree to rest.
그래서 그녀는 나무 아래에 앉아 휴식을 취했습니다.
On the top of the tree there was a nest.
나무 꼭대기에 둥지가 있었습니다.
It was the nest of two divine birds.
그것은 두 마리의 신성한 새의 둥지였습니다.
Bihangami and Bihangama lived here.
비항가미와 비항가마가 이곳에 살았습니다.
They were not in their nest at the time.
그들은 당시 둥지에 없었습니다.
But two of their chicks were in the nest.
하지만 새끼 두 마리가 둥지 안에 있었습니다.
Suddenly the chicks gave a scream.
갑자기 병아리들이 비명을 질렀다.
This roused the half-drowsy princess.
그러자 졸고 있던 공주가 깨어났다.
The little birds had seen huge serpent.
작은 새들은 거대한 뱀을 보았습니다.
The snake was about to climb the tree.
뱀이 나무 위로 올라가려고 했습니다.
This would have been the end of the birds.
이것이 새들의 종말이었을 것이다.
But the Sannyasi took out her dagger.
그러자 산냐시는 단검을 꺼냈다.
And she cut the serpent in two.
그리고 그녀는 뱀을 둘로 잘랐습니다.
Of course even this frightened the young birds.
물론 이것도 어린 새들을 놀라게 했습니다.
And they flew from the nest screaming.
그리고 그들은 비명을 지르며 둥지에서 날아갔습니다.
Bihangama and Bihangami were on their way back.
비항가마와 비항가미는 돌아오는 길이었습니다.
They came sailing through the air.

그들은 공중을 날아왔다.

They thought they already knew what had happened.

그들은 무슨 일이 일어났는지 이미 알고 있다고 생각했습니다.

"I don't expect to see our children"

"우리 아이들을 다시 볼 수 있을 거라고 기대하지 않아요"

"The nest will be empty again"

"둥지는 다시 비어 있을 거야"

"All our previous children were eaten"

"우리의 이전 아이들은 모두 먹혔습니다"

"They were eaten by our great enemy the serpent"

"그들은 우리의 큰 원수인 뱀에게 먹혔습니다."

"They will have met the same fate"

"그들도 같은 운명을 맞이했을 것이다"

"I do not hear the cries of my young ones"

"내 어린아이들의 울음소리가 들리지 않는다"

The two birds got to their nest.

두 다리의 새가 둥지에 도착했습니다.

And as predicted, the nest was empty.

그리고 예상대로 둥지는 비어 있었습니다.

This seemed to confirm their suspicions.

이는 그들의 의심을 확인시켜 주는 듯했다.

But soon the young birds returned.

하지만 곧 어린 새들이 돌아왔습니다.

The divine birds were pleasantly surprised.

신성한 새들은 기분 좋게 놀랐다.

The young birds told them what had happened.

어린 새들은 무슨 일이 일어났는지 그들에게 말해주었습니다.

"There was a young Sannyasi under the tree"

"나무 아래에 어린 산냐시가 있었습니다."

"He destroyed the serpent"

"그는 뱀을 멸망시켰다"

"He cut the snake in two with his dagger"

"그는 단검으로 뱀을 둘로 잘랐다"

The parents went to foot of the tree.

부모님은 나무 아래로 갔습니다.

Two halves of the snake were still there.

뱀의 반쪽 두 개가 여전히 거기에 있었습니다.

"The young Sannyasi has saved our offspring"
"젊은 산냐시가 우리 자손을 구했습니다."
"I wish we could do him some service in return"
"우리도 그에게 보답으로 뭔가 도움을 줄 수 있었으면 좋겠다"
The divine bird Bihangama replied.
신성한 새 비항가마가 대답했습니다.
"We shall do our service to HER"
"우리는 그녀를 위해 봉사할 것입니다"
"The Sannyasi under the tree is not a man"
"나무 아래의 산냐시는 사람이 아니다"
"The Sannyasi under the tree is a woman"
"나무 아래의 산냐시는 여자다"
"Last night she got married to Prince Sobur"
"어젯밤에 그녀는 소부르 왕자와 결혼했어요"
"Shortly after their marriage he was poisoned"
"그들이 결혼한 직후 그는 독살당했습니다."
"His skin was pierced with small shards of glass"
"그의 피부는 작은 유리 파편으로 뚫려 있었습니다."
"His sisters-in-law envied his wife"
"그의 처형들은 그의 아내를 부러워했습니다"
"Her sisters spread the powder over the bed"
"그녀의 자매들은 침대 위에 가루를 뿌렸습니다"
"He is still suffering from his pain"
"그는 아직도 고통에 시달리고 있어요"
"But he is in his native land"
"하지만 그는 고향에 있어요"
"And now he is at the point of death"
"그리고 이제 그는 죽음의 직전에 있습니다"
"Beneath the tree is his heroic bride"
"나무 아래에는 그의 영웅적인 신부가 있습니다"
"She is wearing the garb of a Sannyasi"
"그녀는 산냐시의 복장을 하고 있어요"
"And she is going to nurse him"
"그리고 그녀는 그를 간호할 것입니다"
The Bihangami asked the Bihangama.
비항가미가 비항가마에게 물었습니다.
"Is there no cure for the prince?"

"왕자를 치료할 수 있는 방법이 없나요?"
"Yes, there is a cure" replied the Bihangama.
"그렇습니다. 치료법이 있습니다." 비항가마가 대답했습니다.
"There is hardened dung lying on the ground"
"땅에 굳은 똥이 놓여 있어요"
"She must take this hardened dung"
"그녀는 이 굳어진 똥을 가져가야 해"
"Then she must reduce the dung to powder"
"그러면 그녀는 똥을 가루로 만들어야 합니다"
"And then she must bathe the prince"
"그리고 그녀는 왕자를 목욕시켜야 해요"
"She must bathe him in seven jars of water"
"그녀는 그를 물 일곱 항아리로 목욕시켜야 합니다"
"Then she must bathe him in seven jars of milk"
"그러면 그녀는 그를 일곱 개의 우유병으로 목욕시켜야
합니다."
"Then she must apply the powder to his body"
"그러면 그녀는 그의 몸에 가루를 발라야 해요 "
"After this Prince Sobur will get well"
"이제 소부르 왕자는 나을 것이다"
"I have no doubts about this remedy"
"나는 이 치료법에 대해 의심의 여지가 없습니다"
The Bihangami saw a problem though.
하지만 비항가미는 문제가 있다는 것을 깨달았습니다.
"The princess is but a young girl"
"공주는 아직 어린 소녀일 뿐이에요"
"She cannot walk such a distance"
"그녀는 그렇게 먼 거리를 걸을 수 없어요"
"The journey would take her many days"
"그녀가 여행을 하는 데는 며칠이 걸릴 것입니다."
"By that time the poor prince will have died"
"그때쯤이면 불쌍한 왕자는 죽었을 거야"
"I can," replied the Bihangama.
"할 수 있어요." 비항가마가 대답했다.
"I will take the young lady on my back"
"내가 그 아가씨를 등에 업고 갈게요"
"I will fly her to Prince Sobur's city"

"나는 그녀를 소부르 왕자의 도시로 데려갈 것이다"
"If she takes no presents, I will fly her back"
"그녀가 선물을 받지 않으면, 나는 그녀를 다시 비행기로
데려갈 것이다"
The merchant's daughter heard this conversation.
상인의 딸이 이 대화를 들었습니다.
She begged the Bihangama to take her on his back.
그녀는 비항가마에게 그녀를 등에 태워달라고 간청했습니다.
And of course the bird willingly consented.
그리고 물론 새는 기꺼이 동의했습니다.
First she gathered some of the birds dung.
먼저 그녀는 새의 똥을 모았습니다.
And then she reduced the dung to fine powder.
그리고 그녀는 그 똥을 고운 가루로 만들었습니다.
She was armed with this potent drug.
그녀는 이 강력한 약을 가지고 있었습니다.
And she got on the back of the kind bird.
그리고 그녀는 친절한 새의 등에 올라탔습니다.

The Bihangama flew as fast as lightning.
비항가마는 번개처럼 빠르게 날아갔다.
They soon reached Prince Sobur's city.
그들은 곧 소부르 왕자의 도시에 도착했습니다.
The young Sannyasi went up to the palace.
젊은 산냐시는 궁전으로 올라갔습니다.
And she spoke to the guards at the gate.
그리고 그녀는 문지기들에게 말했습니다.
"Send word to the king that I have a drug"
"내가 약을 가지고 있다는 것을 왕에게 전하라"
"This drug will save the prince's life"
"이 약은 왕자의 목숨을 구할 것이다"
"Within hours I will have cured the prince"
"몇 시간 안에 왕자를 고칠 수 있을 거야"
The king had tried all the best doctors.
왕은 최고의 의사들을 모두 동원해 보았습니다.
But no doctor had been able to cure his son.
하지만 어떤 의사도 그의 아들을 고칠 수 없었습니다.

So he didn't believe the Sannyasi's words.
그래서 그는 산냐시의 말을 믿지 않았습니다.
But his councilors advised him otherwise.
하지만 그의 의원들은 그에게 다른 조언을 했습니다.
The Sannyasi ordered for seven jars of water.
산냐시는 물 항아리 일곱 개를 주문했습니다.
And seven jars of milk were ordered.
그리고 우유 일곱 병을 주문했습니다.
He poured a jar of water on the prince.
그는 왕자에게 물 한 병을 부었다.
And he poured a jar of milk on the prince.
그리고 그는 왕자에게 우유 한 병을 부었습니다.
He had a feather from the divine bird.
그는 신성한 새의 깃털을 가지고 있었습니다.
And he used the feather to apply the powder.
그리고 그는 깃털을 이용해 가루를 발랐습니다.
All of the prince's body was covered.
왕자의 몸 전체가 덮여 있었습니다.
This was repeated another six times.
이런 일이 여섯 번 더 반복되었습니다.
The last treatment did the magic.
마지막 치료가 마법을 부렸습니다.
The prince started to feel well again.
왕자는 다시 기분이 좋아지기 시작했습니다.
The king was happier than words can describe.
왕은 말로 표현할 수 없을 만큼 행복했습니다.
"Give the Sannyasi the finest treasures"
"산냐시에게 최고의 보물을 주세요"
But the Sannyasi refused to take presents.
하지만 산냐시는 선물을 받기를 거부했습니다.
"Let me have the ring on the prince's finger"
"왕자의 손가락에 반지를 끼워주세요"
The king and the prince were happy.
왕과 왕자는 행복했습니다.
And they gave him what he wanted.
그리고 그들은 그가 원하는 것을 주었습니다.
The merchant's daughter hastened back.
상인의 딸은 서둘러 돌아갔다.

The Bihangama was waiting at the sea-shore.
비항가마는 바닷가에서 기다리고 있었습니다.
They reached the tree of the divine birds.
그들은 신성한 새들의 나무에 도착했습니다.
The young bride walked back to her palace.
젊은 신부는 궁전으로 돌아갔다.

The following day she shook the magical feather fan.
다음날 그녀는 마법의 깃털 부채를 흔들었다.
Just as before, her husband appeared.
예전과 마찬가지로 그녀의 남편이 나타났다.
Of course he was happy to see his wife.
물론 그는 아내를 보고 기뻤습니다.
But he was infinitely surprised.
하지만 그는 무한히 놀랐다.
She had his ring on her finger.
그녀의 손가락에는 그의 반지가 끼어 있었다.
His own wife was his doctor.
그의 아내가 그의 의사였습니다.
It was his wife that had cured him!
그를 고쳐준 사람은 바로 그의 아내였습니다!
The prince took his bride to his palace.
왕자는 신부를 궁전으로 데려갔다.
He forgave his sisters-in-law.
그는 그의 처형들을 용서했습니다.
They lived happily for many years.
그들은 여러 해 동안 행복하게 살았습니다.
And they were blessed with children.
그리고 그들은 자녀를 갖는 축복을 받았습니다.

The Origins of Opium
아편의 기원

Once upon on a time there lived a Rishi.
옛날 옛적에 리시라는 사람이 살았습니다.
He lived on the banks of the holy Ganges.
그는 신성한 갠지스 강둑에 살았습니다.
This Rishi was a very religious man.
이 리시는 매우 종교적인 사람이었습니다.
He spent his days performing religious rites.
그는 종교 의식을 거행하며 나날을 보냈다.
From sunrise to sunset he sat on the river bank.
그는 해가 뜨는 때부터 해가 지는 때까지 강둑에 앉아
있었습니다.
For the whole time he sat engaged in devotion.
그는 내내 앉아서 헌신에 전념했습니다.
At night he took shelter in his hut.
밤에는 그는 오두막에 숨었다.
His hut was made from palm-leaves.
그의 오두막은 야자수 잎으로 만들어졌습니다.
The palms he had grown from saplings.
그는 어린 나무에서 야자수를 키웠습니다.
There was no one around for miles.
몇 마일 안에는 아무도 없었습니다.
However, in the hut there was a mouse.
그런데 오두막에 쥐가 한 마리 있었습니다.
She lived from what the Rishi left for her.
그녀는 리시가 남긴 것으로 살아갔습니다.
The Rishi was a kind-hearted man.
리시는 친절한 사람이었습니다.
He would not hurt any living thing.
그는 어떤 생명체도 해치지 않을 것입니다.
So our mouse never ran away from him.
그래서 우리 쥐는 결코 그에게서 도망가지 않았습니다.
In fact, our mouse went to him.
사실, 우리 쥐가 그에게 다가갔어요.
She touched his feet when he was sitting.
그는 앉아 있을 때 그녀는 그의 발을 만졌다.

And she enjoyed playing with him.
그리고 그녀는 그와 놀기를 좋아했습니다.
The Rishi also liked the little mouse.
리시도 작은 쥐를 좋아했습니다.
So he wanted to be kind to her.
그래서 그는 그녀에게 친절하게 대하고 싶었습니다.
And he wanted someone to talk to.
그는 이야기할 상대가 필요했습니다.
So he gave her the power of speech.
그래서 그는 그녀에게 말할 수 있는 능력을 주었습니다.

One night the mouse stood up.
어느 날 밤 쥐가 일어섰습니다.
She got onto her hind legs.
그녀는 뒷다리로 일어섰다.
And she stood in front of the Rishi.
그리고 그녀는 리시 앞에 섰습니다.
And she put her front paws together.
그리고 그녀는 앞발을 모았습니다.
"Holy Sage, you have been kind to me"
"성자님, 당신은 저에게 친절하셨습니다."
"And you have given me human language"
"그리고 당신은 나에게 인간의 언어를 주셨습니다"
"I hope it doesn't displease your reverence"
"당신의 경의를 불쾌하게 하지 않기를 바랍니다."
"But I have one more boon to ask"
"하지만 부탁드릴 게 하나 더 있어요"
The Rishi listened to his mouse.
리시는 쥐의 말을 들었다.
"What is it?" asked the Rishi.
"무슨 일이에요?" 리시가 물었습니다.
"Say what you want, little mouse"
"원하는 말을 해, 작은 쥐야"
The mouse answered the Rishi.
쥐가 리시에게 대답했습니다.
"By day your reverence goes to the river"
"낮에는 당신의 경외심이 강으로 가네"

"And there you practice your devotions"
"그리고 거기서 당신은 당신의 헌신을 실천합니다 "
"During this time a cat comes to the hut"
"이때 고양이 한 마리가 오두막에 온다"
"This cat has been trying to catch me"
"이 고양이가 나를 잡으려고 했어요"
"She still has some fear of your reverence"
"그녀는 아직도 당신의 존경심에 약간의 두려움을 가지고 있습니다"
"Otherwise she would have eaten me long ago"
"그렇지 않았으면 그녀는 오래 전에 나를 먹었을 거야"
"But I fear the cat will eat me someday"
"하지만 언젠가 고양이가 나를 잡아먹을까 봐 두렵습니다"
"So I have one prayer to ask of you"
"그래서 저는 당신에게 한 가지 기도를 부탁드리고 싶습니다."
"Please may I be changed into a cat!"
"제발 저를 고양이로 바꿔주세요!"
"Then I would be a match for my foe"
"그럼 나는 내 적과 맞설 수 있겠지"
The Rishi understood the mouse's plight.
리시는 쥐의 처지를 이해했습니다.
He threw some holy water on the mouse.
그는 쥐에게 성수를 뿌렸습니다.
And the mouse instantly turned into a cat.
그러자 쥐가 순식간에 고양이로 변했습니다.

She had lived as a cat for some days.
그녀는 며칠 동안 고양이로 살았습니다.
One night she went to the Rishi again.
어느 날 밤 그녀는 다시 리시에게 갔습니다.
And the Rishi spoke to his pet.
그리고 리시는 그의 애완동물에게 말했습니다.
"Well, little kitty, how are you!"
"잘 지내니, 꼬마 고양이야!"
"How do you like your present life!"
"지금의 삶은 어때요?"
The cat thought about what to say.

고양이는 무슨 말을 해야 할지 고민했습니다.
But she didn't have to say anything.
하지만 그녀는 아무 말도 할 필요가 없었습니다.
The Rishi could tell by her expression.
리시는 그녀의 표정에서 알 수 있었습니다.
"Why don't you like it?" asked the sage.
"왜 좋아하지 않으세요?" 현자가 물었습니다.
"Are you not as strong as the other cats!"
"너는 다른 고양이들보다 힘이 세지 않니?"
"Yes, I am strong enough," answered the cat.
"그래요, 저는 충분히 강해요." 고양이가 대답했습니다.
"Your reverence has made me a strong cat"
"당신의 존경심이 나를 강한 고양이로 만들었습니다"
"As strong as any cat in the world"
"세상의 어떤 고양이보다도 강하다"
"Now I do not fear cats anymore"
"이제 나는 더 이상 고양이를 두려워하지 않습니다"
"But now I have got a new foe"
"하지만 이제 새로운 적이 생겼어요"
"By day your reverence goes to the river"
"낮에는 당신의 경외심이 강으로 가네"
"During this time dogs come to the hut"
"이때 개들이 오두막에 온다"
"These dogs have been barking at me"
"이 개들이 나한테 짖어대요"
"And I have been frightened for my life"
"그리고 나는 내 생명이 위험하다는 것을 느꼈습니다"
"So I have one more prayer to ask of you"
"그러니 당신에게 부탁드릴 기도가 하나 더 있습니다."
"Please may I be changed into a dog!"
"제발 저를 개로 바꿔주세요!"
The Rishi understood the cat's plight.
리시는 고양이의 처지를 이해했습니다.
He threw some holy water on the cat.
그는 고양이에게 성수를 뿌렸다.
And the cat instantly became a dog.
그리고 고양이는 곧바로 개가 되었습니다.

She lived as a dog for some days.
그녀는 며칠 동안 개로 살았습니다.
But one night she spoke to the Rishi.
그런데 어느 날 밤 그녀는 리시와 이야기를 나누었습니다.
"I cannot thank your reverence enough"
"당신의 존경심에 얼마나 감사드려도 모자랄 정도입니다"
"You have been most kind to me"
"당신은 나에게 정말 친절했어요"
"I was but a poor mouse"
"나는 가난한 쥐일 뿐이었습니다"
"You not only gave me speech"
"당신은 나에게 연설을 했을 뿐만 아니라"
"But you also turned me into a cat"
"그런데 당신은 나를 고양이로 만들기도 했어요"
"And your kindness didn't end there"
"그리고 당신의 친절은 거기서 끝나지 않았습니다"
"Then you changed me into a dog"
"그러니까 나를 개로 바꿔버렸잖아"
"As a dog, however, I suffer greatly"
"하지만 나는 개이기 때문에 엄청난 고통을 겪는다"
"I do not get enough to eat"
"먹을 게 충분하지 않아요"
"My only food is what you leave me"
"내 유일한 음식은 당신이 남겨준 것뿐이에요"
"That was fine when I was a mouse"
"내가 쥐였을 때는 괜찮았는데"
"But you have made me much larger"
"하지만 당신은 나를 훨씬 더 크게 만드셨습니다 "
"And it is not enough to fill my mouth"
"내 입을 채우기에는 충분하지 않아"
"OH your reverence, how I envy those monkeys"
"오, 당신의 존경심, 저는 그 원숭이들을 얼마나 부럽습니까"
"They jump about from tree to tree"
"그들은 나무에서 나무로 뛰어다닌다"
"They eat all sorts of delicious fruits!"
"그들은 온갖 맛있는 과일을 먹어요!"

"Please may reverence not get angry"
"경건함이 화를 내지 않기를 바랍니다"
"I pray to be changed into an monkey"
"원숭이로 변해달라고 기도합니다"
The sage was a very understanding man.
그 현자는 매우 이해심이 깊은 사람이었습니다.
His heart was filled with patience.
그의 마음은 인내심으로 가득 찼습니다.
He was happy to grant his pet's wish.
그는 자신의 애완동물의 소원을 기꺼이 들어주었습니다.
He threw some holy water on the dog.
그는 개에게 성수를 뿌렸다.
And the dog instantly became an monkey.
그리고 그 개는 즉시 원숭이가 되었습니다.

Our monkey was at first wild with joy.
우리 원숭이는 처음에는 기쁨에 들떠 있었습니다.
She leaped from one tree to another.
그녀는 한 나무에서 다른 나무로 뛰어올랐다.
She sucked every luscious fruit.
그녀는 맛있는 과일을 모두 빨아먹었습니다.
But her joy was short-lived again.
하지만 그녀의 기쁨은 또다시 잠깐뿐이었습니다.
Summer had brought with it its drought.
여름은 가뭄을 가져왔습니다.
Monkeys find it hard to climb down.
원숭이는 내려오는 게 힘들어요.
So she couldn't drink from the river.
그래서 그녀는 강물을 마실 수 없었습니다.
She saw how the wild boars lived.
그녀는 멧돼지들이 어떻게 사는지 보았습니다.
All day they splashed in the water.
그들은 하루종일 물속에서 물장구를 쳤습니다.
She envied their life now.
그녀는 지금 그들의 삶이 부럽다.
"Oh how happy those wild boars are!"
"저 멧돼지들은 얼마나 행복할까!"

"All day their bodies are cooled"
"그들의 몸은 하루 종일 시원하다"
"All day they are refreshed by water"
"그들은 하루 종일 물로 상쾌함을 얻습니다"
"How I wish I were a wild boar"
"내가 멧돼지였으면 좋겠다"
That night she went to the Rishi.
그날 밤 그녀는 리시에게 갔다.
She recounted her troubles to him.
그녀는 그에게 자신의 고민을 이야기했다.
She told him all about the wild boars.
그녀는 그에게 멧돼지에 대한 모든 것을 말해주었습니다.
"Oh how pleasant their lives must be"
"그들의 삶은 얼마나 즐거울까"
And she begged to be changed again.
그리고 그녀는 다시 변화해 달라고 간청했습니다.
"I pray to be changed into a wild boar"
"나는 멧돼지로 변해달라고 기도합니다"
The sage's kindness knew no bounds.
현자의 자비는 끝이 없었습니다.
and he complied with his pet's request.
그리고 그는 자신의 애완동물의 요청을 따랐습니다.
He threw some holy water on the monkey.
그는 원숭이에게 성수를 뿌렸습니다.
And the monkey instantly became a wild boar.
그러자 원숭이는 순식간에 멧돼지로 변했습니다.

Our boar was now very content.
우리 멧돼지는 이제 매우 만족스러워졌습니다.
She kept her body soaking wet.
그녀는 몸을 계속 물에 적셨다.
Every day she went to the river.
그녀는 매일 강으로 갔습니다.
She splashed about in her favorite element.
그녀는 자신이 가장 좋아하는 곳에서 물장구를 쳤다.
But life is not safe for wild boars.
하지만 멧돼지의 삶은 안전하지 않습니다.

One day the king was out hunting.
어느 날 왕은 사냥을 나갔습니다.
He was riding on an adorned elephant.
그는 장식된 코끼리를 타고 있었습니다.
Only by luck did our wild boar escape.
우리의 멧돼지가 탈출한 것은 오로지 행운이었습니다.
She thought a lot about her experience.
그녀는 자신의 경험에 대해 많이 생각했습니다.
She dwelt on the dangers of her life.
그녀는 자신의 삶의 위험에 대해 이야기했습니다.
And she envied the stately elephant.
그리고 그녀는 위풍당당한 코끼리를 부러워했습니다.
The elephant was more fortunate than her.
코끼리는 그녀보다 더 운이 좋았습니다.
He got to carry the king on his back.
그는 왕을 등에 업고 다녔습니다.
Now she longed to be an elephant.
이제 그녀는 코끼리가 되고 싶어했습니다.
And at night she besought the Rishi.
그리고 밤에 그녀는 리시에게 간청했습니다.

Our elephant was roaming the wilderness.
우리의 코끼리는 황야를 돌아다녔습니다.
On her adventures she saw the king.
그녀는 모험을 하던 중 왕을 만났습니다.
Our elephant went towards the king's suite.
우리의 코끼리는 왕의 스위트룸으로 향했습니다.
She had every intention of being caught.
그녀는 잡힐 것을 각오하고 있었습니다.
The king saw the elephant from a distance.
왕은 멀리서 코끼리를 보았다.
He couldn't help but admire her beauty.
그는 그녀의 아름다움에 감탄하지 않을 수 없었다.
He gave his orders to his servants.
그는 하인들에게 명령을 내렸다.
"Catch and tame this elephant"
"이 코끼리를 잡아 길들여라"
Our elephant was easily caught.

우리 코끼리는 쉽게 잡혔습니다.
She was taken into the royal stables.
그녀는 왕실 마구간으로 옮겨졌습니다.
And she was tamed without any trouble.
그리고 그녀는 아무런 문제 없이 길들여졌습니다.

One day the queen had a wish.
어느 날 여왕은 소원을 빌었습니다.
She wished to go to the holy Ganges.
그녀는 신성한 갠지스 강에 가고 싶어했습니다.
She wished to bathe in the holy waters.
그녀는 성지에서 목욕하고 싶어했습니다.
The king wanted to accompany his wife.
왕은 그의 아내와 함께 가고 싶어했습니다.
So he made his orders to his servants.
그래서 그는 종들에게 명령을 내렸습니다.
"Bring us the newly caught elephant"
"새로 잡은 코끼리를 데려와"
The king and queen mounted on her back.
왕과 왕비가 그녀의 등에 올라탔다.
Our elephant had gotten her wish.
우리 코끼리의 소원이 이루어졌습니다.
Well... she seemed to have gotten her wish.
글쎄요... 그녀의 소원이 이루어진 것 같습니다.
The king had mounted on her back.
왕은 그녀의 등에 올라탔다.
But no, the elephant didn't get her wish.
하지만 코끼리는 그녀의 소원을 들어주지 않았습니다.
She looked upon herself as a lordly beast.
그녀는 자신을 위엄 있는 짐승으로 여겼다.
She could not a woman riding on her back.
그녀는 등에 여자를 태울 수 없었다.
It wasn't enough that she was a queen.
그녀가 여왕이라는 것만으로는 충분하지 않았습니다.
She could not bear the idea of it.
그녀는 그 생각을 참을 수 없었다.
She felt she had been degraded.
그녀는 자신이 모욕을 당했다고 느꼈다.

She jumped up as violently as elephants can.
그녀는 코끼리가 할 수 있는 한 격렬하게 뛰어올랐다.
Both the king and queen fell to the ground.
왕과 왕비는 모두 땅에 쓰러졌습니다.
The king carefully picked up the queen.
왕은 조심스럽게 여왕을 들어올렸다.
He took the queen in his arms.
그는 여왕을 품에 안았다.
He asked her whether she had been hurt.
그는 그녀에게 다쳤는지 물었다.
He wiped off the dust from her clothes.
그는 그녀의 옷에서 먼지를 닦아냈다.
And he tenderly kissed her a hundred times.
그리고 그는 그녀에게 백번이나 부드럽게 키스했다.
Our elephant witnessed the king's caresses.
우리의 코끼리는 왕의 애무를 목격했습니다.
And she scampered off to the woods.
그리고 그녀는 숲으로 달려갔다.
She ran as fast as her legs could carry her.
그녀는 다리가 닿는 한 최대한 빨리 달렸다.
As she ran, she thought within herself;
그녀는 달리면서 속으로 생각했다.
"I have experienced many different lives"
"저는 다양한 삶을 경험했습니다"
"And I have experienced different happiness"
"그리고 저는 다양한 행복을 경험했습니다"
"But those lives cannot be compared"
"하지만 그 삶들은 비교할 수 없어요"
"A queen is the happiest creature of all"
"여왕은 모든 생명체 중 가장 행복한 존재입니다"
"Of what infinite regard is she the object of!"
"그녀는 얼마나 무한한 존경의 대상인가!"
"The king lifted her off the ground"
"왕은 그녀를 땅에서 들어올렸다"
"And he carefully took her in his arms"
"그리고 그는 그녀를 조심스럽게 품에 안았습니다."
"He made many tender inquiries to her"

"그는 그녀에게 많은 애정 어린 질문을 했습니다."
"And he wiped off the dust from her clothes"
"그리고 그는 그녀의 옷에서 먼지를 닦아냈습니다."
"And he kissed her a hundred times!"
" 그리고 그는 그녀에게 백번이나 키스했어요!"
"Oh, the happiness of being a queen!"
"아, 여왕이 된 행복이여!"
"I must ask the Rishi to make me a queen!"
"리시께 저를 여왕으로 만들어 달라고 부탁해야겠어요!"

The sun was just about to set.
해가 막 지려고 했습니다.
Our elephant made it back to the hut.
우리 코끼리는 오두막으로 돌아왔습니다.
The Rishi had just finished his devotions.
리시는 방금 자신의 신앙을 마쳤습니다.
She fell on the ground at his feet.
그녀는 그의 발 앞에 엎드렸다.
She was still the little mouse.
그녀는 여전히 작은 쥐였습니다.
And he was still the holy sage.
그리고 그는 여전히 성스러운 성인이었습니다.
"What's the news?" inquired the Rishi.
"무슨 소식이 있나요?" 리시가 물었다.
"Why have you left the king's palace!"
"왜 왕궁을 떠났니?"
Our elephant thought about her words.
우리 코끼리는 자신의 말에 대해 생각했습니다.
"What shall I say to your reverence!"
"당신의 존경심에 무슨 말씀을 드려야 할까요!"
"You have been very kind to me"
"당신은 나에게 매우 친절했습니다"
"You have granted every wish of mine"
"당신은 내 소원을 모두 들어주셨어요"
"I was a mouse and you gave me speech"
"나는 쥐였고 당신은 나에게 말을 하게 해주셨어요"
"But as a mouse my life was in danger"

"하지만 쥐였을 때 내 생명은 위험했습니다."
"You saved me by turning me into a cat"
"당신은 나를 고양이로 만들어서 구했어요"
"But as a cat my life was no safer"
"하지만 고양이로서 내 삶은 더 안전하지 않았습니다."
"And you helped me become a dog"
"그리고 당신은 내가 개가 되도록 도와주셨어요"
"But as a dog I had not enough to eat"
"하지만 개였을 때는 먹을 것이 충분하지 않았어요"
"You provided for me again"
"당신은 다시 나를 돌봐주셨어요"
"And you turned my into a monkey"
"그리고 당신은 나를 원숭이로 만들었습니다"
"I had all I could wish to eat"
"내가 먹고 싶은 건 다 먹었어"
"But I had no way of cooling my body"
"하지만 내 몸을 식힐 방법이 없었어요"
"You helped me with this too"
"이것도 너가 도와줬어"
"And you turned me into a wild boar"
"그리고 당신은 나를 멧돼지로 만들었습니다"
"Wild boars have a comfortable life"
"멧돼지들은 편안한 삶을 살고 있어요"
"But they don't live without danger"
"하지만 그들은 위험 없이 살지 않습니다"
"And again you protected me"
"그리고 또 당신은 나를 보호해 주셨어요"
"And you turned me into an elephant"
"그리고 당신은 나를 코끼리로 만들었습니다"
"Being an elephant has increased my bulk"
"코끼리가 되어서 몸집이 커졌어요"
"But being an elephant has not increased my happiness"
"하지만 코끼리가 되었다는 사실이 내 행복을 증가시키지는
못했습니다."
"I have one more boon to ask of you"
"당신께 부탁드릴 것이 하나 더 있습니다."
"It will be the last boon I ask for"

"이게 내가 바라는 마지막 은혜가 될 거야"
"I see now who the happiest creature is"
"이제 누가 가장 행복한지 알겠어요"
"A queen is the happiest in the world"
"여왕은 세상에서 가장 행복한 사람이에요"
"Holy father, please make me a queen"
"성부님, 저를 여왕으로 만들어 주세요"
"Silly child," answered the Rishi.
"어리석은 아이군요." 리시가 대답했다.
"How can I make you a queen!"
"어떻게 하면 당신을 여왕으로 만들 수 있을까요!"
"Where can I get a kingdom for you!"
"어디서 당신에게 왕국을 가져다 줄 수 있을까요!"
"Where would I find a royal husband!"
"왕족의 남편은 어디서 찾을 수 있을까!"
But the Rishi was still patient.
하지만 리시는 여전히 인내심을 가졌습니다.
"There is one thing I can do for you"
"내가 당신을 위해 할 수 있는 일이 하나 있습니다"
"I can change you into a beautiful girl"
"난 너를 아름다운 여자로 바꿔줄 수 있어"
"You will be as beautiful as a queen"
"너는 여왕처럼 아름다울 거야"
"You will possess all the charms you need"
"당신은 필요한 모든 매력을 갖게 될 것입니다"
"Your charms can captivate a prince's heart"
"당신의 매력은 왕자의 마음을 사로잡을 수 있습니다"
"But you must wait for what the gods decide"
"하지만 신들이 어떻게 결정하실지 기다려야 합니다."
"They will grant you an interview"
"그들은 당신에게 면접 기회를 줄 것입니다"
"Tou will have your chance with a prince!"
"너는 왕자와 만날 기회를 갖게 될 거야!"
Our elephant agreed to the change.
우리 코끼리는 변화에 동의했습니다.
The beast was transformed by the Rishi.
그 짐승은 리시에 의해 변형되었습니다.

And now she was a beautiful young lady.
그리고 이제 그녀는 아름다운 젊은 아가씨였습니다.
The holy sage named her Postomani.
성스러운 현자는 그녀의 이름을 포스토마니라고 지었습니다.
Her name meant 'the poppy-seed lady'.
그녀의 이름은 '양귀비씨 여인'을 뜻합니다.

Postomani lived in the Rishi's hut.
포스토마니는 리시의 오두막에서 살았습니다.
She spent her time tending the flowers.
그녀는 꽃을 가꾸며 시간을 보냈다.
And she watered the plants in the garden.
그리고 그녀는 정원의 식물에 물을 주었습니다.
One day she was sitting at the hut.
어느 날 그녀는 오두막에 앉아 있었습니다.
The Rishi was at the holy Ganges.
리시는 성스러운 갠지스 강에 있었습니다.
A richly dressed man came towards the cottage.
화려한 옷을 입은 남자가 오두막 쪽으로 다가왔다.
She stood up to welcome the man.
그녀는 그 남자를 환영하기 위해 일어섰다.
And she asked the stranger who he was.
그리고 그녀는 낯선 사람에게 그가 누구인지 물었습니다.
“What have you come for?” she asked.
"무슨 일로 오셨어요?" 그녀가 물었다.
“I have been on a hunt”
“나는 사냥을 하고 있었어요”
“But we chased the deer in vain”
"하지만 우리는 사슴을 쫓아도 소용없었다"
“Now I am thirsty from the heat”
“이제 더위로 인해 목이 마르네요”
“I thought that a Rishi lives here”
“여기에 리시가 산다고 생각했어요”
“I had come to ask him for water”
“나는 그에게 물을 달라고 왔어요”
“But now I see you live here”
"하지만 지금은 당신이 여기 살고 있는 걸 봤어요"

Postomani answered the stranger.
포스토마니는 낯선 사람에게 대답했다.
"Look upon this hut as your own"
"이 오두막을 당신의 오두막처럼 여기세요"
"I am sorry, but we are poor"
"죄송하지만 우리는 가난해요"
"We cannot offer you any entertainment"
"우리는 당신에게 어떤 오락거리도 제공할 수 없습니다"
"But let me make your visit comfortable"
"하지만 제가 당신의 방문을 편안하게 만들어 드리겠습니다"
"Because, I believe you are a king"
"왜냐하면, 나는 당신이 왕이라고 믿기 때문입니다"
"If I am not mistaken," she added.
"내가 틀리지 않았다면요." 그녀가 덧붙였다.
The stranger smiled in recognition.
낯선 사람은 알아차린 듯 미소지었다.

Postomani then brought a pot of water.
그러자 포스토마니는 물 한 냄비를 가져왔습니다.
She went to wash her royal guest's feet.
그녀는 왕족 손님의 발을 씻으러 갔다.
But the visitor did not let her do this.
하지만 방문객은 그녀가 그렇게 하는 것을 허용하지
않았습니다.
"Holy maid, do not touch my feet"
"성녀님, 제 발을 만지지 마세요"
"I am only a Kshatriya," he confessed.
"저는 단지 크샤트리아일 뿐입니다." 그는 고백했다.
"And you are the daughter of a holy sage"
"그리고 당신은 성스러운 현자의 딸이군요"
"Noble sir;" Postomani begun to confess.
"고귀한 분," 포스토마니가 고백하기 시작했습니다.
"I am not the daughter of the Rishi"
"나는 리시의 딸이 아니다"
"And am I not a Brahmani girl either"
"그리고 나도 브라만계 여자가 아닌가요?"
"There is no harm in me touching your feet"

"내가 당신의 발을 만져도 아무런 문제가 없습니다"
"Besides, you are my guest"
"게다가 당신은 내 손님이에요"
"And I am bound to wash your feet"
"그리고 나는 반드시 너희 발을 씻을 것이다"
"Forgive my impertinence," the king wished.
"제 무례함을 용서해 주십시오." 왕이 기도했습니다.
"What caste do you belong to?" he asked.
"당신은 어떤 계급에 속합니까?" 그는 물었다.
"I only know what the sage told me"
"나는 현자께서 말씀하신 것만 알고 있습니다."
"I heard my parents were Kshatriyas"
"저희 부모님이 크샤트리아라고 들었어요"
The stranger wanted to know more.
낯선 사람은 더 자세히 알고 싶어했습니다.
"May I ask whether your father was a king!"
"당신의 아버지가 왕이었는지 물어봐도 될까요!"
"You have an uncommon beauty," he said.
"당신은 비범한 아름다움을 가지고 있어요."라고 그는 말했다.
"And you possess a stately demeanor"
"그리고 당신은 위엄 있는 태도를 가지고 있습니다"
"These qualities cannot be worked for"
"이런 자질은 노력으로 얻을 수 없습니다 "
"It shows that you were born a princess"
"당신이 공주로 태어났다는 것을 보여줘요"
Postomani avoided answering the question.
포스토마니는 그 질문에 대답하는 것을 피했다.
Instead she went inside the hut.
대신 그녀는 오두막 안으로 들어갔다.
She brought out a tray of delicious fruits.
그녀는 맛있는 과일이 담긴 접시를 가져왔습니다.
And she set the fruits before the king.
그리고 그녀는 왕 앞에 과일을 놓았습니다.
The king, however, did not touch the fruits.
하지만 왕은 과일에 손을 대지 않았습니다.
He waited until his question was answered.
그는 자신의 질문에 대한 답변이 나올 때까지 기다렸다.

"I only know what the holy sage says"
"나는 성자께서 말씀하신 것만 압니다."
"He says that my father was a king"
"그는 내 아버지가 왕이었다고 말합니다"
"But he was overcome in a battle"
"그러나 그는 전투에서 패배했습니다"
"So he, with my mother, fled into the woods"
"그래서 그는 어머니와 함께 숲으로 도망쳤습니다."
"My poor father was eaten by a tiger"
"불쌍한 우리 아버지는 호랑이에게 잡아먹혔어요"
"My mother closed her eyes as I opened mine"
"내가 눈을 뜨자 엄마는 눈을 감았어요"
"There was a bee-hive on the tree"
"나무에 벌집이 있었어요"
"I lay at the foot of that tree"
"나는 그 나무 아래에 누워 있었습니다"
"Drops of honey fell into my mouth"
"꿀방울이 내 입에 떨어졌어요"
"The honey maintained the spark inside me"
"꿀은 내 안에 불꽃을 유지해 주었어요"
"And then the kind Rishi found me"
"그리고 친절한 리시가 나를 찾았어요"
"The holy sage brought me into his hut"
"성스러운 성인께서 나를 그의 오두막으로 데려오셨습니다."
"This is the simple story of this wretched girl"
"이것은 이 불쌍한 소녀의 단순한 이야기입니다"
"The girl who now stands before the king"
"지금 왕 앞에 서 있는 소녀"
"Call not yourself wretched," replied the king.
"너 자신을 비참하다고 부르지 마라." 왕이 대답했다.
"You are the most beautiful of women"
"당신은 여자 중에서 가장 아름답습니다"
"And you are the loveliest of women"
"그리고 당신은 가장 아름다운 여자입니다"
"You would adorn the grandest palaces"
"당신은 가장 웅장한 궁전을 장식할 것입니다"

Postomani had gotten her interview.
포스토마니는 인터뷰를 받았습니다.
She fell in love with the king.
그녀는 왕과 사랑에 빠졌습니다.
And the king fell in love with her.
그리고 왕은 그녀에게 사랑에 빠졌습니다.
The Rishi joined them in marriage.
리시는 그들과 결혼했습니다.
Postomani became the king's favourite queen.
포스토마니는 왕이 가장 사랑하는 왕비가 되었습니다.
And the former queen was in disgrace.
그리고 전 여왕은 불명예를 당했다.
But Postomani's happiness was short-lived.
하지만 포스토마니의 행복은 오래가지 못했습니다.
One day as she was standing by a well.
어느 날 그녀는 우물가에 서 있었습니다.
She was overcome by a moment of giddiness.
그녀는 순간적으로 어지러움을 느꼈다.
Fortune had her fall into the water.
운명의 여신이 그녀를 물에 빠지게 했습니다.
And she died in the water of the well.
그리고 그녀는 우물물에서 죽었습니다.
The Rishi then came to the king.
그러자 리시가 왕에게 다가왔습니다.
"O king, grieve not over the past"
"오 왕이시여, 과거를 슬퍼하지 마십시오"
"What is fixed by fate must come to pass"
운명이 정한 일은 반드시 이루어진다
"The queen drowned in your well"
"여왕이 네 우물에서 빠져 죽었다"
"But she was not of royal blood"
"하지만 그녀는 왕족이 아니었어요"
"She was born to a family of mice"
"그녀는 쥐 가족에서 태어났어요"
"Each evening she came to my hut"
"매일 저녁 그녀는 내 오두막에 왔습니다"
"And I gave her the power of speech"

"그리고 나는 그녀에게 말할 수 있는 능력을 주었어요"
"With speech she could express her wishes"
"그녀는 말로 자신의 소망을 표현할 수 있었습니다."
"I changed her according to her wishes"
"나는 그녀의 뜻대로 그녀를 바꿨다"
"As a mouse she feared the cat"
"쥐였을 때 그녀는 고양이를 두려워했습니다"
"And so I changed her into a cat"
"그래서 나는 그녀를 고양이로 바꾸었어요"
"As a cat she feared the dogs"
"고양이였을 때 그녀는 개를 두려워했습니다"
"And so I changed her into a dog"
"그래서 나는 그녀를 개로 바꾸었어요 "
"As a dog she had not enough to eat"
"그녀는 개였을 때 먹을 것이 충분하지 않았습니다"
"And so I changed her into a monkey"
"그래서 나는 그녀를 원숭이로 바꾸었어요"
"As a monkey she couldn't bear the heat"
"원숭이였기 때문에 더위를 참을 수 없었어요"
"And so I changed her into a wild boar"
"그래서 나는 그녀를 멧돼지로 바꾸었어요"
"As a boar her life was not safe"
"멧돼지로서 그녀의 삶은 안전하지 않았습니다"
"And so I changed her into an elephant"
"그래서 나는 그녀를 코끼리로 바꾸었어요"
"That was the elephant you caught"
"그게 당신이 잡은 코끼리예요"
"But as an elephant she was not loved"
"하지만 그녀는 코끼리로서 사랑받지 못했습니다."
"And so I changed her one last time"
"그래서 나는 그녀를 마지막으로 바꿨어요"
"I changed her into a beautiful girl"
"나는 그녀를 아름다운 소녀로 바꾸었어요"
"That is the girl that you married"
"그 여자가 당신이 결혼한 여자예요"
"And that is the girl that drowned"
"그리고 그 여자가 익사한 여자예요"

"Take into favor your former queen"
"전 여왕을 총애하라"
"And don't worry for my daughter"
"그리고 내 딸을 걱정하지 마세요"
"I will make her name immortal"
"나는 그녀의 이름을 불멸로 만들 것이다"
"Let her body remain in the well"
"그녀의 몸은 우물 속에 그대로 두세요"
"Fill the well up with earth"
"우물을 흙으로 채우라"
"In her flesh there is a seed"
"그녀의 육신 속에는 정자가 있느니라"
"From her bones a tree will grow"
"그녀의 뼈에서 나무가 자랄 것이다"
"We will name this tree after her"
"우리는 이 나무에 그녀의 이름을 붙일 거야"
"The tree shall be called 'Posto'"
"그 나무는 '포스토'라고 불릴 것이다."
"This means 'the Poppy tree'"
"이것은 '양귀비 나무'를 의미합니다."
"From this tree there will come a drug"
"이 나무에서 약이 나올 거야"
"This drug will be called opium"
"이 약은 아편이라고 불릴 것이다"
"Opium will be a powerful medicine"
"아편은 강력한 약이 될 것이다"
"People will consume opium in every epoch"
"사람들은 어느 시대나 아편을 소비할 것이다"
"Opium will either be swallowed or smoked"
"아편은 삼키거나 피울 것이다"
"And opium will be a wonderful narcotic"
"아편은 놀라운 마약이 될 거야"
"Opium will be used till the end of time"
"아편은 세상의 끝까지 쓰일 것이다"
"You will recognize the opium smoker"
"아편을 피우는 사람을 알아볼 수 있을 거야"
"He will have many different qualities"

"그는 다양한 자질을 갖출 것이다"
"One quality for each of the animals"
"동물마다 하나의 특성이 있습니다"
"The animals which Postomani had lived as"
"포스토마니가 살았던 동물들"
"He will be mischievous, like a mouse"
"그는 쥐처럼 장난을 칠 거야"
"He will be fond of milk, like a cat"
"그는 고양이처럼 우유를 좋아할 거야"
"He will be quarrelsome, like a dog"
"그는 개처럼 다투기를 좋아할 것이다"
"He will be filthy, like a monkey"
"그는 원숭이처럼 더러울 것이다"
"He will be savage, like a boar"
"그는 멧돼지처럼 사납게 될 것이다"
"He will be confident, like an elephant"
"그는 코끼리처럼 자신감이 넘칠 거야"
"And he will be high-tempered, like a queen"
"그리고 그는 여왕처럼 성질이 급할 것입니다."

Strike, but Listen First
파업을 하되, 먼저 경청하라

There was once a king who had three sons.
옛날에 세 아들을 둔 왕이 있었습니다.
His royal subjects came to him one day and said;
어느 날 그의 왕족들이 그에게 와서 말했습니다.
"Oh incarnation of justice! hear our plea"
"오, 정의의 화신이시여! 우리의 간청을 들어주소서."
"The kingdom is infested with thieves and robbers"
"왕국에는 도둑과 강도가 들끓고 있습니다"
"Our property is not safe from their thievery"
"우리 재산은 그들의 도난으로부터 안전하지 않습니다"
"We pray your majesty to catch hold of these thieves"
"폐하께서 이 도둑들을 꼭 잡아주시기를 기도드립니다."
"We beg you punish them to the full extent of the law"
"법의 최대 한도로 그들을 처벌해 주시기를 간청합니다."
The king said to his sons, "Oh, my sons, I am old"
왕이 그의 아들들에게 말했습니다. "아, 내 아들들아, 나는 늙었다."
"But you are all in the prime of manhood"
"하지만 당신들은 모두 남성의 전성기입니다"
"How is it that my kingdom is full of thieves?"
"내 왕국이 왜 도둑으로 가득 찼을까?"
"I look to you to catch hold of these thieves"
"저는 당신이 이 도둑들을 잡아주시기를 바랍니다"
The three princes then made up their minds.
그러자 세 왕자는 마음을 정했습니다.
They were going to patrol the city every night.
그들은 매일 밤 도시를 순찰할 예정이었습니다.
They set up a watch out in the outskirts of the city.
그들은 도시 외곽에 감시초소를 설치했습니다.
The early part of the night had arrived.
어느덧 밤이 일찍 찾아왔습니다.
So the eldest prince took on his duties.
그래서 가장 나이 많은 왕자가 그의 임무를 맡았습니다.
He rode upon his horse through the whole city.

그는 말을 타고 도시 전체를 돌아다녔다.
But did not see a single thief anywhere he looked.
하지만 그는 어디를 둘러봐도 도둑 한 명도 보이지
않았습니다.
He came back to the policing station.
그는 경찰서로 돌아왔다.
The middle part of the night had arrived.
어느덧 밤 중반이 되었습니다.
So the second prince took on his duties.
그래서 두 번째 왕자가 그의 임무를 맡았습니다.
And he too rode through every part of the city.
그리고 그는 또한 도시의 모든 곳을 돌아다녔습니다.
But he did not see or hear of a single thief.
하지만 그는 한 명의 도둑도 보지 못했고 그에 대한 이야기도
듣지 못했습니다.
He came also back to the policing station.
그는 경찰서로 돌아왔습니다.
The latter part of the night had arrived.
밤이 저물어 가고 있었습니다.
So the youngest prince took on his duties.
그래서 가장 어린 왕자가 그의 임무를 맡았습니다.
He went near the gate of his father's palace.
그는 그의 아버지의 궁전 문 근처로 갔다.
There he saw a beautiful woman leaving the palace.
그곳에서 그는 아름다운 여인이 궁전에서 나오는 것을
보았습니다.
The prince asked the woman, "who are you?"
왕자는 그 여자에게 "당신은 누구냐?"고 물었습니다.
"Where are you going at this hour of the night?"
"이런 밤에 어디로 가는 거야?"
The woman answered the young prince.
그 여인은 젊은 왕자에게 대답했습니다.
"I am Rajlakshmi, the guardian deity of this palace"
"나는 이 궁전의 수호신, 라즈락슈미입니다."
"The king will be killed this night"
"왕은 오늘 밤 죽을 것이다"
"I am therefore not needed here"
"그러므로 나는 여기서 필요하지 않다"

"And that is why I am going away"
"그래서 내가 떠나는 거야"
The prince did not know what to make of this message.
왕자는 이 메시지를 어떻게 받아들여야 할지 몰랐다.
After a moment's reflection he said to the goddess;
그는 잠시 생각한 뒤 여신에게 말했습니다.
"But, suppose the king is not killed tonight"
"하지만 만약 오늘 밤 왕이 죽지 않는다면"
"Have you any objection to return to the palace?"
"궁으로 돌아가는 데 반대하십니까?"
"I have no objection," replied the goddess.
"나는 반대하지 않습니다." 여신이 대답했습니다.
The prince then begged the goddess to go back.
그러자 왕자는 여신에게 돌아가 달라고 간청했습니다.
And he promised to do his best to protect the king.
그리고 그는 왕을 보호하기 위해 최선을 다하겠다고
약속했습니다.
Then the goddess entered the palace again.
그러자 여신이 다시 궁전으로 들어왔습니다.
Within a moment she disappeared into the palace.
순식간에 그녀는 궁전 안으로 사라졌다.

The prince went straight into the palace too.
왕자도 곧장 궁전으로 들어갔다.
And he went into the bedroom of his royal father.
그리고 그는 그의 왕비의 침실로 들어갔다.
There his father lay immersed in deep sleep.
그의 아버지는 깊은 잠에 빠져 있었습니다.
The king had a second, younger wife.
왕은 두 번째로 더 어린 아내를 두었습니다.
This woman was the stepmother of our prince.
이 여인은 우리 왕자의 계모였습니다.
She was sleeping in another bed in the room.
그녀는 방의 다른 침대에서 자고 있었습니다.
There was a light that was burning dimly.
희미하게 타오르는 불빛이 있었습니다.
But then the prince saw something that surprised him!

그런데 왕자는 놀라운 것을 보았습니다!
A huge cobra going round and round the golden bedstead.
황금색 침대 주위를 빙빙 도는 거대한 코브라.
The bedstead on which his father was sleeping.
그의 아버지가 잤던 침대.
The prince with his sword cut the serpent in two.
왕자는 칼을 휘둘러 뱀을 둘로 잘랐다.
But he was not satisfied with killing the cobra.
하지만 그는 코브라를 죽이는 것으로 만족하지 않았습니다.
So he cut the cobra up into a hundred pieces.
그래서 그는 코브라를 백 조각으로 잘랐습니다.
And he put the pieces of the cobra inside a pan.
그리고 그는 코브라 조각을 냄비 안에 넣었습니다.
But while cutting the cobra a misfortune happened.
하지만 코브라를 자르던 중 불행한 일이 일어났습니다.
A drop of blood fell on the breast of his stepmother.
계모의 가슴에 피 한 방울이 떨어졌다.
The prince was in great distress by what had happened.
왕자는 일어난 일로 인해 큰 고통을 겪었습니다.
"I have saved my father, but killed my stepmother"
"나는 아버지를 구했지만 계모를 죽였습니다"
How could he remove the drop of blood from her breast?
그는 어떻게 그녀의 가슴에서 피방울을 제거할 수 있을까?
He wrapped round his tongue a piece of cloth sevenfold.
그는 자신의 혀에 천 조각을 일곱 겹으로 감았습니다.
And with the cloth he licked up the drop of blood.
그리고 그는 천으로 피방울을 핥았습니다.
But his stepmother's sleep was not so deep.
하지만 계모의 잠은 그렇게 깊지 않았다.
And in his attempt to save her he awoke her.
그리고 그녀를 구하려고 그는 그녀를 깨웠습니다.
When opening her eyes she saw it was her stepson.
그녀가 눈을 뜨자 그 사람이 그녀의 의붓아들이었다.
The young prince rushed out of the room.
어린 왕자는 방에서 뛰쳐나갔다.
The queen, hated her stepson, the youngest prince.
여왕은 그녀의 의붓아들, 가장 어린 왕자를 미워했습니다.
And she had every intention to ruin his reputation.

그리고 그녀는 그의 명예를 훼손하려는 의도를 가지고
있었습니다.
She called out to her husband, "My lord, my lord"
그녀는 남편을 향해 "나의 주여, 나의 주여"라고 외쳤습니다.
"Are you awake? are you awake? Rouse yourself up"
"깨어 있니? 깨어 있니? 일어나."
"Here is a nice piece of news for you"
"좋은 소식이 있어요"
The king on awaking inquired what the matter was.
왕은 깨어나서 무슨 일이냐고 물었다.
"What the matter is, my lord, let me tell you"
"무슨 일인지 말씀드리겠습니다, 군주님."
"Your worthy son was just here in this room"
"당신의 훌륭한 아들이 방금 이 방에 있었습니다."
"The youngest prince, of whom you speak so highly"
"당신이 그렇게 칭찬하는 가장 어린 왕자"
"I caught him in the act of touching my breast"
"그가 내 가슴을 만지는 것을 현장에서 붙잡았어요"
"I don't doubt he came with wicked intents"
"그가 사악한 의도를 가지고 왔다는 것은 의심할 여지가
없습니다."
The king was horror-struck by what he heard.
왕은 그 말에 깜짝 놀라 충격을 받았습니다.
The prince went back to where his brothers kept watch.
왕자는 그의 형제들이 지키고 있는 곳으로 돌아갔습니다.
But he told them nothing of what had happened.
하지만 그는 무슨 일이 일어났는지 그들에게 아무것도 말하지
않았습니다.

Early in the morning the king called his eldest son.
이른 아침에 왕은 그의 큰아들을 불렀습니다.
"I entrust my life and my honor to men"
"나는 내 생명과 명예를 남자들에게 맡긴다"
"But what if one of these men prove faithless?
"하지만 이 사람들 중 한 명이 불충실하다면 어떻게 됩니까?
"How should such a man be punished?"
"그런 사람은 어떻게 처벌해야 합니까?"

The eldest prince replied to his father, the king.
가장 나이 많은 왕자가 그의 아버지인 왕에게 대답했습니다.
"Doubtless such a man's head should be cut off"
"그런 사람은 반드시 머리를 베어야 합니다."
"But first you should establish the facts"
"하지만 먼저 사실을 확인해야 합니다."
"You must see whether the man is really faithless"
"그 사람이 정말 믿음이 없는지 꼭 보세요"
"What do you mean?" inquired the king.
"무슨 말이냐?" 왕이 물었다.
"Let your majesty be pleased to listen"
"폐하께서 기꺼이 들어주시기를 바랍니다"
Once upon on a time there lived a goldsmith.
옛날 옛적에 금세공인이 살았습니다.
This goldsmith had a son who had a wife.
이 금세공인에게는 아내가 있는 아들이 있었습니다.
His wife had the rare faculty of understanding beasts.
그의 아내는 짐승을 이해하는 희귀한 능력을 가지고
있었습니다.
But she never told anyone about her uncommon gift.
하지만 그녀는 자신의 특별한 재능에 대해 아무에게도 말하지
않았습니다.
Not even her husband knew she could understand animals.
그녀의 남편조차도 그녀가 동물을 이해할 수 있다는 사실을
몰랐습니다.
One night she was lying in bed beside her husband.
어느 날 밤 그녀는 남편 옆 침대에 누워 있었습니다.
From the river by their house she heard a jackal howl.
그녀는 집 근처 강에서 자칼의 울부짖는 소리를 들었습니다.
"There goes a carcass floating on the river"
"강 위에 시체가 떠다니네요"
"There's a diamond ring on the dead man's finger"
"죽은 사람의 손가락에는 다이아몬드 반지가 걸려 있어요"
"Will anyone take the ring and give me the corpse?"
"누가 반지를 가져가서 시체를 내게 줄 수 있을까?"
The woman understood the jackal's language.
그 여자는 자칼의 언어를 이해했습니다.

She got up from bed and went to the river-side.
그녀는 침대에서 일어나 강가로 갔다.
The husband had not been in deep sleep.
남편은 깊은 잠을 자지 못했습니다.
So with his wife's movements he woke up too.
그래서 그의 아내의 움직임에 따라 그도 깨어났습니다.
And he followed his wife to see where she went.
그리고 그는 아내가 어디로 가는지 보려고 그녀를
따라갔습니다.
But he kept his distance, so that he could observe her.
하지만 그는 그녀를 관찰하기 위해 거리를 두었습니다.
The woman went into the water next to their house.
그 여자는 집 옆에 있는 물속으로 들어갔다.
She tugged the floating corpse towards the shore.
그녀는 떠 있는 시체를 해안 쪽으로 끌어당겼다.
And she saw the diamond ring on the finger.
그리고 그녀는 손가락에 다이아몬드 반지를 보았습니다.
She was unable to loosen the ring with her hand.
그녀는 손으로 반지를 풀 수 없었다.
Because the fingers of the dead body had swelled.
시체의 손가락이 부어올랐기 때문이다.
So she bit off the finger with her teeth.
그래서 그녀는 이빨로 손가락을 물어뜯었다.
And she put the dead body upon land, for the jackal.
그리고 그녀는 자칼을 위해 시체를 육지에 놓았습니다.
Then she returned to bed, where her husband already was.
그러고 나서 그녀는 남편이 이미 누워 있는 침대로
돌아갔습니다.
The young goldsmith lay almost petrified with fear.
젊은 금세공인은 두려움에 거의 굳어버렸다.
He was convinced he was lying next to a Rakshasi.
그는 자신이 락샤시 옆에 누워 있다고 확신했습니다.
He spent the rest of the night tossing in his bed.
그는 밤새도록 침대에서 뒤척이며 지냈다.
And early in the morning spoke to his father.
그리고 이른 아침에 그는 아버지와 이야기를 나누었습니다.
"The woman thou hast given me is not a real woman"
"당신이 내게 주신 여자는 진짜 여자가 아닙니다"

"The woman thou hast given me to wife is a Rakshasi"
"당신이 나에게 아내로 주신 여자는 락샤시입니다."
"Last night I was lying in bed with her"
"어젯밤에 나는 그녀와 함께 침대에 누워 있었어요"
"By the river I heard the howl of a jackal"
"강가에서 자칼의 울부짖는 소리가 들렸어요"
"My wife too, heard the howl of the jackal"
"내 아내도 자칼의 울부짖음을 들었습니다."
"Thinking I was asleep; she went towards the howl"
"내가 잠들었다고 생각한 그녀는 울부짖는 소리 쪽으로
갔어요"
"I was surprised to see her go out of bed alone"
"그녀가 혼자 침대에서 나오는 것을 보고 놀랐어요"
"Suspecting some sort of evil, I followed her outside"
"뭔가 사악한 일이 일어날 것 같아 그녀를 따라 밖으로
나갔습니다."
"But she could not see that I had followed her"
"하지만 그녀는 내가 그녀를 따라왔다는 것을 알아차리지
못했습니다."
"What did she do, do you think? O horror of horrors!"
"그녀가 무슨 짓을 저질렀다고 생각하세요? 오, 끔찍하군요!"
"From the stream she dragged a dead body out"
"그녀는 시냇물에서 시체를 끌어냈다"
"And what do you think she did with the dead body?"
"그녀가 시체를 어떻게 처리했을 것 같아요?"
"She wasted no time devouring the dead man!"
"그녀는 죽은 사람을 잡아먹는 데 시간을 낭비하지 않았어요!"
"All this I had the misfortune to see with my own eyes"
"이 모든 것을 나는 내 눈으로 직접 보는 불행을 겪었습니다."
"While she feasted on the carcass I went back to bed"
"그녀가 시체를 먹는 동안 나는 다시 침대로 돌아갔다"
"In a few minutes she also returned to bed"
"몇 분 후에 그녀도 침대로 돌아갔습니다"
"She bolted the door shut, and lay beside me"
"그녀는 문을 닫고 내 옆에 누웠다"
"Oh my father, how can I live with a Rakshasi?"
"아빠, 락샤시랑 어떻게 같이 살 수 있어요?"

"She will certainly kill me and eat me up one night"
"그녀는 반드시 나를 죽이고 어느 날 밤에 나를 먹어치울
거야"
You can imagine the shock of the old goldsmith.
늙은 금세공인의 충격을 상상해 보세요.
Both father and son agreed about what should be done.
아버지와 아들은 둘 다 무엇을 해야 할지에 대해
동의했습니다.
The woman should be taken deep into the forest.
그 여자를 깊은 숲속으로 데려가야 한다.
And she should be left for wild beasts to devoured.
그리고 그녀는 야생 동물에게 잡아먹히도록 내버려두어야
합니다.
Accordingly, the young goldsmith spoke to his wife.
그러자 젊은 금세공인은 아내에게 말했습니다.
"My dear love," he said to his wife.
"사랑하는 나의 아내여." 그는 아내에게 말했다.
"You had better not cook much this morning"
"오늘 아침은 별로 요리하지 않는 게 좋을 거야"
"Boil a little rice and burn a brinjal"
"쌀을 조금 삶고 가지를 태워라"
"Because today we are going to see your parents"
"오늘 우리는 당신의 부모님을 뵙게 될 테니까요"
"Your mother and father are dying to see you"
"당신의 엄마와 아빠는 당신을 보고 싶어 죽겠어요"
The woman was full of joy at the unexpected news.
그 여인은 예상치 못한 소식에 기쁨으로 가득 찼다.
She loved returning to her father's house.
그녀는 아버지 집으로 돌아가는 것을 좋아했습니다.
And she finished the cooking in no time.
그리고 그녀는 금세 요리를 끝냈다.
The husband and wife snatched a hasty breakfast.
남편과 아내는 서둘러 아침 식사를 먹었다.
And soon after breakfast they started their journey.
그리고 아침 식사 후 곧 그들은 여행을 시작했습니다.
The way to her father's house was through dense jungle.

그녀 아버지 집으로 가는 길은 울창한 정글을 지나야
했습니다.
It was the perfect place to abandon his wife.
그곳은 그의 아내를 버리기에 완벽한 장소였다.
She was bound to be eaten up by wild beasts there.
그녀는 그곳에서 야생 짐승에게 잡아먹힐 운명이었다.
But while they were walking the woman heard a snake.
그런데 그들이 걸어가는 동안 그 여자는 뱀 소리를
들었습니다.
"Oh passer-by, in yonder hole there is a frog"
"지나가는 사람이여, 저 굴에 개구리가 있구나"
"How thankful I would be if you caught the frog"
"개구리를 잡아주시면 얼마나 고마울까요"
"And the hole is full of gold and precious stones"
"그리고 그 구멍은 금과 보석으로 가득 차 있어요"
"Give me the frog, and take the treasure for yourself"
"개구리는 내게 주고 보물은 네가 가져가라"
The woman forthwith went to the frog's hole.
그 여자는 곧장 개구리 굴로 갔다.
And she began digging the hole with a stick.
그리고 그녀는 막대기로 구멍을 파기 시작했습니다.
The young goldsmith was now quaking with fear.
이제 젊은 금세공인은 두려움에 떨고 있었습니다.
He thought his Rakshasi-wife was about to kill him.
그는 락샤시 아내가 자신을 죽일 것이라고 생각했습니다.
And then his wife called for him to help her.
그러자 그의 아내가 그를 불러 도움을 요청했습니다.
"Take all this gold and these precious stones"
"이 모든 금과 이 모든 보석을 가져가라"
The goldsmith did not understand her request.
금세공인은 그녀의 요청을 이해하지 못했습니다.
Timidly he went to where she had dug the hole.
그는 소심하게 그녀가 구멍을 판 곳으로 갔다.
But he was infinitely surprised by what he saw.
하지만 그는 자신이 본 것에 무한히 놀랐습니다.
The hole was full of gold and precious stones.
그 구멍은 금과 보석으로 가득 차 있었습니다.

"How did you know there was a treasure here?"
"여기에 보물이 있다는 걸 어떻게 알았어?"
And finally his wife told him of her gift.
마지막으로 그의 아내는 그에게 자신의 선물에 대해
이야기했습니다.
"I can understand all the beasts in the forest"
"나는 숲 속의 모든 짐승의 말을 이해할 수 있어요"
"Just over there, there is a snake coiled up"
"바로 저기에 뱀이 똬리를 틀고 있어요"
"She had told me there was a treasure here"
"그녀는 여기에 보물이 있다고 말했어요"
The husband now felt very blessed with his wife.
이제 남편은 아내와 함께 매우 행복하다고 느꼈습니다.
"My love, it has gotten very late today"
"내 사랑, 오늘은 시간이 많이 늦었어요"
"I don't think we will reach your father's house"
"우리는 당신 아버지 집에 도착할 수 없을 것 같아요"
"Nightfall will catch us before we get there"
"우리가 그곳에 도착하기도 전에 밤이 찾아올 거야"
"If we stay we might be devoured by wild beasts"
"우리가 여기 머물면 야생동물에게 잡아먹힐지도 몰라요"
"I propose therefore that we both return home"
"그러므로 나는 우리 둘 다 집으로 돌아가는 것을
제안합니다."
You can imagine the wife's disappointment.
아내의 실망이 어떨지 상상할 수 있을 겁니다.
But she agreed with her husband's assessment.
하지만 그녀는 남편의 평가에 동의했습니다.
It took them a long time to reach home.
그들이 집에 도착하는 데는 오랜 시간이 걸렸습니다.
They were laden with a large quantity of gold.
그들은 많은 양의 금을 실었습니다.
And they were carrying many precious stones.
그리고 그들은 많은 보석을 가지고 있었습니다.
But eventually the got close to their home.
하지만 결국 그들은 집에 가까워졌습니다.
"My dear, go by the back door," said the goldsmith.

"얘야, 뒷문으로 가렴." 금세공인이 말했다.

"I will go by the front door and see my father"
"나는 정문으로 가서 아버지를 뵙겠습니다"

"And I will show him all this treasure"
"그리고 나는 그에게 이 모든 보물을 보여줄 것이다"

So she entered the house by the back door.
그래서 그녀는 뒷문으로 집에 들어갔다.

But the old goldsmith had reason to be there too.
하지만 늙은 금세공인이 그곳에 있는 데에는 이유가
있었습니다.

He had gone there to collect a hammer.
그는 망치를 가져오려고 그곳에 갔다.

The old goldsmith saw his Rakshasi daughter-in-law.
늙은 금세공인은 락샤시족 며느리를 보았습니다.

He concluded she had swallowed up his son.
그는 그녀가 자신의 아들을 삼켰다고 결론지었습니다.

And he therefore struck her with the hammer.
그러서 그는 그녀를 망치로 때렸습니다.

The blow immediately killed his daughter-in-law.
그 일격으로 그의 며느리는 즉시 사망했습니다.

At that moment the son came into the house.
바로 그때 아들이 집으로 들어왔습니다.

But it was too late for him to explain.
하지만 그가 설명하기에는 너무 늦었습니다.

And so the eldest prince's story concluded.
그리고 가장 나이 많은 왕자의 이야기는 이렇게 끝났습니다.

"You might have to cut a man's head off"
"남자의 머리를 잘라야 할 수도 있어요"

"But first you should establish the facts"
"하지만 먼저 사실을 확인해야 합니다."

"You must see whether the man is really faithless"
"그 사람이 정말 믿음이 없는지 꼭 보세요"

The king then called his second son to him.
그러자 왕은 둘째 아들을 불렀습니다.

"I entrust my life and my honor to men"
"나는 내 생명과 명예를 남자들에게 맡긴다"

"But what if one of these men prove faithless?
"하지만 이 사람들 중 한 명이 불충실하다면 어떻게 됩니까?
"How should such a man be punished?"
"그런 사람은 어떻게 처벌해야 합니까?"
The second prince replied to his father, the king.
두 번째 왕자는 그의 아버지인 왕에게 대답했습니다.
"Doubtless such a man's head should be cut off"
"그런 사람은 반드시 머리를 베어야 합니다."
"But first you should establish the facts"
"하지만 먼저 사실을 확인해야 합니다."
"What do you mean?" inquired the king.
"무슨 말이냐?" 왕이 물었다.
"Let your majesty be pleased to listen"
"폐하께서 기꺼이 들어주시기를 바랍니다"
Once upon a time there reigned a king.
옛날 옛적에 한 왕이 통치했습니다.
This king was very fond of going out hunting.
이 왕은 사냥을 매우 좋아했습니다.
One day his horse took him into a dense forest.
어느 날 그의 말은 그를 울창한 숲으로 데려갔다.
He went far from his followers, deep into the woods.
그는 추종자들과는 멀리 떨어져 깊은 숲 속으로 들어갔다.
He rode on and on through the endless, quiet forest.
그는 끝없이 조용한 숲을 계속해서 달렸습니다.
He saw neither villages nor towns, only trees.
그는 마을이나 도시를 보지 못했고, 오직 나무만 보았습니다.
On the long, lonely journey he became very thirsty.
길고 외로운 여행 중에 그는 몹시 목이 말랐습니다.
He could see no pond, nor lake, nor stream.
그는 연못도, 호수도, 개울도 볼 수 없었습니다.
But then he saw something dripping from a tree.
그런데 그는 나무에서 무언가가 떨어지는 것을 보았습니다.
He concluded it was rainwater resting in a cavity.
그는 그것이 구멍에 고여 있는 빗물이라고 결론지었습니다.
He stood on horseback beneath the tree, cup in hand.
그는 나무 아래에 말을 타고 서 있었고, 손에는 컵이 들려
있었다.

He caught the drops slowly dripping into the small cup.
그는 작은 컵에 천천히 떨어지는 물방울을 받았다.
The water, however, was not rain from the sky.
하지만 그 물은 하늘에서 내린 비가 아니었습니다.
A huge cobra sat on top of the tall tree.
키 큰 나무 위에 거대한 코브라가 앉아 있었습니다.
The snake had struck the tree in rage with its sharp fangs.
뱀은 분노하여 날카로운 송곳니로 나무를 때렸습니다.
The snake's poison came out and fell downward in heavy drops.
뱀의 독이 나와서 무겁게 아래로 떨어졌습니다.
The king thought the falling liquid was simple rainwater.
왕은 떨어지는 액체가 단순한 빗물이라고 생각했습니다.
The horse sensed the danger and tried to warn him.
말은 위험을 감지하고 그에게 경고하려고 했습니다.
The cup was nearly filled with the deadly snake-poison.
그 컵은 치명적인 뱀독으로 거의 가득 찼습니다.
The king raised the cup and prepared to drink.
왕은 잔을 들어 마실 준비를 했습니다.
But the horse moved wildly, with the king on its back.
하지만 말은 왕을 등에 태우고 맹렬하게 움직였다.
The cup fell from his hand, and the poison spilled.
컵이 그의 손에서 떨어지면서 독이 쏟아졌습니다.
The king became angry and struck the horse's neck.
왕은 화가 나서 말의 목을 때렸다.
The blow from the sword immediately killed his horse.
칼에 맞은 그의 말은 그 자리에서 죽고 말았다.
And so the second prince's story concluded.
이렇게 두 번째 왕자의 이야기는 끝났습니다.
"You might have to cut a man's head off"
"남자의 머리를 잘라야 할 수도 있어요"
"But first you should establish the facts"
"하지만 먼저 사실을 확인해야 합니다."
"You must see whether the man is really faithless"
"그 사람이 정말 믿음이 없는지 꼭 보세요"

The king then called to him his third youngest son.

그러자 왕은 그의 셋째 아들을 불렀습니다.
"I entrust my life and my honor to men"
"나는 내 생명과 명예를 남자들에게 맡긴다"
"But what if one of these men prove faithless?
"하지만 이 사람들 중 한 명이 불충실하다면 어떻게 됩니까?
"How should such a man be punished?"
"그런 사람은 어떻게 처벌해야 합니까?"
"Doubtless such a man's head should be cut off"
"그런 사람은 반드시 머리를 베어야 합니다."
"But first you should establish the facts"
"하지만 먼저 사실을 확인해야 합니다."
"What do you mean?" inquired the king.
"무슨 말이냐?" 왕이 물었다.
"Let your majesty be pleased to listen"
"폐하께서 기꺼이 들어주시기를 바랍니다"
Once long ago there reigned a wise and noble king.
옛날 옛적에 지혜롭고 고귀한 왕이 통치했습니다.
In his palace he kept a bird of Suka species.
그는 자신의 궁전에서 스카종의 새를 키웠습니다.
One day the bird went out flying into the fields.
어느 날 새가 들판으로 날아갔습니다.
There he saw his father and mother calling from above.
그는 위에서 아버지와 어머니가 부르는 것을 보았습니다.
They asked him to come visit them in their nest.
그들은 그에게 그들의 둥지를 방문하라고 요청했습니다.
The nest was far away in a distant hidden land.
둥지는 멀리 떨어진 숨겨진 땅에 있었습니다.
The Suka said, "I'll come if I get king's leave"
스카는 "왕의 허락을 받으면 가겠습니다"라고 말했습니다.
"I'll speak to the king today and return tomorrow"
"오늘 왕께 말씀드리고 내일 돌아오겠습니다. "
"Please wait at this same spot in the morning"
"아침에는 이 자리에서 기다려 주세요"
That very day, Suka spoke with the gentle, kind king.
바로 그날, 스카는 온화하고 친절한 왕과 이야기를
나누었습니다.
The king gave permission for the bird to leave.

왕은 새가 떠나는 것을 허락했습니다.
Although he was sad to part with his bird.
그는 새와 헤어지는 것이 슬펐지만요.
The next morning, Suka met his parents again.
다음날 아침, 수카는 다시 부모님을 만났습니다.
He flew with them to their nest on a tall tree.
그는 그들과 함께 높은 나무 위에 있는 둥지로 날아갔습니다.
The three birds lived together happily in peaceful joy.
세 마리의 새는 평화로운 기쁨 속에서 행복하게 살았습니다.
They stayed like this for a fortnight of lovely days.
그들은 이렇게 2주 동안 즐거운 시간을 보냈습니다.
But even those quiet and pleasant days had to end.
하지만 그 조용하고 즐거웠던 시절도 끝나야만 했습니다.
Suka said, "Beloved parents, the king gave me two weeks"
스카는 "사랑하는 부모님, 왕께서 저에게 두 주를
주셨습니다"라고 말했습니다.
"That time is now over, so I must return tomorrow"
"이제 그 시간은 끝났으니 내일 다시 돌아와야 합니다."
His father and mother agreed and blessed his decision.
그의 아버지와 어머니는 동의하고 그의 결정을 축복했습니다.
They told him to carry a gift for the king.
그들은 그에게 왕에게 줄 선물을 가져가라고 말했습니다.
After some talk, they chose some fruit as a gift.
그들은 이야기를 나눈 뒤, 과일을 선물로 골랐습니다.
The fruit had grown from the Immortality Tree.
그 과일은 불로초에서 자랐습니다.
Early the next morning, Suka went to the tree.
다음날 아침 일찍, 스카는 나무로 갔습니다.
And he plucked a magical glowing fruit.
그리고 그는 마법처럼 빛나는 과일을 따냈습니다.
He held the fruit gently in his beak, full of care.
그는 조심스럽게 과일을 부리에 물고 있었습니다.
The fruit was heavy and slowed his swift flying pace.
과일은 무거워서 그의 빠른 비행 속도를 늦췄다.
He could not reach the city before night arrived.
그는 밤이 되기 전에 도시에 도착할 수 없었다.
Suka stopped to rest in a tree along the way.
스카는 길을 가다가 나무 위에서 잠시 쉬었습니다.

He feared the fruit might drop while he slept.
그는 자는 동안 과일이 떨어질까봐 두려웠다.
If he kept the fruit in his beak, it could fall.
과일을 부리에 물고 있으면 과일이 떨어질 수 있었습니다.
But he saw a hole in the trunk of the tree.
하지만 그는 나무 줄기에 구멍이 있는 것을 보았습니다.
He placed the fruit safely inside the dark tree.
그는 과일을 어두운 나무 안에 안전하게 넣었습니다.
But inside the hole, there lived a poisonous black snake.
하지만 그 구멍 안에는 독이 있는 검은 뱀이 살고 있었습니다.
In the night, the snake bit the fruit with venom.
밤에 뱀이 독을 가지고 과일을 물었습니다.
And the fruit became smeared with deadly poison.
그리고 그 과일에는 치명적인 독이 묻어 있었습니다.
At dawn Suka took the fruit back in his beak.
새벽에 수카는 과일을 부리로 다시 물었습니다.
He flew again on his journey to the king's palace.
그는 왕궁으로 가는 여행을 다시 떠났다.
As he reached the palace the king was sitting with ministers.
그가 궁전에 도착했을 때 왕은 대신들과 함께 앉아
있었습니다.
The king was overjoyed to see Suka return once more.
왕은 스카가 다시 돌아오는 것을 보고 매우 기뻐했습니다.
He greatly admired the beautiful, shining fruit gift.
그는 아름답고 빛나는 과일 선물을 매우 좋아했습니다.
The fruit was lovely to look at and admire.
그 과일은 보기에도 아름답고 감탄스러웠습니다.
It was the finest fruit found across the earth.
그것은 지구상에서 발견되는 가장 좋은 과일이었습니다.
And anyone who ate the fruit was granted immortality.
그리고 그 과일을 먹는 사람은 누구나 불로불사를 얻었습니다.
The king was about to eat the beautiful fruit.
왕은 아름다운 과일을 먹으려고 했습니다.
But his ministers warned him the fruit might be poisoned"
그러나 그의 장관들은 그 과일이 독이 들었을지도 모른다고
경고했습니다.
"It would be better to test the fruit before you eat it"
"먹기 전에 과일을 테스트해 보는 게 좋을 것 같아요"

He threw the fruit to a crow sitting on the wall.
그는 담벼락에 앉아 있는 까마귀에게 과일을 던졌습니다.
The crow ate from the fruit, and dropped dead instantly.
까마귀는 과일을 먹고 나서 그 자리에서 쓰러져 죽었습니다.
The king, thinking Suka tried to kill him, grew furious.
왕은 스카가 자신을 죽이려 한다고 생각하고 격노했습니다.
He seized the bird and killed him with his bare hands.
그는 새를 붙잡아 맨손으로 죽였습니다.
He ordered the seed to be planted outside the city.
그는 씨앗을 도시 바깥에 심으라고 명령했습니다.
The seed became a tree with the same glowing fruit.
그 씨앗은 똑같이 빛나는 열매를 맺는 나무가 되었습니다.
The king feared the fruit would bring more death.
왕은 그 과일이 더 많은 죽음을 가져올 것을 두려워했습니다.
So he had the tree fenced off and guarded.
그래서 그는 나무를 울타리로 막고 보호했습니다.

There lived in that city an old, poor Brahman man.
그 도시에는 늙고 가난한 브라만 남자가 살았습니다.
He and his wife survived only on the town's charity.
그와 그의 아내는 마을의 자선에 의지해 살아남았습니다.
One day the Brahman mourned his long, miserable, life.
어느 날 브라흐만은 길고 비참한 인생을 한탄했습니다.
He said, "Instead of begging, I will eat poison fruit."
그는 "구걸하는 대신 독과일을 먹겠습니다."라고 말했습니다.
"I'll end my life beneath that deadly tree in silence."
"나는 그 치명적인 나무 아래에서 침묵 속에 내 삶을 마감할
것이다."
That very night, he rose quietly and left his home.
바로 그날 밤, 그는 조용히 일어나 집을 나섰습니다.
His wife suspected and followed behind in silence.
그의 아내는 의심하며 말없이 뒤따랐다.
She had decided to die too, alongside her sad husband.
그녀 역시 슬픈 남편과 함께 죽기로 결심했습니다.
She loved him deeply and didn't wish to stay behind.
그녀는 그를 깊이 사랑했고 뒤에 머물고 싶어하지 않았습니다.
The palace guard was asleep that night, unaware of visitors.

그날 밤 궁궐 경비병들은 방문객이 있다는 사실을 모른 채 잠들어 있었습니다.

The Brahman reached the garden and plucked a hanging fruit.
브라만은 정원에 도착하여 매달린 과일을 따냈습니다.

He looked at it once and ate the entire fruit.
그는 그것을 한 번 보고 과일을 다 먹어 치웠다.

His wife cried, "If you die, my life becomes nothing"
그의 아내는 "당신이 죽으면 내 인생은 아무것도 아니게 된다"고 울부짖었다.

"I will also eat and die here with you now"
"나도 이제 여기서 너와 함께 먹고 죽을 거야"

So saying she plucked a fruit and ate it.
그렇게 말하며 그녀는 과일을 따서 먹었습니다.

They thought the poison would act slowly through the night.
그들은 독이 밤새도록 천천히 작용할 것이라고 생각했습니다.

So they both went home and quietly lay down in bed.
그래서 두 사람은 집으로 돌아가서 조용히 침대에 누웠습니다.

They believed they would never again rise from sleep.
그들은 다시는 잠에서 깨어나지 못할 것이라고 믿었습니다.

To their surprise, they woke up feeling full of life.
놀랍게도, 그들은 생기가 넘치는 기분으로 깨어났습니다.

Not only were they alive, but they were young again.
그들은 살아있을 뿐만 아니라 다시 젊어졌습니다.

And they were strong and had new found energy.
그들은 강해졌고 새로운 에너지를 얻었습니다.

Neighbors hardly recognized them, so changed they looked.
이웃들은 그들을 거의 알아보지 못했고, 그들은 너무 변해 보였다.

The old Brahman was now handsome and full of youth.
늙은 브라만은 이제 잘생기고 젊음이 넘쳤다.

His grey hair vanished, and had colour again.
그의 회색 머리카락이 사라지고 다시 색깔이 드러났습니다.

His wrinkled cheeks turned smooth, and his skin shone.
그의 주름진 뺨은 매끄러워졌고, 그의 피부는 빛났다.

And as for his wife, she became extremely beautiful.
그리고 그의 아내는 매우 아름다워졌습니다.

She looked as beautiful as any lady of the kingdom.
그녀는 그 왕국의 어느 여인 못지않게 아름다워 보였다.
The king heard of their miraculous transformation.
왕은 그들의 기적적인 변화에 대해 들었습니다.
He asked his guards to send the Brahman to him.
그는 경비병들에게 브라만을 자신에게 보내달라고
요청했습니다.
And he asked the Brahman the source of his youth.
그리고 그는 브라만에게 그의 젊음의 원천을 물었습니다.
The Brahman told the king every detail of the story.
브라만은 왕에게 이야기의 모든 내용을 말해주었습니다.
The king then wept for his poor, loyal pet bird.
그러자 왕은 불쌍하지만 충성스러운 애완새를 위해
울었습니다.
He deeply regretted killing his faithful bird.
그는 자신의 충실한 새를 죽인 것을 깊이 후회했습니다.
And he wished he had known the bird's loyalty.
그리고 그는 그 새의 충성심을 알았으면 좋겠다고 바랐다.
And so the second prince's story concluded.
이렇게 두 번째 왕자의 이야기는 끝났습니다.
"You might have to cut a man's head off"
"남자의 머리를 잘라야 할 수도 있어요"
"But first you should establish the facts"
"하지만 먼저 사실을 확인해야 합니다."
"You must see whether the man is really faithless"
"그 사람이 정말 믿음이 없는지 꼭 보세요"
"I know Your Majesty suspects me of evil last night"
"폐하께서 어젯밤에 저를 사악한 자로 의심하시는 줄 압니다."
"Please allow me to explain myself before punishing me"
"저를 처벌하기 전에 제가 설명할 수 있도록 허락해 주세요"
"While making rounds I saw a woman leave the palace"
"궁궐을 순찰하던 중 한 여인이 궁궐 밖으로 나가는 것을
보았습니다."
"I stopped her, and she said her name was Rajlakshmi"
"내가 그녀를 막았더니 그녀는 자기 이름이 라즈락슈미라고
말했어요."
"She claimed to be the guardian deity of the palace"

"그녀는 자신이 궁궐의 수호신이라고 주장했습니다."
"She said she was leaving because death was near"
"그녀는 죽음이 다가오기 때문에 떠난다고 말했습니다."
"The king," she said, "would be killed later that night"
그녀는 "왕은 그날 밤 늦게 죽을 거야"라고 말했습니다.
"I begged her to go back into the palace"
"나는 그녀에게 궁궐로 돌아가라고 간청했습니다."
"And I promised to do my best to protect you."
"그리고 나는 당신을 보호하기 위해 최선을 다하겠다고
약속했어요."
"I ran quickly into Your Majesty's chamber without delay."
"저는 지체 없이 재빨리 폐하의 방으로 달려갔습니다."
"There I saw a cobra circling your golden bedstead."
"거기서 나는 코브라 한 마리가 당신의 황금색 침대 주위를
맴도는 것을 보았습니다."
"I fought the snake and killed it with my blade."
"나는 뱀과 싸워서 내 칼로 죽였습니다."
"I chopped the body into many exactly one hundred pieces."
"나는 그 몸을 정확히 백 조각으로 잘랐습니다."
"I placed those pieces inside the pan for proof."
"나는 증거를 위해 그 조각들을 냄비 안에 넣었습니다."
"But something occurred as I was cutting up the snake."
"하지만 제가 뱀을 자르던 중에 무슨 일이 일어났어요."
"A drop of blood fell onto the breast of your wife."
" 당신 아내의 가슴에 피 한 방울이 떨어졌습니다."
"I feared I had saved my father, but killed my stepmother."
"나는 아버지를 구했지만 계모를 죽였다는 생각이
들었습니다."
"I wrapped my tongue tightly with cloth seven times."
"나는 내 혀를 천으로 일곱 번이나 단단히 감쌌다."
"Then I licked up the drop of venomous blood."
"그러고 나서 나는 독이 있는 피 한 방울을 핥았습니다."
"While I was licking the blood, my stepmother awoke."
"내가 피를 핥고 있을 때 계모가 깨어났어요."
"She saw me and opened her eyes with confusion."
"그녀는 나를 보고 혼란스러운 표정으로 눈을 떴습니다."
"This is the truth of what I did last night."

"이게 제가 어젯밤에 한 일의 진실이에요."
"If Your Majesty commands, then cut off my head now."
"폐하의 명령이라면 지금 당장 제 머리를 베어 주십시오."
The king, full of love and joy, embraced his son.
왕은 사랑과 기쁨으로 가득 차서 아들을 껴안았습니다.
From that moment, he loved him more than ever before.
그 순간부터 그는 그 어느 때보다도 그를 사랑하게
되었습니다.